日影之舞

日本現代文學散論

邱振瑞——著

日之篇

推薦序・另闢新意的閱讀視點——文／吳佩珍 008
推薦序・從翻譯到專業寫作——文／辜振豐 013
自序 018

二十世紀前作家

詩歌的倒影——松尾芭蕉 024
在墓前惜別——二葉亭四迷 029
獨樹一幟的修辭——夏目漱石 035
逃奔新天地——宮武外骨 040
金色夜叉的誘惑——尾崎紅葉 045
獨步郊外——國木田獨步 049
兩個有趣的廣告——堺利彥 055
思想家的日常生活——河上肇 058
日常生活中的祕密日記——永井荷風 062
消逝的風景——永井荷風 066
爲理想搭建舞台——小山內薰 073

夏目漱石的門生——森田草平 076
作家的日記——秋田雨雀 087
爲寫實與虛構掌燈——志賀直哉 091
畫家身影——竹久夢二 094
被時間照亮的作家——宮地嘉六 098
白樺派的作家——武者小路實篤 103
詩集作爲被領悟的焰火——萩原恭次郎 107
愛書的少年——川端康成 112

二十世紀後作家

檸檬不是炸彈——梶井基次郎 118
永恆的小說家——上林曉 123
只爲證明生活中的笑聲——森茉莉 127
作家的目光——坂口安吾 130
眉山——太宰治 133
向生而死與斜陽——太宰治 136

影之篇

隔牆有耳——松本清張 146
波浪上的塔——松本清張 151
像星光那樣堅定——木下順二 155
一個口譯員之死——萱季治 159
以作家爲師——水上勉 164
高貴的異端——安部公房 167
逃離現實的作品——三島由紀夫 173
〈後退青年研究所〉——大江健三郎 178
作家的書齋——尾崎秀樹 184
伸出禁忌的舌頭——武田泰淳 191
沉重的肉身——中上健次 198

戰爭與日本文學

戰爭與成名之間 206
戒嚴下的笑聲 211
書在天涯 215

戰火下的細雪 218
在文字的晴空下 222
失敗者的精神史 227
擁抱戰敗自由 233

權力與日本文學

禁書的理由 242
《細雪》查禁始末 246
出版戰犯與哲學飢渴 252
抵抗者的光明 257

身為職業作家

高等遊民 264
文學獎這種病 267
大眾作家的本領 272
作家的條件 277

夏目漱石與志賀直哉 283

作家與市場

在美國本土開花 288
日本暢銷書社會學 292
眞實之聲 296
廣告施魅 文字威力 299

文學漫談

日本文學中的南方憧憬——臺灣 306
夏目漱石及其時代——江藤淳 310
爲了文學思想的批評 313
大師與學徒 318
孤獨和自我拯救 322
等待一場體面的葬禮——日本戰後文學 328

走出函館的Book Off書店
乍見北國大地的斜陽依然強猛
在那個瞬間
我眼前閃過一種錯覺
一種飛掠而逝的美好
在時間的推移中緩慢地返回自身

推薦序‧另闢新意的閱讀視點

文／吳佩珍
（國立政治大學台灣文學研究所副教授）

《日影之舞》的作者邱振瑞先生，是長期以來活躍於日本文學譯界的著名譯者。他的譯作包含日本文學以及臺灣戰前新文學，其精采的譯筆，嘉惠了無數的學生與研究者。近年來，他自譯作轉向創作，這次出版的《日影之舞》，是日本文學評論集。這個集子不僅是作者在日本文學譯界多年筆耕與閱讀的心得，也是其對日本文學的執著與熱情的結晶。日本文學作品向來在臺灣翻譯市場有極高的市占率，然而深淺適中、適合大眾閱讀，同時由臺灣作者所撰寫的文藝評論，可說是鳳毛麟角。目前臺灣讀者雖能接觸大量的日本近代乃至現代文學經典的譯作，但是卻缺乏系統性的文學史以及文學評論的引介，《日影之舞》正可說是為臺灣貧瘠的日本文學評論注入了新血。

《日影之舞》分為「日之篇」與「影之篇」二部，前者以作家與作品為主題，時期跨越近代到現代。後者則聚焦戰爭、權力、市場等與日本文學關係的主題，讓讀者得以窺見文學的生產與國家、出版市場等的結構性關係。作者不僅引介了臺灣讀者熟悉的經典作家，如：夏目漱石、谷崎潤一郎、志賀直哉、川端康成、太宰治、松本清張、安部公房、三島由紀夫、大江健三郎等，同時也開拓了在臺灣大多尚未有譯本，但在擴展日本文學閱讀視野時相當重要的作家，如：國木田獨步、宮武外骨、小山內薰、秋田雨雀、中上健次等。

評論經典作家要如何不落俗套，實屬不易，對此作者多有其獨到的著眼處。如論夏目漱石，談的是漱石與自然主義作家田山花袋之間的論爭。從日本文學史的觀點看來，漱石代表的高踏派與當時日本文壇主流的自然主義文學（以田山花袋、島崎藤村以及自然主義理論家以及英文學者島村抱月為代表），無論在美學或是文學創作的技法，都大相逕庭。作者聚焦於夏目漱石與田山花袋二者的文學應酬，兩個文學流派的差異何在，各位讀者看過之後，想必都一目了然。

此外，作者特意另闢蹊徑，介紹至今為止臺灣鮮少引介的普羅文學作家與社會主義思想家，如宮地嘉六、河上肇等。知名度不算高的普羅文學家宮地嘉六是貧困的勞動階級出身，從普羅文學的建構理論觀點看來，這樣的背景才是理想的普羅文學作者。因為理想的普羅文學被認為必須由普羅階級者自身來創作，才能夠真實呈顯普羅階級遭受資產階級剝削與壓榨的慘況。作者指出宮地嘉六擅長描寫工人階層的生活，以及宮島資夫能夠生動地描繪底層的人們，正是因為這些作品都如實反映了他們的階級其真實生活的一面。

然而普羅文學作家中，像宮地嘉六這般來自無產階級者，實屬少數。當中最知名者便屬德永直了。德永直的《沒有太陽的街道》與小林多喜二的《蟹工船》並稱為日本普羅文學雙璧，《沒有太陽的街道》正是以他在製紙工廠參與罷工共鬪，同時與資方斡旋的經驗所寫成。一九二〇至一九三〇年代的普羅文學作家多為知識分子出身，同時掌控普羅文學的發言權。作家的創作、階級以及生活經驗三者之間的矛盾與乖離，讓普羅文學迅速僵化，同時讓普羅大眾逐漸遠離普羅文學。之後普羅文學快速崩壞，強力的政治鎮壓固是主因，上述的情況也是讓這個文類頹敗的重要原因。作者在「影之篇」中所介紹的「大逆事件」（〈抵抗者的光明〉）、戰時對於創作以及言論的箝制（〈禁書的理由〉、〈《細雪》查禁始末〉），清楚地呈現了普羅文學前夜以及運動徹底崩壞後的文壇概況。

作者對日本作家的臺灣殖民地經驗的關心，從其聚焦的宮武外骨、尾崎秀樹也可看到痕跡。臺灣讀者對於〈逃奔新天地〉中的宮武外骨或許陌生，但是對於專攻明治大正時期文學的研究者，宮武外骨是絕對重要的存在。他是「明治新聞雜誌文庫」的創設者，也是大正時期與吉野作造等人創立「明治文化研究會」的重要人物。作者提及宮武外骨因為創辦《骨董協會雜誌》嚴重虧損，為了躲避負債問題，與妻子逃至臺灣，滯留約五個月左右，期間還發行了《臺北新報》。日本統治臺灣初期，除了官僚、技師以及軍人等應總督府統治體制需求而前來者，此時的渡台者，如同作者所提及的內田魯庵在其《社會百面相》中指出，多為社會底層人、娼妓或是犯罪者，宮武外骨也身在此列。另，〈作家的書齋〉中，聚焦的雖是尾崎秀樹的藏書，但對尾崎一家與臺灣的淵源也有所著墨。秀樹的父親秀真曾任《臺灣日日新報》漢文主編以及臺灣總督府史料編纂委員會編纂，尾崎秀樹則是在臺灣出生的「灣生」，同時曾就讀臺北帝國大學附屬醫科專門部。尾崎秀樹是位全方位的文藝評論家，其大眾文學論更是知名。然而，對於台日文學研究者而言，尾崎秀樹《舊殖民地文學的研究》是開啟殖民地文學，以及台日殖民地文學研究的先驅著作，同時也是最重要的經典之一。尾崎秀樹的灣生身分以及殖民地臺灣的生活經驗可說是成就了這本經典的基礎養分。

「日之篇」裡最後的〈沉重的肉身〉，作者對中上健次「部落民」的身分以及作品做了詳盡的介紹，所觸及的，正是日本「部落」歷史根深蒂固的問題。「部落民」在日本歷史中存在已久，從高橋貞樹《被差別部落一千年史》一書的題名即可窺見。「部落民」在明治維新之前被稱為「穢多」、「非人」，明治維新之後改稱「新平民」。從以上各時期的稱謂可知，「部落民」是日本社會位階的最底層。同時，「部落民」問題在各時期的日本文學作品也留下了軌跡，例如作者舉出的島崎藤村的《破戒》，近者則有津島佑子的《奈良報告》。中上健次作品中混亂而無秩序的世界，反映的正是其「部落民」身分、以及長期以來因此身分而飽受歧視與欺凌的血淚史。

對於文學作品的評論與解析，作者在〈沉重的肉身〉中曾如此敘述：「我在讀書寫作上，向來與學院派寫作保持距離，生怕趣味盎然的題材，一交到我的手上，卻被我寫成僵硬沉悶的棺木了」。筆者本身接受的，正是「學院派」的日本文學研究訓練。或許正因如此，《日影之舞》在我讀來，有種新鮮的「違和感」。這樣的「違和感」，或許正來自作者刻意與學院派保持距離，企圖另闢新意的閱讀視點。

推薦序・從翻譯到專業寫作

文／韋振豐（作家、譯者）

記得千禧年前後初識振瑞，地點是台大附近的明目書店。一開始得知他曾經赴日本深造，主修日本文學，回到臺灣後，便立志要專心寫小說，但身為作家，也需要收入，於是到一家出版社擔任總編輯。二〇〇二年，他告別朝九晚五，開始翻譯日文作品。顯然這是臺灣讀者的福氣，因為一些日本作家如松本清張、山崎豐子、宮本輝、三島由紀夫的名作能夠以中文版問世，都是出自他的譯筆。

外國作家的作品能以中文面世，背後要歸功於譯者。如果你是松本清張跟山崎豐子的粉絲，那你一定知道邱振瑞這個名字。身為作家固然推出好作品，但總不能夠要求每位讀者都深諳外文，因此翻譯家的職責就頗為重要。古人說，做好事就是造橋鋪路，但在文學世界翻譯家同樣是做善事，因為翻譯就像鋪了一座橋讓異國作品順利過渡到自己的語文世界。翻譯這兩位作家的作品，其實是件苦差事，往往為了某個行業的術語，找資料就要花個一兩天，才能夠翻成適合的中文。這一來，出版社編輯倒是願意耐心等候，即使花個一兩年也無所謂，因為他的譯筆是有口皆碑的。

翻譯大部頭小說，除了語言力之外，更需要意志力和耐力。起先，心中總是納悶他為何有如此功力？經過長談之後，得知原來他出身嘉義農家，早年就培養吃苦耐勞的精神，接著更赴日勤工儉學，一面讀書，一面賺錢。後來，結婚初期，毅然挑起照顧重病臥床的老母，期間也偷得閒暇翻書，以彌補家用。也許有人稱許他是孝子，也許有人覺得他命苦，但我認為他深受老天爺的眷顧，能夠有此機緣，操練自己！有時候，會調侃振瑞說，這三種訓練，乃是特種部隊的「陸海空魔鬼操」。

訓練有素之下，要轉型成為專業作家，亦非難事。日本作家海野弘在《間諜的世界史》指出，作家如同間諜一樣，要具備蒐集資料的能力。有鑑於此，振瑞心中頗有自覺。從上個世紀以來，每年總會搭飛機到東京神保町，展開淘書之旅。可以想像一部部《日本文學全集》和《日本思想史》，或是單一作家的著作集到手，油然而生的滿足感之外，應該是身為作家的使命感。顯然，他已經準備就緒，汽笛一響，這艘「專業作家號」開始起航！

振瑞瞭然身為一位作家，雖然不是社會學家，但必須具有社會思維；雖然不是歷史學家，但也要有歷史思維，甚至哲學思維。因此，他下筆暢談日本文學，絕非只是解讀作家的作品而已，而是置入歷史長河中，以省視文學和社會的辯證關係。例如在「出版戰犯與哲學飢渴」中指出，二戰之後，美方開始肅清戰犯出版社。一九四六年一月四日，占領日本的盟軍總司令部下達了一道指令：凡具有軍國主義思想、國家主義者，不得在公部門任職，亦即在美國駐軍看來，這些潛在的危險分子都得徹底清除出去。所謂「A級戰犯出版社」，包含講談社、主婦之友社、家之光協會、旺文社、第一公論社、山海堂、日本社。占領軍總部以持股比例和限縮紙張來懲罰出版社，即使沒有列入戰犯名單也遭到波及。但一九四七年七月十九日，岩波書店發行《西田幾多郎全集》第一卷，大學生們得知這消息欣喜若狂，於三天前的傍晚開始，自備布毯漏夜排隊要購買「西田幾多郎的哲學著作」。面對如此現象，振瑞的解讀頗能切中要害——「其實，這些大學生徹夜排隊買書的現象，在某種程度上正反映出日本知識人的幽微情結——日本戰敗以後，整個社會如天地倒轉了過來，但他們必須從絕望情緒的深淵中掙脫出來，這時西田幾多郎的無的哲學彷彿溫潤的光芒一般，以一種特殊的魅力強烈吸引著他們的閱讀。」

如果溯及以往，那就要涉及戰爭期間，軍國政府如何查禁書籍。谷崎潤一郎盛名之作《細雪》，於一九四三年《中央公論》新春號開始連載，其後的三月號刊出第二回，以隔月的方式陸續連載這部小說。然而，在第三回文稿清樣完成之時，由於日本陸軍省報導部強行干涉，小說連載就此戛然而止。但最後他還是自費印製私家版的《細雪》分贈給親朋好友們，為自己和知己故交留住時代細雪中的歷史註記。這是谷崎潤一郎的堅持，哪怕情勢如何險惡，都要出版自己的作品。

除了歷史現象之外，他也以文學社會學的角度來解析松本清張，尤其「波浪上的塔」

和「隔牆有耳」。一九五八年，松本清張推出《點與線》和《隔牆有耳》後，成為暢銷書的金字招牌，接著在各雜誌撰寫連載小說，躍升為文壇明星。後來，其挖掘各犯罪事件和揭露社會弊端的系列小說，博得「社會派推理小說」的美名，使得之前被視為不登大雅之堂的推理小說，因而擴大並走進大眾讀者的視野。

振瑞在言談中經常聊起日本作家的諸多趣事，如松本清張的創意源源不絕之際，各家雜誌爭相邀約，每個月分別在三本雜誌連載長篇小說，但有時一趕稿，人忙得昏頭轉向，這一來甲篇的主角竟然溜到乙篇，而丙篇的主角更跑到甲篇。看來即使是大作家也會出錯，正符合羅馬文評家賀拉斯（Horace）所謂「即使荷馬也會打瞌睡。」（Even Homer nods.）

振瑞下筆總是趣味橫生，連連敘說文學妙事，頗能衍生激勵鼓舞的力道。在「文學獎這種病」中，提到《聖母不在的國度》的作者雖然多次在文學獎中落榜，經常陷入懷才不遇的苦悶，但二〇〇二年此書終於獲得「山多利文學獎」，二〇一〇年，他以小說〈母子前〉入圍芥川獎。論述文學獎的光影之外，振瑞強調，「文學獎的取得並非寫作上的峰頂，它似乎只作為前進方向的起點，而且沒有路標指示終點，若能這樣看待的話，體證者至少不致於被名利的犯罪集團惡意綁架，還能從容地享受寫作時原有的愉悅狀態，而真正地超越和克服文學獎這種不斷變種的疾病。」顯然，他的觀點值得臺灣作家參考。

學院派的論文書寫，每每陷於枯燥乾澀，以致於無法引發讀者的共鳴。但振瑞的文學隨筆非但有深度，而且趣味盎然，因此我誠心推薦《日舞之影》，相信這本新作必然引發讀者的閱讀樂趣。

自序

對於每個作家而言，寫書一定有其動機，不管這個動機，是否出於功利色彩的誘惑，或者純粹為寫作這精神活動所感召。從這個角度來看，探究作家的寫作機緣，抑或作家和盤托出心路歷程，最終即是給讀者最佳的回報。

我與日本文學的緣分很奇妙。在我青年時期，我即開始閱讀日本現代文學的作品。當然，那時我完全不諳日文，只能憑藉國內的中譯本，以此認識和建構我的日本文學地圖。後來，我愈加發現到自己的問題，這輩子若只依靠有限的譯本，又想敘說日本近現代文學的底蘊，必然掉入粗陋淺薄的泥坑。而且，我一向有精神和文字潔癖，無論如何都不容許自己深陷其中。借用現代的流行語，我必須展開拯救自我大作戰了，而要解決這個困境，起碼應該通過自我深化的考驗。從那以後，我師法流浪的俳句詩人，長期在日本語文的世界中遊歷，體會晦澀與意義轉折的奧義，我心裡比誰都明白，我若沒有通過語言學真正的試煉，沒有親自翻譯過日本文學作品，我的日本文學評論只是虛有其表，用華美偽裝成壯麗的假貨，它既不能自我拯救，也無益於讀者的視野。

二十餘年來，我有幸翻譯過多位日本名作家的作品，深刻體驗跨越兩種語境的苦與樂，從中獲得了很大的啟迪。也許這因素的激勵，我對於譯介日本文學的情感更加熾烈起來，甚至認為應該擴充評述的範圍，朝著未知的領域探索，唯獨這樣，我才會更精進不可懈怠，永遠在修行文學的路上。如果說《日影之舞》這本小書，是我這次遠行的印跡，它同樣可作為日本現代文學對我能力的考核，其中必然顯露出我的弊病缺漏，但是我將銘記和克服，作為自我新生的開端。

最後，我要感謝林宜澐社長對此書稿的抬愛和慷慨促成，總編輯廖志墭和編輯林韋聿細緻的校閱，為此書歸類分輯，方便讀者閱讀。我深深認為，這些細節展現出編輯人的巧匠精神。在此，我要向作家辜振豐和日本近現代文學專家吳佩珍教授致謝，他們的專文推薦，我視為至上榮幸，也是我持續研究寫作的源泉。

二〇一八年四月二十日 寫於臺北陋居

日之篇

二十世紀前作家

詩歌的倒影——松尾芭蕉

之前，我寫過幾篇松尾芭蕉的介紹，但還未探討過他賣掉位於江戶深川的草庵，決然徒步到苦寒的奧州遊歷之前，他做過什麼職業，依靠什麼維生？每次閱讀他的俳句時，這個疑問如迷路的山嵐在我的心底盤繞，激發著我追問這背景的經緯。如果說，我如此追探可獲得知識滿足的話，不如說，詩人在生活中遇到的困頓實況，才是我的關注所在了。而且有時它們的相似性，輕易地就能越過歷史的柵欄，來到自己的面前足以讓你打量個夠。

從地緣上而言，出身伊賀上野（現三重縣）的松尾芭蕉（1644-1694），放棄武士的職業，來到江戶開創俳詩的新天地，與小石川這地方結下很深的淵源。彼時，他在日本俳壇中默默無名，又沒有雄厚的家產支撐，要維持生計很不容易。然而，小石川這地方向他伸出了援手，為他提供了工作機會。出於這份感念，他曾為此地寫下一首俳句誌念：

陣雨隨我至
漫天撒滿雨珠花
打響小石川

這首歌詠礫川（小石川）的所在，現今文京區內的小學和公共設施都沐浴著這名稱的光輝。

松尾芭蕉寫下這首俳句，大約三十五歲左右。一六七七年，日本橋的富商杉山杉風和小澤卜尺，很照顧這位無名的詩人。在小澤卜尺的引介下，松尾芭蕉才得以到小石川上游地帶做些土木工程的差事。江戶時代初期，全國大興土木，開發拓墾新地，開渠治水急待完成，這時候正需要土木技師方面的能手，而有此技能的武士剛好藉此發揮所長。在那個時代，武士失去藩主提供的俸祿，等同於淪為結構性的失業人口，因此有許多武士流離失所，在生活的坡路上徘徊。藤澤周平在其時代小說〈黃昏清兵衛〉中，所描繪的正是明治末年低階武士落魄失業的具體情景。有趣的是，命運之中總是自有安排。或許，松尾芭蕉具有土木技術的經驗與知識，又得到那兩位富商的提攜，他才得以立身於這地方工作了四年之久。如果情況相反，說不定日本俳壇的歷史可能重新改寫，因為自德川幕府政權穩固以來，足有二百餘年，日本武士幾乎沒有機會拔出鋒利的日本刀，或以高超的刀法來證明自己的社會地位，或者像同樣出身武士的福澤諭吉（1835-1901）那樣，藉由研究漢學、蘭學或著述傳世來開創前程的話，失去這些保障的落難武士，他們與平凡大眾沒有兩樣，多半無法抵擋生活中不斷撲來的惡浪。

當我在描述松尾芭蕉打工維生的時候，驀然，喚醒似的讓我回想起我在東京勤工儉讀時的生活片段。一九八六年冬末，我還在日本語學校與看似簡單實則深奧的日文搏鬥，由於校方學費便宜，課程只提供到下午為止。下課以後，我就必須用這時間打工賺取生活費用，否則很快就得喝西北風了。直到後來，我才知道在那種天候中倒睡路旁的話，無情的嚴寒保證把你凍死。所以，儘管我的盤算合乎自然法則，其中卻又存在著矛盾。我若沒能超越這個困難——在日語的口頭表現上，練就到聽講流利，就得迎接流浪之歌的傳喚了。坦白說，以我那時笨拙的日語能力，的確無法勝任餐館外場的差事，反而只會給店家添麻煩增加負擔，他們的拒絕就是在鞭策我要變得更強，需要更強的實力才能存活下來。

在那以後，經過我多方碰壁，我年輕的勞動力終於找到買家了——在餐館廚房洗碗和餐食外送。那家中華餐館就在高田馬場車站附近，無論上工下班或者返回簡陋的租屋處都很方便。確切說來，我得到這份差事，在很大程度上要感謝對我面試的中年台裔老闆娘。她嫁到東京二十餘年，對於日語的探求似乎興趣索然，而我生澀的日語程度，恰巧比她險勝一籌，便有了這個精進的契機。我找不到工作的焦灼和波折，這才暫時得以平緩下來。令我印象深刻的是，在某個下雪的晚上，我只穿著輕薄的短袖白服，廉價的藍色膠鞋，右手拎著沉重的提箱，迎著飄落而下的細雪，要將這些熱食送到某家麻將館。那個提箱外面包著鉛皮，裡面有數枚層板，可依碗盤大小調整格置。我記得提箱裡分別裝著：醬油拉麵、炒飯、煎餃、什錦燴飯、廣東炒麵、回鍋肉、皮蛋瘦肉粥，估計少則九公斤左右。當我走過有點濕滑的雪路上，拾級登上狹窄的樓梯，進入香煙裊繞的麻將館，完成送餐的任務後，來到樓下我突然有一種難以名狀的充實感。因為若比起玄奘法師到印度取經付出的苦難危險，我這點勞動根本是不足為道的，怕冷喊苦反而表示自己的軟弱。我喜歡用詩意的形容，那個提箱就是我生活中的背經架，沉重自有沉重的意義。

是夜十一點許，細雪仍未停歇下來，我下了阿佐谷車站，沿通往南口方向走去，來到轉角街道的時候，眼前的景像讓我簡直不敢置信。那條長達七百公尺左右的街道，全然被積雪覆蓋成銀白之路了。而且，我早上出門路面還很通暢，到了晚上，竟然是雪深及膝了。我每跨踏出一步，都得小心穩住腳跟，否則可能失去平衡摔倒。我走到半途的時候，發覺腳趾有些冰冷發麻，原來是雪濕從我球鞋的裂縫滲透了進來。對我而言，這是超乎日常生活的新奇體驗。就在雪花撲面我浮想聯翩之際，倏地看見了右側民宅的庭院，植有一株青翠的竹子，只見厚厚的白雪把它的枝條壓得很低，但我覺得它始終沒有折彎屈服的樣子，彷彿隨時都要反彈而起似的。跋涉回到住處後，我快然寫了一首新詩，記下這空美與絕境般的感動。不過，不知什麼緣故，這首詩歌的原稿佚失了。看來我只能自力救濟了，用想像力重新回到記憶的現場，找尋我青春漫遊時期的光與影了。

回想起來，如今我分外地感謝老天和命運的造化。當初，若沒有祂們為我安排的困境，為我特別起造的諸種經歷，我在東京的生活必然是單調乏味的，不會與東京的古書店相遇，並激發我為此努力研究日本思想語言文化。進一步地說，失去這些奇蹟似的支撐，就沒有我的小說集《菩薩有難》中的故事，沒有我寫抒情詩汲取靈感的精神構型了。松尾芭蕉捨棄武士之刀轉向俳句創作，還於三十五歲以打工維生，繼續點燃其在俳句的深雪絕谷中的焰火，以精神氣概而言，絕對比那時二十六歲的我凜然的多。或許，我唯一能夠自豪的是，得知日本的俳聖松尾芭蕉的秘辛，他的俳句美學源自於對自然生活的探索，更多的是來自於深刻的生命體驗。當我們在生活中同樣迎接頓挫的叩門，寫出的詩歌雖然無法解決物質上的困乏，但是我仍然堅信，詩歌的倒影即是最寬廣無垠的庇蔭，說它是詩人心中最後的一塊淨土，也不算是溢美之詞了。

在墓前惜別——二葉亭四迷

在談論日本明治時期的文學思潮時，幾乎無法繞開坪內逍遙（1859-1935）和二葉亭四迷（1864-1909）這兩位重要的作家。以現今的鑑賞標準來看，他們的每部作品並非都在上乘的高峰，或者毫無缺點可言。然而，這些任何作家不可避免的局限性，完全無損於他們對於那個時代的先驅性的意義，他們奇特的人生經歷所構成的例外，又為我們提供重新認識時代的契機，而我們對歷史印象得以加深，似乎正是基於這個起點的提醒。

二葉亭四迷，本名為長谷川辰之助。他最初立志成為軍人，曾經投考陸軍士官學校，由於弱視而未被錄取，後來改變志願想當外交官，進入東京外國語學校的俄語系就讀。一八八五年，文才銳意的坪內逍遙將其多年來發表的小說理論和評論文章，題名為《小說神髓》結集出版。此書初版之際，分為上下兩冊，但這樣嚴肅的著作並未受到讀者的青睞，據說那時僅售出兩百冊左右。這應該是所有經典著作的命運。然而，這部具有前瞻開創性的作品，卻給他的同鄉後輩二葉亭四迷莫大的激勵，使得二葉亭四迷繼承其「小說在於忠實地摹寫社會的情況，以及大眾的心理活動」，亦即「寫實主義」的文學精神。一八八七年，長谷川辰之助寫出處女作《浮雲》，拿給其敬仰的坪內逍遙過目。坪內逍遙讀了這部作品，發表了不少意見，並把修改過的作品，以與自己合著的形式出版（封面和扉頁僅署名坪內的名字，正文前面的題名下寫著春屋主人、二葉亭四迷合著），因為當時出版社不同意以尚無文名的二葉亭四迷的名字出版。儘管如此，小說《浮雲》仍取得成功，十八年之後，他又寫出小說《他的面影》，並在《東京朝日新聞》連載小說《平凡》，獲得熱烈的好評。

但有趣的是，其實二葉亭四迷並不擅長於小說創作，據他所說，每日無不絞盡腦汁與小說人物和故事情節搏鬥，以致於連載結束以後，他整個人陷入了虛脫狀態，很想到國外避居長期休養。他在停筆寫小說之後，曾經從事過許多職業，去過哈爾濱和旅順等地。或許老天垂憐聽到了他的呼告，一九〇八年六月，他以朝日新聞特派記者派駐在俄國首都聖彼得堡。七月中旬，他終於抵達聖彼得堡，努力促進日俄兩國人民之間的文化交流，因為一九〇四年日俄戰爭後彼此心中的歷史情結尚未完全散去。然而，他患有嚴重的失眠症，把他折騰得愈加神經衰弱。半年後，漫天深雪的二月，他到戶外目送某俄國公爵的葬禮之際，卻跌倒在雪地上，因此染上了重感冒。最後，這場感冒進而併發肺炎和肺結核，弄得他不得不返國治療。

以二葉亭四迷的情感來說，他不想因為這個因素而離開聖彼得堡，數次任性地藉口說不能回國的理由，只是他的身體狀況實在太糟，旅居聖彼得堡的日本同胞極力地說服，他若不即刻回到日本，病情只會更加嚴重。而臨死之人的預感，向來比平常來得敏銳，他似乎已意識到死神正微笑地向他揮手。三月二十二日，他寫下「遺言」和「遺族善後事宜」寄給了坪內逍遙。二葉亭四迷雖然在文壇上聲名響亮，在現實生活裡卻備感艱辛，那時他還得扶養祖母、妻子，以及包括與前妻所生的兩個孩子，這亦是他勤奮撰文賺取收入的很大原因，因此，他特別在「遺言」中註記，在他死亡後，若得到朝日新聞社微薄的撫卹金，年齡不拘分成六等分。在此文，看得出他已預料到面臨妻離子散的局面，而做出這樣的安排：

玄太郎和阿節二人，應予即刻休學出外幫傭。
母親理應由後藤家照料。
玄太郎、節子所得之金錢須由母親保管。
有請柳子女士養育富繼健三。
柳子女士應帶上述二子返回娘家。
富繼健三所得之金錢應由柳子女士保管。
柳子女士可依情況應予再婚。
（引自《二葉亭四迷全集》岩波書店）

於是，二葉亭四迷帶著虛弱的病軀，由大阪商船社長末永一三陪同先抵達倫敦，四月十日，搭乘日本郵輪賀茂號朝日本進發。這次，不走陸路穿越嚴寒的西伯利亞，而是取道相對溫暖的海路，經由蘇伊士運河，但一進入熱帶圈，這溽暑反而使病情更惡化，五月六日，航至可倫坡（斯里蘭卡首都）港時，他已經衰弱到沒有救治的可能。二葉亭四迷登船以後，每天簡單記錄著自己的體溫變化。他的航海日記即為最佳佐證。因此，與他同時代的作家正宗白鳥（1879-1962）在〈文學家的葬禮〉一文中，亦提及：「（量體溫）這件事攸關著他的生死存活……」

一九〇九年五月十日傍晚五點十五分許，二葉亭四迷於航行至孟加拉灣的船中死去。當天夜晚，他的遺體經過防腐處理後莊嚴入殮，同船的乘客們為其守靈。十三日，郵輪駛入新加坡港，於黃昏時分出殯，其遺體被送往近郊的山麓，旅居當地的日本僧侶釋梅仙在頌讀經文和超渡後將其火化。據說，二葉亭四迷之前已有交代，萬一情況危急無法返抵日本，都可權宜地撒向海中或火葬，只是許多至親好友都在盼望他平安無事，至少也應當把他的遺骨送回日本。十四日早上，在法師的誦經聲中，撿骨師將其遺骨依序由下往上疊坐在骨甕中。就這樣，賀茂號於五月二十五日駛入長崎，經由門司港，其夫人遺族和親友於五月二十九日抵達神戶港等候，然後將其遺骨護送到東京的新橋車站。五月三十一日，《東京每日新聞》這樣報導迎接二葉亭四迷遺骨的情景：

「二十九日早上，長谷川二葉亭氏的遺骨由賀茂號抵達神戶，由遺孀柳子、親戚福田鋤次郎等人領取，三十日上午九點許，搭乘火車前往新橋車站。朝日新聞的主筆池邊吉太郎很早即來到新橋車站等候，為這件事情居中付出諸多辛勞。此時，二葉亭的母親和坪內逍遙都來到這裡。其他，朝比奈知泉、島村抱月、長谷川天溪等知名作家及其百餘名朋友都立於月台上等候。沒多久，火車終於抵達了。其母親和親戚們進入頭等車廂內，圍聚在木頭原色的骨箱四周，只見其母老淚縱橫，不能自已地抵住車窗哭泣起來。二葉亭仍是家中獨生子，身為人母看見原本身材高大的兒子火化後，置放在一尺四方的箱盒中，想必是要哭斷悲腸的。」六月二日下午一點，二葉亭四迷的葬禮在巢鴨的染井墓園舉行。同時代的文人內田魯庵（1868-1929）於《追憶與懷人》一書中寫道：「參加此葬禮者有數百人，沒有豪門權貴般的金衣錦服和龐大陣仗，但諸多故友門生無不敬仰地為其慟哭惋惜。」六月四日《東京朝日新聞》刊載了出席此次葬禮的名單，至親好友——坪內逍遙、內田魯庵、池邊三山（吉太郎）、牧放浪；小說家——饗庭篁村、半井桃水、小杉天外、泉鏡花、小栗風葉、柳川春葉、田山花袋、正宗白鳥；評論家——島村抱月、長谷川天溪；文人雅士——朝比奈知泉、夏目漱石、昇曙夢、小川未明、相馬御風、瀧田樗陰等等。此外，該報還以標題「還鄉埋骨染井墓畔紫薇長相伴」，感傷詩意地報導下葬的過程：「……二葉亭的遺骨選定葬於染井墓地的中央，緊鄰樹木蓊鬱的巢鴨。其遺孀和遺孤等隨侍在側，於墓穴旁拜別，下午三點許，陽光灑落在青嫩的新葉上，空氣中散發著掘出軟土的味道，這氣味更增添糾結的悲愴。一個掘墓的老工人，先下到墓穴底部，接下靈柩安置。長子玄太郎一面啜泣，一面拾起一抔軟土灑向棺木，土塊披覆在棺蓋上，發出灰暗和悲涼的聲音。接著，遺孀和長女以及次子三子，亦掬起泥土灑向了棺木。他們母女身穿白色喪服，在樹影的掩映之下，哭得雙眼紅腫，情狀無限哀戚。不久，墓塚慢慢壘起，立上墓碑。」

出於深厚的情誼，新聞界的前驅者池邊三山為這位文豪故友的墓碑題字。不過，他深知這位故友的思想，因此他尋思到底要題上「長谷川辰之助」，或者「二葉亭四迷」而猶豫不決。然而，最後他做出決定，還是揮毫題上「二葉亭四迷之墓」，墨痕猶為蘊藉。並自忖「說不定他在墓裡對我發出不平之鳴呢。」另外，在二葉亭四迷的墓前兩旁植有常綠的楊桐樹，入口右邊還栽有由出身東京外國語學校俄語系校友捐贈的紫薇樹苗。這些樹叢彷佛有自己的想法，它們似乎要見證一代文豪的傷逝，亦要對於來此墓前惜別的弔唁者致意。而這種以樹懷人的方式，在某種情境下，或許比高超的修辭學更能直抒胸臆的。

獨樹一幟的修辭——夏目漱石

在日本和臺灣，說到百年長銷書作家夏目漱石，多半把焦點放在他的小說成就上。我們若細緻地觀察可以發現，其作品的出版與研究解說，經由主流媒體以及幾個世代的強力傳播，已經越過國境登上世界性的閱讀視野了；正如村上春樹已獲得國際聲望的作家身份那樣，這兩位國際牌的日本作家代表著日本近現代文學的不同風貌。

夏目漱石（1867-1916）畢竟是喝過洋墨水的，他遠赴英倫留學，在那個知識尚不普及，急於從啟蒙的深淵奔向文明開化的年代，他能夠從西洋載回這麼多學問，其大文豪的地位莊嚴自不待言了。他擅長寫作私小說，又能放言評論，這些都是眾所周知的歷史事實。不過，好奇者總要有自己的方法，我們若從語言（日本語）生成的角度，亦即從修辭的觀點來看其文風和思想，卻能意外窺見有別於作家文雅形象而老辣狡黠的面向。

一九〇八年十一月，自然主義文學的健將田山花袋（1871-1930）在《趣味》雜誌上，發表了一篇文章。他在文中這樣寫道：「……據說，夏目漱石君對於赫爾曼・蘇德曼（德國小說家）的《貓橋》給予很高的評價，而且隨著時間的推移，他愈發欽佩作者的文學天才。再者他亦自述，其近作《三四郎》正想仿傚這種筆法……。」然而，夏目漱石的反應卻極為強烈，儘管在措辭上多所轉折，仍透露出自尊受損與怒不可遏的態度。他旋即於十一月十日，在《國民新聞》上，題為〈答田山花袋君〉駁斥這種說法，並趁著這個機會，把同樣以自然主義作家聞名的國木田獨步（1871-1918）貶損了一頓。事實上，夏目漱石的評論向來頗富玄機，他經常在文章裡以「吾乃粗鄙之人」自謙，這種做法等於為自己建置安全閥，如有效攔截飛彈的鐵穹防衛系統那樣，然後再發動回擊以此減緩各方壓力。當年，他任職於《朝日新聞》期間，盛情受託為小說家長塚節（1879-1915）的長篇小說《泥土》撰寫序文的時候，眼看逼稿在即，又得坦言說出自己的境況，他就是運用了如此高超的修辭技巧。這次，他同樣展現這樣的功力。他說：「在小生（鄙人）的記憶中，不曾說過《三四郎》要效法赫爾曼．蘇德曼的筆法，很可能是別人幾經訛傳，抑或花袋君聽錯其意了。還有另一種可能，粗心的人讀了花袋君的文章，誤以為鄙人在模仿赫爾曼．蘇德曼的筆調。或許《三四郎》的確寫得拙劣，但絕非沿襲模仿的作品。」

表明自己的立場以後，夏目漱石便重拳般地進擊：「花袋君六年前翻譯了《貓橋》，當時我甚為欽佩，可現今讀來，卻覺得矯揉造作，通篇盡是作者在自我陶醉。當然，對此褒貶全憑花袋君決定。但是六年後，鄙人能否達到花袋君的品味，亦是由鄙人決定的。吾必須聲明在先，粗陋的人讀到此文，若認為我們有同樣的嗜好，而六年來卻有此差異，吾可不能接受。」接著，他拉出同行作家做後援：「彼時，我對《貓橋》大為折服之際，向獨步君展示此書，他卻說這部作品矯情造作，根本令人無法卒讀。聽到這裡，我深切地佩服獨步君的眼識。而吾並沒有把花袋君敬佩獨步君解釋成漱石（吾）對獨步君佩服不已，就這點而言，我安心不少。」話說至此，他突然筆鋒一轉，直指晚年與田山花袋交從甚密的國木田獨步。他說：「依吾愚見，獨步君的作品，除了〈巡查〉之外（短篇小說，主角是西園寺公望公爵宅第的警衛。當時，國木田獨步亦認為這是他畢生的傑作），其餘全是些糟粕之作。（此乃吾閱讀印象所及），甚至比赫爾曼．蘇德曼的《貓橋》更拙劣得多。花袋君的《棉被》亦是二流的作品，《活著》比前作更糟糕百倍，完全不如滿谷國四郎（1874-1936）的〈車夫之家〉那樣精采。」

或許，夏目漱石是出於對《棉被》濃厚的感傷情調，以赤裸裸的情欲描寫，而感到不以為然，因而極度貶低這部作品的價值。但事實真是如此？至少從文獻中得知，在同時代的作家島村抱月（1877-1918，參見〈評《棉被》〉一九〇七年十月）和島崎藤村（1872-1943）看來，他們對於《棉被》的出版，都給予高度的肯定，認為這部作品為日本文學開啟了新穎的方向。儘管如此，夏目漱石最後還是施展出高超的修辭本領，他以這樣的文字收尾：「鄙人乃是小說家。基於這個緣故，經常遭受各種惡評。直至今日，吾仍誠惶誠恐，謹記在心，比起說人是非，寧願為己受辱而懊悔，畢竟自知沒有謗言的天賦。然而，現今拜讀花袋君的宏文，感到極需加以辯解，便粗魯妄評獨步和花袋兩君的作品，實在惶然不已。」

吾須坦承，現在仍無餘裕和勇氣通讀日本的文藝雜誌，正如吾尚未拜讀花袋君主編的《文章世界》，因此今後對於花袋君及其他諸君的高論，恐怕無法全部予以答辯。屆時，若有粗莽之人誤會漱石沒能回應花袋君及諸君的宏論，可真令吾為難。此事未必不會發生，吾在此先做聲明，以昭告天下。」

事實上，這是常見的文人相輕的現象，幾乎不分國界與時空，並不值得人們驚訝，比如，拿近例來說，魯迅的論敵之一張谷若（1905-1960），他在當時的《大晚報》上連載長篇小說《婆漢迷》，內容情節恣意編造，嘲諷的尖刀指向了文化界人士，如以「羅無心」影射魯迅，以「郭得富」影射郁達夫等。魯迅對此頗為不滿，立刻以〈文學的折扣〉一文反擊：「有一種無聊小報，以登載誣衊一部分人的小說自鳴得意，連姓名也都給以影射的。」（參見《魯迅全集．偽自由書》）。又比如俄羅斯文學天空上的兩大巨星——蒲寧和納博科夫。他們同為流亡國外的俄羅斯作家，經歷了迫害與離散，照理說，有其苦難共同體的認同。可是，納博科夫卻在自己的劇作中對前輩作家蒲寧極盡影射與嘲諷，似乎本能地就想與這個諾貝爾文學獎得主的前行者蒲寧較量不可。

從這個角度來說，夏目漱石否定同行作家的作品的修辭思維，終究反映出日本語的特質和邏輯，也就是以點與點的距離，而不是以直線或面的方式敘出，而且盡可能以名詞構成的文意，來達到軟性語調又具批駁的目的，因為如果採以西式語法大量使用動詞的話，必然就得展開思辨與衝突，必須負起敘說者的責任，而這是他們要避免的禁制。這甚至是不可撼動的語法傳統了，並規定和形塑著所有日本作家的言說路徑。所以，翻譯過夏目漱石的小說的漢語譯者，肯定最有感觸和體悟，值得我們向他們致敬，因為一件極為日常的生活瑣事，一個再平凡不過的生活經歷，經由有憂鬱症傾向的夏目漱石的敘寫，原本你走在野草及膝的田間小徑上，不知不覺間，卻被他帶往陰鬱幽深的林中路了。這種敘述的文學風格，並無好壞的分別，無需得出什麼共識，想看就看，不想閱讀就罷，隨手一扔無妨。不過，我們若因此而重新認識到這位作家的修辭技法，倒也沒什麼損失就是。

逃奔新天地——宮武外骨

探索明治時期的言論發展史，若把宮武外骨（1867-1955）這個奇人異士排除在外，沒有對他叛逆有理和戰鬥性的文章做綜合敘述來感同身受的話，我們必然與真實有趣的歷史錯身而過，進而讓美好的想像繼續定格在近代化與扼殺異端並存的明治時代。這對我們和讀者而言，無疑是不應丟失的遺憾。

宮武外骨在《筆禍史》一書中自述，他出生於讚岐國（現四國香川縣），祖先可能是來自備中（現岡山縣西部）的穢多（賤民），幼年名叫龜四郎，他在十四歲那年，來到東京本鄉的進分學舍橘塾學習漢學。在其青春十七歲，他改名為「外骨」。在那之後，他一面幫忙兄長的家業，一面為自己的言論戰場預做準備。兩年後，時值十九歲的他，即刊行《屁茶無苦新聞》，由於內容過於辛辣前衛，嚴重逾越了明治政府所能容忍的政治底線，因此，這份刊物旋即遭到了查禁處分。是年，他又創辦了《頓知新聞》、《頓知協會雜誌》，以及《宮武雜誌》，很早即展現出日本媒體人的傲骨風格和為捍衛言論自由的拚鬥精神。之後，他發行《頓智與滑稽》、《滑稽新聞》、《和盤托出》、《非常》、《半點樂趣》、《過彎》、《早晚停刊》等刊物，堪稱是明治時期在野新聞和雜誌的縮影。從這個視角而言，他讓明治這個時代的光明與黑暗走進了日本大眾的視野，又讓在這場與國家言論體制尖銳的衝突中迸發出新的意義來。

進一步地說，在那個崇尚西方文明的年代裡，他反其道而行始終以猛烈的批判性，月旦當時的政治人物，完全沒考慮到自身的安危。而且，他敢於把批判的矛頭劈向明治政府的高官、財團以及高層官僚——桂太郎和伊藤博文等，又不失詼諧、諷刺、戲謔的筆觸，激發大眾讀者的閱讀興趣。在他整個的生涯中，共計創辦刊行了一百六十種的新聞、雜誌和單行本。此外，他惹來筆禍，如不敬罪（冒瀆日本皇室）被重判三年徒刑、還遭罰款一百圓，更因違反新聞法條例等，包括本人及其相關人士因而入獄五次，然而他依然不改違抗的精神，孤軍一人與明治政府的警察、檢察官和法官纏鬥下去。因此，研究者用這樣的形容來概括他的著述風格：奇才、奇葩、偏執、狂狷、率直、鬥志、不屈、徹底、堅韌、激揚……。在婚姻方面，亦如他在言論史的奮勇同樣輝煌。他三十一歲的時候，與緒方八節結婚，之後情史豐富多彩，直到暮年有過四段婚姻。他在七十三歲那年，娶了比自己年輕四十歲的稻田能子，並開始編纂自己的傳記，直到享年八十九歲，不無散發著傲骨奇才的特質。

此外，宮武外骨不只在言論出版上有卓越的貢獻，晚年期間仍不失旺盛的戰鬥力，他大量蒐集明治時期社會文化資料，並號召同時代的知識菁英——吉野作造、尾佐竹猛、石井研堂等，組成了「明治文化研究會」，為他們批判性和匯總的工作鋪就了道路。根據資料顯示，當時，他頭上戴著一頂軟帽，穿著傳統男式和服，背著標寫著「東京帝國大學」偌大字樣的背包，不辭辛勞地到全國各地覓尋史料。他有先知般的遠見，並付出了巨大的心血，為後來創設東京帝大的「明治新聞雜誌文庫」（現今東京大學法學部附屬近代日本法政科史料中心）極為重要的貢獻。

諸如宮武外骨這樣的曠世奇才，我僅用如此簡約的概述，必然不足以勾勒其線性時間的動盪及其生涯的輪廓。但是，仔細閱讀他的相關記述，卻有意外的收穫。我把時間順序稍微倒轉一下。一八九九（明治三十二）年九月，他創辦並發行創刊號《骨董協會雜誌》，不料，出版了四期，銷路欠佳，結算之後，虧損了四千多日圓。這可是龐大的赤字。而且，那時長期提供資金挹注他的母親已經去世，他簡直是求助無門，跌入了負債的深淵，實在想不出解決方案。就在這時候，歷史向他開啟了另一扇門。他從遠房親戚那裡得知，中日甲午戰爭戰敗的清朝把臺灣割讓出來，成了日本的新的領土。在他看來，這是他「重構新世界的有利契機」。於是，他從雜誌廣告收入中挪出了一百五十日圓，帶著妻子緒方八節，逃奔至臺灣這個充滿想像與希望的新天地。他們乘船出發，經過對馬海峽。據他回憶說，隨身的旅費少得可憐，即使順利抵達臺灣，頂多只能撐持兩三天。

他們夫妻來到臺北府城以後，為了賺取生活的費用，他開始著手養雞的事業。不過，儘管他擅於撰文批判，並不熟悉養雞的專業技術。每天只會給雞隻飼料，卻無法有效管理，終至以失敗收場。此時，他格外懷念起油墨與文字的氣味，便刻寫鋼板複印自製的《臺北新報》敘述其臺北見聞，代替書信寄給日本內地的朋友。彼時，他有個朋友海田源太，在臺北府的前街二丁目經營「城谷書店」，這年十月，恰巧推出《花柳粹詩》創刊號「有底盃人」特輯（注：同「有底盃的人」，意即有後台背景的人。），骨武外骨抓住這個機會，迅即投稿「漫談春宮畫」文章，以治療文筆的飢渴。

在這篇文章中，他不改直言奔放的立場，這樣寫道：「說到春宮畫，正人君子或許為之避恐不及，深怕玷污自己的手，乍看下，似乎如此，其實不然。在古代連至尊者亦御覽為樂。當時，德川幕府敕令繪所（江戶時代管理幕府藝術品的部門）向天皇呈奉新奇的畫卷，如著名的鳥羽僧正（平安時代後期天台宗的畫僧，據說是日本漫畫的始祖）的鳥獸人物滑稽畫作，剛開始，僅限於二更時分觀賞……。」然而，此文引來了批判的聲浪。是年十二月十四日，《臺灣日日新報》駁斥宮武外骨「玷污了文壇的體面；撰文〈漫談春宮畫〉炫耀自慢，無不居心叵測……簡直是自暴文字劣行，冒瀆皇室的狂妄之徒！」十二月二十九日，保守色彩濃厚的《高山國》，同樣對他發出了檄文，「……作者提及春宮畫不止敗壞社會善良風俗，亦近乎對皇室不敬……」，並對其文中「在古代連至尊者亦御覽為樂」的說法，嚴格批判到無以復加的地步。

毋庸置疑，以宮武外骨認為，日本天皇自古以來即被神格化，即使現今被奉為「現世之神」，其實與庶民百姓無異。他的雜誌《頓治研法》，即相對於用諧音在嘲諷《明治憲法》。換句話說，「讚岐平民」的思想精神，始終在歷經十年挫敗經驗的宮武外骨的心底奔騰不已。他刻意將尊貴的天皇與低俗的春宮畫做聯結，對於在中日戰爭勝出近代天皇制更為鞏固的明治三〇年代，必然遭到對皇室不敬的指控，不可能不付出代價的。但這或許是新聞記者的宿命，必須有向死而生的堅定信念。宮武外骨這個在文筆上大放異彩，在現實生活中無法壓肩磨擔的黃酸小子，從一八九九年九月至一九〇〇年二月五日，總共在臺北停留了五個月。而相隔一百餘年後的今天，我這個中年男子在臺北市某陋巷的書房裡，透過其評傳的記述來想像他當年在臺北的日常生活，想來總有些滑稽自況的味道。確切地說，更吸引我的或許是他待過殖民地時期的臺灣這個歷史性的偶然。但我仍有現今的優勢，我得以利用俗套氾濫的穿越劇手法，成功地為自己找到了歷史的接點，有歷史的起點，再遠的歷史彼方似乎都能前往。

金色夜叉的誘惑——尾崎紅葉

一次，我在文化大學的教室授課，僅止一牆之隔，隔壁教室偶爾傳來昂奮發問的聲音，比我們正屏氣凝神聽講的筆譯班學員們來得生機勃然。仔細一聽，原來是教學股票投資的課程，難怪我走出電梯經過他們教室前面，他們那裡不時迸散出熱鬧的氣氛。片刻後，我向將來想成為譯者的同學打趣說：「直白地說，如果你們想以翻譯來贏得名利雙收，應該要盡快斬斷這個念頭。就我的經驗來看，幾乎所有從事筆譯工作的精神勞動者，都不可能得到財神爺的垂加護顧，而做筆譯這個行當，與墓碑製造業毫無二致，將來若能在譯著的書背上，印刻上自己的名字，那就是翻譯女神對你最大的迴向了。我們是終生與『文字』苦鬥的山伏（修煉者），一開始，就與豐厚的報酬無緣無份，它僅僅能給你自我意義的完成。而且，即使你廢寢忘食付出辛苦的努力，未必保證將來可成為頂尖的日文譯者。這裡面充滿太多無法解釋的原因了。因此，諸位若想快速致富擺脫經濟困境的話，就趕快轉向隔壁的教室學習，全心投入由『數字』鋪排出來的金光大道，免得後悔和遺憾終生。」或許是我持這種悲觀的翻譯致貧論，而嚇跑了筆譯班的尋夢者，以致於上課人數如退潮後的海灘，開課之初還有十餘名目光炯然的同學撐場，最後只剩下幾個意志堅定的碩果。

說到這裡，我的腦海中驀然閃過一個男子的名字——辜仲諒。他與我們從事日文翻譯有何干係呢？嚴格說來，並非毫無關聯。也許是之前讀過某八卦雜誌留下的印象，使得我無從抗拒地聯想起出身東吳大學日文系的辜仲諒來。於是，我這樣漫天幻想：如果辜仲諒當初敢於違背父親的期待，自東吳日文系畢業之後，以他這樣出身優渥環境的青年才俊，即投入日語教學的專門研究，矢志成為臺灣的金田一京助（1882-1971，日本語言學家）和金田一春彥（1913-2004，日本國語學者），效法這對在日本國語貢獻卓著的父子，不轉往美國念華頓商學院，而是留在最有利於學習日語的臺灣國度，將其畢生的才智用於日本文學的推廣，想必如今也不會落到這種危險的處境。換句話說，他沒有從深奧的日語之路出發，至少在精神上要抵擋住金色夜叉向他推銷的銀行帝國，否則後來他就不致於捲入內線交易弊案（紅火案），狼狽地潛逃到日本東京避禍了。從臺灣的司法怪象判斷，上次，他若沒有經由司法手段的高明的轉折，他不可能安然返回臺北的故土。然而，最近他又因疑似涉及淘空資產案再陷官司，可見前場的風暴還沒有完全遠離，它似乎在等待下個時機，很可能就此把他推向看守所和監獄的前沿。

於是，我又胡亂推想：好吧，他對於日語教學不感興趣，那麼開設「日本古舊書研究中心」，絕對成竹在胸足以勝任的。依我的想法是，以他們的經濟資源，可派專人到神保町古舊書店街、早稻田大街和大阪的天牛書店，把那些絕版的好書全部買下，裝滿三個四十英呎的貨櫃，運回他們位於臺北市精華地段建築雄偉的金融總部大樓裡，成立日本古舊書研究中心，提供眾多熱情如火卻因經濟拮据被折磨得油盡燈枯的愛書人免費閱讀，並出版相關的研究著作，這將成為美談和傳奇。當然，他若是做出這樣的善行，未必就能把他從可能面臨的牢獄之災中拯救出來，但是美談的意義和高度，正在於它的不求回報。依我看來，最重要的是，他必須徹底拒絕和告別金色夜叉的誘惑，把世俗社會熱衷追求的三個P-Prestige（聲望）Property（財產）Power（權力），統統扔入臺北市政府環境保護局內湖焚化廠，敦請神聖而熊熊的烈焰為這個空茫的迷夢送終。

就這點來說，日本作家尾崎紅葉（1868-1903）似乎比銀行鉅子辜仲諒看的徹悟透遠得多，只可惜他英年早逝，在日本近代文學的天空中，留下了巨大的驚嘆號。尾崎紅葉很早就投入小說寫作，博得文壇的美名，二十餘歲，當時文壇四大天王——泉鏡花、德田秋聲、三栗風葉和柳川春葉，全拜在其門下學習和精進文學事業。一八九七年一月，其經典小說《金色夜叉》開始於《讀賣新聞》連載，這部家喻戶曉的小說，就是在批判金錢為惡並且嚴重扭曲人性，使原本相依情愛因此變調的故事。簡易地說，尾崎紅葉於二十九歲的青春年華，即寫出這部透析社會和人性暗影的小說了，在一百多年後的今天，仍然值得我們對他喝采致敬。此外，他不止勤於小說的寫作，在求知若渴方面更展現出文人的豪情壯志。根據與尾崎紅葉同齡的作家內田魯庵（1868-1929）說，尾崎紅葉的英語能力頗佳，他大量地閱讀英美的大眾小說，尤其對英國小說家薩克雷的作品知之甚詳，在其晚年之作《金色夜叉》中，看得出這些高超的文學技法。在小說寫作之餘，尾崎紅葉亦肯於花錢買書。內田魯庵指出，彼時，東京的丸善書店販售原文版《英國百科全書》，數量奇少僅止三冊，其中一冊即由尾崎紅尾購買的，而且必須現金支付。事實上，尾崎紅葉那時已知道自己死期將至，在經濟狀況不佳的情況下，依然慷慨地買下這昂貴的大部頭辭典。借用詩人龔自珍的說法，他這種「九死不悔」的求知買書的精神，已經為世間狂熱的淘書者留下典範了。至少對我而言，我現在仍感受到這些真摯的感動在餘波蕩漾。

相較於我幻想著辜仲諒可能的各種作為或浪漫的想像，是那麼不切實際，反倒是尾崎紅葉的青春熱火發揮更大的魔力效應，他堅決地把我從幻想的浮沉中拉了出來。彷彿要我溫習「想吃蒼蠅自己抓」這句臺灣俚語的含義。是的，我必須清醒過來，即使在在秋雨霏霏的午後，在嚴肅的閱讀之後，很想讓精神放風一下，但是仍需要走出啟蒙後的光明，佇立在理性的領域上看待這件事情。

獨步郊外——國木田獨步

自然主義作家國木田獨步還沒有成名之前，曾在《太陽》雜誌一九〇〇（明治33）年十月一日號的「小說雜俎」專欄上，發表了一篇短篇小說。那時候，他二十九歲。在此之前，他是民友社《少年傳記叢書》的作者，寫過新體詩歌，的確受到某種程度上的關注，但確切地說，許多讀者不知道這位小說家的名字。我們考察該雜誌的版本，即可發現一個有趣的事實。在《太陽》的封面的本期要目上，只出現川上眉山的小說〈逸樂篇〉，以及由同屬自然主義作家的田山花袋翻譯的〈海盜來襲〉，卻沒有列出〈郊外〉這個篇名。不過這樣的編排，反倒使我們感到好奇，甚至想藉此推理一番，國木田獨步的「郊外」這部短篇小說，到底在寫些什麼？難道只因為他當時知名度不高，權宜之下，實在不宜和著名作家比肩出現，僅適合存在於隱微的內頁裡？相反的，我們要具備什麼樣的條件，方能身歷其境般的體會，方能看到屬於明治時代的獨有的特徵？畢竟，我們是現代的視角，現在閱讀一百多年前的小說，尤其在地理環境和生活細節方面，必然帶給我們理解上的困難，挑戰我們閱讀的方法，期待我們從中看出有趣的端倪。

仔細估算字數，小說〈郊外〉篇幅不大，譯成漢語的話，大約一萬一千字左右。然而，該作篇名與小說的內容，其實並不那麼契合。因為這部小說，以在小學擔任教師的主角——時田老師為主軸，他已經三十好幾，卻只與少數村民及其學生家長往來，聊談些村民生活的瑣事，始終沒有娶妻的跡象和準備，因此引來了鄰近朋友溫暖的關懷。我們憑著這樣的描述，似乎很難把握住這部作品的旨趣。直到進入第二段，由於姓江藤的畫家出現，來到其逼仄（編按：狹窄）的斗室，雙手就著小火盆烘暖，聊及江藤到武藏野雜樹林裡寫生的情形，這才與「郊外」的旨向聯結起來，因而引導我們走入明治時期的武藏野平原，回顧自然的風光。我們還可發現，作者提供這個自然主義的傾向，還暗示了社會迎向新的變遷——隨著住居的需求增多，原先保有自然風光的森林地帶，勢必將隨著現代化發展的節奏，從民眾生活的視野中淡出，儘管在當時看來速度還算低緩。

其中，畫家江藤在武藏野寫生的情景，現在讀來仍然很有意趣。據江藤告訴朋友時田老師那樣，他之所以堅持在武藏野的森林裡寫生，描繪茂盛的山毛櫸樹林，是因為那個地方可以給他專注的力量，也就是說，他視覺上的所有憧憬，都必須來源於這片森林（武藏野），必須由這片寧靜致遠的森林，給予他最深刻的支撐。若喪失這些憑靠，其筆觸和線條，必然要相形失色的。換個說法，國木田獨步的「郊外」，與其代表作《武藏野》是聲息相通的，因為他所描述的景致，都沒有離開武藏野的地理景觀，抑或說，在他多部的作品裡，都是圍繞著武藏野這個文學生命的舞台來敘述的。對他而言，在當時，他仍不免要追求文學體裁的流行，其實他是藉由江藤的視角述說，並預先意識到這將成為消逝的風景。因為武藏野就在其住家附近，他經常到那裡散步和沉思，在某些精神氣質上，與尚．雅克．盧梭的《一個孤獨漫步者的遐想》頗有奇妙的相似。或許，正因為如此，國木田獨步每次與妻子吵架的時候，很自然就往那片森林裡走去，似乎只有那個地方，方能安撫漂浮無垠的孤獨感。

正如上述，國木田獨步的「郊外」，在《太陽》雜誌發表後，翌年三月，他出版了第一部短篇小說集《武藏野》，由民友社出版。「郊外」這部小說輯錄於該書的第二篇，而其名作〈武藏野〉最早發表於《國民之友》（明治31年一月、二月）上，該部作品的末尾這樣寫道：「……即便不談道玄坂，也不談白金，單說東京那些街道的盡頭處，這裡有的接連以前的甲州驛道，有的通向青梅道、中原道或者世田谷驛道。這些地方突入郊外的林地田圃，說不上是街道或是驛站，在一種生活和一種自然的結合中，呈現出一種獨特的光景。我每當描寫到這種地方的時候，就會詩興盎然，這不是也有些奇妙嗎？為什麼這種地方就會引起我們的感觸呢？因為這種郊區的光景可以給人一種感覺：它是所謂社會的一幅縮圖。換句話說，那些屋簷下面彷彿隱藏著兩三個小故事，有使人深深悲切的故事，也有令人捧腹的故事；正是這樣的故事，可以使不論鄉下人或是城裡人，都受到感動……。」

國木田獨步在小說吐露的心聲，意外地激蕩出了我對於武藏野平原的各種追想。確切地說，那是我從文學地圖上到從那百年後附近周遭環境的比對。我無法精密的核對，頂多運用我寬泛而浪漫的想像。也許，是老天善意的安排，我在日本就讀時期，我的保證人津野老師，其住家就坐落在武藏野平原的廣義範圍裡。就我印象所及，他的舊宅是木構造房子，那時候（一九八七年）還沒有翻新，冬季時經常有賊風穿牆而入。他們家與大地主佐藤家毗鄰，我只能說這兩戶人家占地太懸殊了。不過，這不影響我的觀察。我隔著約莫齊胸高度的樹籬，放眼望去，對面是植有幾棵大松樹和果園的深宅大院，我好奇越過柿樹的枝椏間，可以看見院落一角的田圃上，栽有嫩青點綠的蔬菜。總而言之，以我這個南方國度的臺灣人來看，眼前所看見的可能與維吉爾描寫的田園牧歌般的光景相差不遠，這當然讓我非常感動憧憬不已。於是，我旋即展開想像，希望哪天也能在那樣的天地裡生活，但這最終只能是自我陶醉的幻想。而既然我這輩子不可能過上那種生活，不如拍些照片留念，說不定哪天派上用場。

事情果真被我料中。二〇〇〇年左右，津野老師的住家，由於實在過於老舊了，輪到該換上新生命的關頭。之後，他的住家重新改建，終於煥然一新，我有幸恭逢其盛，前往特別祝賀。到此為止，都是美好的事情。可是，我總覺得哪裡不對勁。我站在十餘年前站立的位置，也即回到原來的起點，準備探看佐藤家的莊園。津野老師的住家改建後，原先的樹籬改成齊頭般的柵欄，儘管我透過柵欄的空隙，還看得到對面的景物，但沒想到，我以前暗自喜歡的那些柿子樹，竟然消失了。我走到屋外察看，佐藤家那幾棵巨大的赤松還健在，但原來莊園的面積，卻明顯縮小了。在他家的附近，多出幾棟兩層式的公寓，與之前相比，我不得不說是物換星移了。津野老師說，老地主佐藤先生已經去世了，豈知其死後留下龐大的遺產，也就是我嚮往有之的深宅大院，卻成了其兒子不可承受的負擔！早期，兒子繼承土地遺產，若無法繳納遺產稅，可以用土地持分抵扣。可是，聽說後來法令更改，不得以土地抵償，而必須以現金支付了。我認為，這是極具殘酷性的法令，有些因付不起遺產稅的富農子代，因其不可選擇的無奈，最後落得祖傳的土地被政府（國家機器）強行收回，逼得他們走向了絕路。

回到現今的時點，通往甲府、高尾、青梅中央線快車鐵道兩旁，多少還看到雜樹林青翠的綠意，但具體而言，國木田獨步活著的時候，他們和喜歡到那裡寫生的畫家，尋求靜謐與靈感的淨土——武藏野森林，已然失去原來的面貌了，只剩下時間過後的痕跡，任你盡情的憑弔了。就這個角度而言，與國木田獨步同時代的大眾們，住在武藏野平原附近的居民，絕對是幸運的，因為他們提前享受到這份田園詩歌般的生活了。我的朋友說，如果你對此還不滿意的話，就往更深遠的地方去，到中里介山的大河小說《大菩薩嶺》（20卷）的場景去吧。到了那裡，應該還找得到舊時代的山巒、那種老時代特有氛圍的林莽，以及我們所追尋的感覺。就我的資訊判斷，雖然我們努力找到的「郊外」，未必與國木田獨步描述的「郊外」完全相符，但我堅信，其實應該差距很小，而這些難得的精神基礎，應該足夠我們用來描寫，復刻武藏野和多摩等地的光與影吧。

兩個有趣的廣告——堺利彥

以人格特質的意義來看，堺利彥（1870-1933）的確是個奇才怪傑，很難用恰如其分的修辭，來形容其生涯中慘烈和悲壯的命運。

他出生於福岡縣京都郡豐津村中的貧農家庭，但在學業成績方面很優異，於當地中學期以第一名畢業，進入了第一高中就讀。後來，他對於體制內的教育感到格格不入，就此放蕩中輟了學業，然而，他並未因此走投無路，淪為只會坐談空論的閒客。他當過英語教師、新聞記者、小說家，換過許多職業。一八九九（明治32）年，他進入《萬朝報》工作，與小說家、思想家黑岩淚香（1862-1920）、基督徒思想家內村鑑三（1861-1930）以及新聞記者、社會主義者幸德秋水（1871-1911）等人深交，主張日本要建設為社會主義的理想國度。

不過，一九〇三（明治36）年，正值爆發日俄戰爭時期，《萬朝報》的立場支持開戰，堺利彥則反對戰爭，因而與幸德秋水和內村鑑三辭退了報社，成立了「平民社」，創辦《平民新聞》，倡導反戰思想。一九〇八（明治41）年，他因於「赤旗事件」入獄，其間又發生了震驚日本社會的「大逆事件」（幸德秋水被處以死刑），由於他蹲在牢裡，沒被問罪而逃過了劫難。他出獄後，一九一〇（明治43）年，他與同樣為無政府主義者大杉榮等人成立了「賣文社」，這是日本最早成立的翻譯公司。一九二二（大正11）年，他協助參與日本共產黨的創立，擔任第一任委員長，後來又退出日共，轉向無產政黨運動。進入晚年，九一八事變爆發之際，他依然站在反戰的最前線，即使因腦溢血倒在路旁，依然堅持反戰運動的理念，堅持到最後一刻。他有一本著作《家庭的新風味》，著名馬克思的「共產黨宣言」就是由他幸德秋水合譯。

如果我們想對堺利彥的思想多所理解，他收錄在「日本名家隨筆」叢書中的文章，可謂補足未被述及的面向，同時亦能連接其生涯的社會關懷。這篇隨筆題為〈兩個有趣的廣告〉，篇幅不大，卻具體映照出他的批判與強烈的社會關懷。

他在文章伊始提及：「最近，吾人在報紙上看見了兩則措詞吸睛的廣告：其一『白縐綢兵兒帶』（注：用整幅布捋成的男性腰帶）；其二、『經濟實惠 飯量增煮秘訣』。他說，該廣告宣稱，兵兒帶是『桐生特產 美觀精織』，每條標價一圓二十錢至一圓七十錢，不到一般售價的三分之一，而且布料光澤雅致，尤其受到政府官員、學生、紳士及文人雅士的喜愛，沒有比這更物美價廉的腰帶」。在堺利彥的看來，刊登這支廣告所費不貲，可他憑什麼判定上述那些人士都喜愛使用這款腰帶呢？而且，廣告者的說法，八成是自我感覺良好，自以為有文人雅興的品味，而且還強調只需付出市售價格的三分之一，即可擁有這條精美的腰帶。這顯然是看準消費者貪小便宜的心理，並藉此刺激購物的欲望。就此而言，這種不需要付出勞力、只需少許資本的銷售手法，簡直是極為膚淺，絲毫不值得羨慕！」

接著，堺利彥又批評所謂的「飯量增煮秘訣」，該廣告吹噓「按照這種方法煮飯，可增至四倍飯量，尤其米價爆高漲之際，更是家家戶戶必備的隨身寶。」他說，這廣告的刊登者，很懂得市井小民的心理需求，同時抓住一般人以煮飯可以少增多的想望。確切地說，就是那份僥倖心理在作祟，要不廣告主怎能有機可乘呢？不過，相反說來，看到這則新奇的廣告又想節省生活開銷的市民，必然有躍躍欲試的衝動，恨不得趕緊買來試用。在他看來，上述那兩則廣告都有誇大的嫌疑，其效應影響又很巨大，對於省吃儉用的民眾而言，被其聳動的廣告詞所吸引，本來也無可厚非，似乎沒有立場責難。其實，堺利彥的肺腑之言在於，當時，日本是個階級身分嚴明的社會，資本主義高漲的時代。他很感慨，深具實力的人努力打拚，都未必能出人頭地了，而且勤儉並不保證能夠致富。他深切希望的是，日本民眾不應有僥倖的心理，不付出辛勤勞動，因此怠惰下來，就想獲得方便之物，這種可貴精神的喪失，才是他最在意的大事。只是，當時他慷慨激昂披文警示社會，是否發揮了振聾發聵的作用，抑或只徒留悲嘆的回音，我們必須回到那個時代的社會現場上，再次檢視其後來的效應。

思想家的日常生活——河上肇

在探索人生深層問題上，哲學家和文學家所付出的努力，無疑是巨大而艱辛的，似乎很難用具體數字來呈現其差異，而且這些精神活動的特質，原本即不適用於科學性的量化。儘管如此，長期持續關注他們思想生平的讀者，同樣可以找到他們的共同點，在日常生活和身體狀況方面，精神壓力和疾病是如何折磨他們的肉體，他們又如何與這無可迴避的惡魔做殊死搏鬥的。然而，這些與時代和命運拚鬥的經歷，恰巧為我們提供了哲學與文學之思的肖像圖景。

文學家夏目漱石向來命運舛錯，雖然晚年他的作家生涯登上了頂峰，成為日本著名的國民作家，但一輩子幾乎都被經濟的重擔壓得喘不過氣來，要不就是深陷於世俗情份的糾葛，這使得神經脆弱的他，因此更容易焦躁易怒，平日必須經常服用胃藥緩和胃潰瘍。不過，最後他仍因病情惡化大量吐血身亡。所以，我們從其生前的照片來看，就能知道其面容為何分外消瘦，四肢瘦得像枯樹的原因了。

類似的事例也發生在河上肇（1879-1946）的身上。這位日本最早寫作馬克思《資本論入門》的經濟學家，因倡導共產主義思想而被關進大牢之前，是京都帝國大學的教授，他在《河上肇自傳》（五卷本）中，提及他出獄後的生活情景。他與年長他十二歲的夏目漱石，有著同樣的病況，經常飽受胃痛的侵擾，用瘦骨嶙峋四個字來形容似乎最為妥帖。

一九三〇年一月，河上肇離開了京都，舉家搬遷到東京市的西大久保，那裡距離新宿車站很近，步行只要十四、五分鐘。他們賃居的寓所是一棟簡陋的舊樓房，每月房租大約五十日圓。據他回憶，可能是陽光照射不足，大門旁的那棵松樹也瘦弱得可憐。他在大門右邊的柱子上，掛了一塊小木牌，上面寫著「河上」兩字，後來警察跑來糾正，要求他必須寫上姓名，於是他藉這個機會，把從京都帶來的那塊寫著「社會問題研究編輯部」的木牌也掛在門柱上。當時，他們家共有五口人——他的妻子和女兒，還有一個書僮和一個女傭。確切地說，那個名義上的書僮，其實是保護他們的身家安全。由於前年春天，生物學者和政治家山本宣治（1889-1929，著有《無產階級生物學》），因反對《治安維持法》濫法擴權而遭到右翼激進分子暗殺身亡，因此，當地工會好意派來一名工人，到他京都的住處保護其安全。後來，他慢慢地習慣這種方式，身邊經常有年輕的隨扈在側，在那以後，他外出旅行、出席演講會，有時只是出去理髮或到公共澡堂洗澡，總是有人護衛陪伴。

有趣的是，儘管那個時代充滿肅殺的氣氛，遭到暗殺如銳眼烏鴉般叼走柿樹上的紅柿那樣容易，這個極力發揚馬克思經濟學的教授，對於瑣碎日常生活的紀錄，可謂生動而翔實。他回憶說，由京都水平社派來到其西大久保寓所的青年小林，約莫十七、八歲，在他們家擔任護衛的時間最長。由於河上肇的胃腸不好，妻子向來很注重其營養，早飯的豆醬（味噌）湯裡，總要多放進兩個雞蛋。不過，其妻覺得不應該厚夫薄彼，而給那個本來即肌肉發達的護衛同樣的飯菜，才短短兩個月時間，那青年就胖得不成樣子了。一次，河上肇吃著塗上奶油的中村屋麵包，看到那胃口奇佳的青年，照樣與他塗上厚層的奶油，津津有味地吃了起來。這個動作讓他看得倍感羨慕，並反省起他之前的飲食習慣。以前他的身體特別衰弱，又患有胃疾，因而很注意營養調配。但是，或許正因為他過於講究飲食的緣故，反而損害了自己的健康。

撇開美味飲食的話題之外，河上肇對於那個因營養充足而愈發肥胖的隨扈小林，既有小小抱怨和恨鐵不成鋼的期待。他原以為小林是大有前途的青年，而且聽說想要研究馬克思主義，他大為感動，還贈予所著的《經濟學大綱》一書，並為他勉勵鼓舞，可以一邊閱讀，一邊提出問題。然而，小林卻將這嚴肅的書籍當成小說一樣，過了三、四天，即向他表示已經讀完，要求換一本給他。的確，《經濟學大綱》的前半部，是河上肇擔任經濟學講座時最後所寫的講義稿修訂而成，用了一個學年，才講完了它。因此在他看來，那本書是自己苦心孤詣寫成，而眼前這名青年卻匆匆瀏覽而過，終究無法讀懂書中的要義。只是，如此埋怨也無濟於事，因為當時許多非知識人出身的年輕左翼戰士，都是這樣的讀書態度。他只能付出更大的耐性施加影響力，吸引更多的熱血青年閱讀，強化他們為改造日本社會所需的理論基礎。

綜此看來，河上肇的日常生活比我們想像的來得艱辛忙碌，他除了宣揚自己的思想理論以外，還必須捱住胃病的長期折磨，並為自家的隨扈備課講義，讓像他們一樣的年輕人，直面恐怖年代的同時，不但精神深處獲得武裝，物質上又有確實保障。或許，這就是河上肇想建造的烏托邦。若是這樣的話，那些曾經與他共同生活過的人，應該說是幸運中的幸運。

日常生活中的祕密日記——永井荷風

我始終認為，永井荷風《斷腸亭日乘》裡的記述，是精采無比的文本，舉凡他日常生活中的點點滴滴，或是發自個人的愛恨情仇，包括當時發生的重大社會事件，全部納入其日記的領域裡。因此，我們若不以文學發展史的角度閱讀，而是透過他細緻托現出來的社會內容，似乎讓我們更有可能重建和還原其所處的時代面貌來，甚至得以穿越時空發現老東京的昔日光影。對於讀者而言，其情景的躍然紙上，絕對勝過穿越劇中常見的場景及其誇張的效果。

一九三六年，永井荷風已屆五十八歲。那年元旦，天氣晴朗無風。下午時分，他僱用的女傭來到家裡，他正想往雜司谷墓園祭拜，醫師朋友鷲津郁太郎來訪，說稍後到宮內省侍醫局上班。到了下午，永井荷風坐上了車子，往雜司谷墓園而去。他在祭拜過亡父及作家小泉八雲、成島柳北、岩瀨鷗所的墳墓，然後邁開悠然的步伐，從目白的新坂來到音羽。他看見位於陸軍武器庫旁的崖邊，樹林非常蓊鬱，野草蔓生得很。當他從崖下的陋巷經過，發現了那裡尚有許多口老井的殘跡，而且上面還用木板覆蓋著。然而，他印象所及的潺潺細流似乎已完全被填平埋掉，看不見任何痕跡了。

他登上久世山，今宮神社的神樂堂仍坐落在山麓處。神殿的格子門上，被貼上用平版印刷寫著「端正選風」的警語告示，看來顯得格外唐突粗俗。接著，他穿越路面電車的鐵軌，經過音羽街西側的巷弄，發現以前流經附近的溝渠全被填平了，沒有半點痕跡可尋。他往不動阪的方向登高而上，在小徑的左側，偶爾還看得見舊昔石橋殘留的欄杆。暮色逐漸籠罩下來，他藉由路燈的亮光，好不容易才識讀出橋墩上刻寫著「櫻橋」的字痕。從這座石橋的左側，經過平民住家的小巷，可以來到某某古寺的門前，又可通往關口台地公園。

永井荷風佇立在江戶川橋上，等候往來於目白和新橋車站的公共汽車。在他看來，眼下的江戶川的河流混濁得很，簡直與乏味無趣的溝渠沒有兩樣，在夜晚的河面上，只傳來淙淙而過流水聲而已。不過他在日記中也坦承，每次聽到這樣的淙淙水聲，總會使他舒心地懷念起孩童時期的往事。他在新橋車站下車，走進金兵衛酒館，飲了三杯屠蘇酒，吃過晚餐才回家去。回到家裡以後，他在燈火下，閱讀英國大使Alcock的《出使江戶三年》（一八六三年）一書。由這看來，永井荷風有著與許多日本人同樣的好奇，很想從該書中探知西方人的日本觀察，尤其可依此回溯江戶作為日本都城時期的生活場景實況。不用說，諸如這樣的記述，確然為近代日本生活史的研究提供不少助益，更是深入生活的作家在寫作上的重要素材。

除了記下日常的生活瑣事，永井荷風有時還在日記中抄錄了重大的社會事件，這顯現出他決不是逍遙自樂的書齋型的作家，因為聳人聽聞的事件同樣嚴肅地置於其關懷的視野中。例如，他寫道：「去年除夕夜的《每夕新聞》報導說，這是位於市谷富久町的監獄，於明治三十年以來首度執行死刑，並公布死囚的姓名。該報導指出，明治三十年至昭和十年這四十年之間，總共關押了六百餘名囚犯。」此外，他抄錄的這份名單中，還詳細註記該囚犯的犯罪行為，意外地重現了那個激越不安的時代背景。

野口男三郎　詩人野口寧齋女婿　涉嫌殺害少年並挖掉眼珠和臀肉致死
幸德秋水
石井藤吉　於大森涉嫌殺害女友田中はる
大米竜雲　野和尚，連續強姦鐮倉附近寺院的比丘尼
山田　憲　政府官員　殺害米商鈴木弁藏，分屍後塞入手提箱內丟棄河中。
難波大助
吹上佐太郎
杉山憲太郎　國粹會會長　強姦並殺害木田陸軍少將的女兒
槍手　健　持槍搶劫殺人犯

儘管這些都屬於私密的日記，不可能受到軍部政府的嚴厲審查或干預，但或許出於他對政治暴力敏感的緣故，或是某種盤桓不去的顧慮，對出身《萬朝報》記者，因為反對日俄戰爭，之後創辦《平民新聞》，成為無政府主義的健將，後來卻被指控是「大逆事件（計畫暗殺明治天皇）」主謀而遭判死刑的幸德秋水，都沒有具體的敘述。依我的推斷，他沒有在文字中對遭此死劫的知識人表示同情，並非冷漠或事不關己，而是改以另種更深的隱微保存下來。但是無論如何，現今我們重新閱讀永井荷風的日記，不僅有機會理解他的日常生活，更可識讀其埋在日常生活中的祕密，而這都是隨著閱讀而來的最大收穫了。相信只要願意付出時間探索的，時代的沉重門扉就會為你正式開啟。

消逝的風景——永井荷風

在我們的生活空間裡，似乎永遠存在著不可調和的悖論：它具有無可抗拒的誘惑，吸引我們好奇的追隨卻又困惑侵擾我們的感官生活。剛開始，幾乎所有新奇的事物，都能帶來震撼性的奇異經驗，而我們在這個經驗中被啟發、被喚醒和被教育，理所當然把它視為歷史進程中的日常生活體驗。從那個時點看去，我們的私人領域到外部的生活空間，不止是一種時空上的過渡，而且又帶有濃厚驚奇色彩的飛躍。然而，這個田園牧歌式的旅程，終究沒能得到永久性的保證。因為隨著私人空間受到不斷的壓縮，社會風俗和行為規範愈加受到嚴格管控的同時，作為現代文明生活裡的個體，一有絕佳的時機，反而急於從那樣的空間奔逃出去，即使面對同樣的風景，最後很可能做出逆轉的評價，甚至招來歧視性的負評。而這個耐人尋味的悖論現象，不僅在日本的近代社會史有案可查，從日本近現代文學和文化場景中，同樣可以找到些許時代的面影。

先說一個外國隨行口譯員在日本靜岡的下田港口看到的奇妙光景。

在德川幕府末期，日本人還有公然裸露和男女共浴的習慣，這對於西方人而言，簡直不可思議，甚至對日本人的道德品行產生質疑。至少在那個時期，對他這樣的男性清教徒，根本無法接受這個唐突冒出的地上「樂園」。一八五四年，威廉在美國海軍准將培里的艦隊裡擔任口譯員，當他目睹到男女共浴的情景，驚愕多於憤怒，便在日記這樣論斷：「在我見過的諸異教徒國家中，我認為這個國家最為淫亂。就我的觀察來看，他們簡直不懂禮節。婦女們袒胸露乳，走起路來連大腿內側都可窺見。而男人們也只是用很少的布頭遮住下身，他們對這樣的裝束並不在介意。在街頭上，隨處可見裸露身體的男女，而且他們全不在乎這是否合乎體面，一同到混浴的澡堂洗澡。這些百姓盡做出低級猥褻的行為，身體姿勢極為淫蕩，猥瑣得說些色情話，宛如春宮畫般，令人噁心反感。」他進而擺出道德宣教師的口吻說：「祈求上帝以真理的光芒啟明這個愚昧頹廢的民族的心靈吧。」然而，同樣隨行的德國畫家海涅，卻以客觀淡然的角度看待這個現象。他在《世界環行日本之旅》裡這樣寫道：「浴場原本就是公共場所，男女老少混雜其中，人聲嘈雜……即便有外國人進來，這些赤條條的浴客，亦不會亂成一團。就算有外國人進來，頂多有兩三個女客慌張地跳進浴池而濺起些水花，或蹲下身來像麥地奇家族的維納斯似的用手遮擋下身，再不然就是引起其他浴客略帶誇張地喊叫幾聲而已。」如果時光能夠倒轉，威廉在登陸之前，有機會讀到式亭三馬（1776-1822）的《浮世澡堂》的話，或許他就不致於如此大驚小怪了。

在發生那個豔俗景象的四十六年後，日本的近代化已有很大進展，幾乎很難看到粗蠻的生活景象。夏目漱石在小說《三四郎》（一九〇八年）的描寫中，就呈現出使發展滯後的國家似曾相識的場景。這部小說的主角三四郎，從九州轉乘山陽線火車前往東京。當火車停靠在京都車站的時候，他注意到一個年輕女子走進車廂來。車廂裡的乘客原本就冷清，恰巧到站以後，又有幾個乘客下了車，因此更增添了旅途的寥落情緒。於是，三四郎想起了什麼，拿出在前一站買的烤燉香魚盒飯吃了起來。火車開出後約莫兩分鐘，那女子動作迅然地站起身來，從三四郎的身旁穿過，向車廂外面走去。此時，他的嘴裡剛好銜著香魚頭，目送著女子的背影。這些視覺性質的情節描寫只是在烘托離鄉者的好奇。接下來具體場景的點描，把舊年代消逝的情景拉了回來。他心想，那女子可能上廁所去，很快就會折返回座，低頭快速地扒著盒飯。當他這樣思忖著，猛然抬頭一看，那女子果然站在對面。不過，她沒有立刻回到自己的座位，而是繼續向前走了兩步，側身將頭伸出車窗，靜靜地向外面眺望。窗外的風吹得猛烈，她那鬢角上亂蓬蓬的髮絲引起了三四郎的注意。這時候，三四郎把吃剩的空盒用力往窗外拋去。而女子所在的窗口與三四郎旁邊的窗口相鄰，中間只隔著一列座席。他看到那個迎風拋出去的白色飯盒又隨風飄了回來，而殘餘的飯汁就這麼濺到女子的臉龐上。事實上，在夏目漱石同時代作家的作品中，經常出現這樣的情景：火車拚命往前奔馳，不斷冒出黑煙來，有時一陣強風把黑煙吹進車廂裡，許多乘客的臉龐和衣服都沾上了煤碴污點。

而同樣用文字記錄時代的人生風景，比夏目漱石小十二歲的永井荷風的作品更為出色，其煌煌七卷本的日記《斷腸亭日乘》，早已超越任何日本近代史的撰述，內容翔實而且細緻，文字風格典雅洗練，透過這套日記的觀覽，讀者可以清楚知道他經歷的時代變遷，包括他當時與文壇作家俳人的來往點滴，以及他終生獨身卻情史豐富的逸聞等等。這套著名的日記寫作，正是他後來陸續寫出傑作小說的底本。例如，《墨東趣譚》某片段的情景描述，就來自這日記的書寫。又比如，他在一九一九年三月二十八日，這樣寫道：「正午雨歇。與藝妓八郎於墨堤（即隅田公園）散步，見櫻花已點點綻放。於百花園中休憩，在素陶器上題句。園中雨後草色如染，至入金亭，飲蜆湯後食晚餐。壁龕間有渡邊省亭題筆之畫幅。乍看去，筆致清麗瀟脫，如同真跡。明治四十二年春，我與摯友啞啞子及濱町的私娼一同，從秋葉之有馬溫泉歸來途中，曾在此旗亭小酌。屈指一數，匆匆已過十一載！入金亭之老闆娘與往年無異，見有客人上門，無論是誰，皆鞠躬行禮。其勤奮之身姿令人欽羨。晚餐過後涼風習習，周遭一片寂然，雇車而歸。」他寫出生活中的風景，也道出他對政治的態度。一九二一年十一月五日的日記寫道：「百合子來訪。於風月堂共進晚餐。在有樂座站著看戲，相攜至家時，看見街上賣號外的奔走傳呼。原來是原敬首相在東京車站遭到暗殺。我對政治不感興趣，一位大臣之生死如同於牛馬之死，未能引起內心激動。殺人者本是惡人，被戮者屬未提防。與百合子在爐邊飲酒一杯後就寢。」儘管如此，他對時代的變化仍有抱怨，他感嘆近代化的發展太快，一切變得令人目不暇給，就連趿著木屐走路的聲響，都快從日常的生活中消逝了。就這個角度來看，作家和詩人的感觸畢竟要敏感得多，迅即就察覺到時代的天秤傾斜了。

也許，只是心有所感或出於純粹的情感湧現，想把這單純的祥和寫進詩裡，著名詩人西脇順三郎，就曾在其詩作中，描寫自己於黃昏時分浴後走出公共澡堂的悠閒情境。他和所有日本的尋常百姓一樣，身上披著浴服，腳下趿著木屐，隨著步伐的邁出，木屐發出咯咯拉拉的聲響，此時連捧在臉盆裡的肥皂盒，還默契十足地跟著咕咚作響附和。這時候微風拂面而來，觸動了鄰家屋簷下的風鈴，其清澈透遠的聲音，絕對比一首抒情詩來得更耐讀，一種只能意會難以言傳的經驗世界。

這麼說，並非明治時期只存在美妙的圖景，而與喧囂和雜沓無緣。在那個時代，同樣有如現今的噪音公害。公共交通工具的大量湧現，即是近代化相應而生的弊病：火車、電車、輪船、人力車和自行車，凡是人為製造出來的聲音，都可定義為白色噪音。正如上述，三四郎搭乘的噴出黑色煤煙的火車就是。而他當時之所以沒有雙眉緊蹙，是因為他還沉浸在鄉愁和往新天地的喜悅中，完全不認為這是公害的侵擾。那時候，對追求靜然生活的居民而言，有人走在砂子路上發出的沙沙聲、流動攤販吶喊似的叫賣聲，以及軍樂隊在街上行進的響動，似乎都是他們難以承受之輕。二次大戰以後，日本各種產業發展出來的公害，更悍然闖入了公共領域：工廠排放的黑煙、工業廢水直接排入河川，造成魚類大量死亡，周遭居民罹患不明怪病等等，而至於那些公共工程設施帶來的明顯公害就不在話下了。

話說回來，生活在秩序井然的日本國度，空間的寂靜是否就比喧囂來得安然？在我們局外人看來，這個問題似乎仍蒙著弔詭的色彩。文友羅國應曾說，他到日本國立岡山大學攻讀博士課程期間，其住處的附近太靜謐了，安靜到使他無法適應下來，以致得經常跑到研究室睡覺補眠。隨著他居住的時間愈久，他愈覺得有時候自己不經意發出的咳嗽聲，其清晰的程度都會使他感到莫名的尷尬，繼而轉向難以言說的可怖。一時間，他很難說明這種感受，但是他清楚明白，這靜謐得幾乎使耳朵轟鳴的回聲，已經跟原來的意義不同了。大家在共同體中享受寧靜的同時，而你卻發出不和諧的音頻，這與發出攻擊性的噪音簡直沒有差別。這樣一來，發聲者自然而然就得負起精神道德上的責任，儘管你已經做到克己吞聲，並未妨礙安寧和違反社會秩序維護法，但聲音不慎出現裂痕外漏，卻是不容辯解的事實！出於比較文化學的角度，我好幾次鼓勵他把這些苦澀的經歷寫出來，畢竟這是他獨有的生活體驗，包括他在岡山的日日夜夜，在夏季熾熱如火，晚間靜然如刀的留學生活中，以及所有使他愛與怕的事情。只不過，他似乎還沒從那寧靜留下的龐大陰影中走出來，直到現在，我還沒看到他對於岡山的回憶性文字。

由此看來，我們現代人似乎比前人承受更多的壓力和無奈，而試圖從安靜與喧囂中取得微妙平衡的，多半以失敗告終。我們的美好幻想往往抵擋不住無常的現實，剛想定的情節卻被悄然替換成荒誕的故事了。然而，人性心理終究是複雜矛盾的，當日子過得平淡無味，庸常得快要窒息枯萎，就想找點懷舊的滋味來提神解悶，而直接躲進往昔美好時光的庇蔭，自是最佳的選擇了。說到這裡，我們得真心表白才行，我們必須誠摯地向那些傑出的寫實主義的作家致敬，沒有他們鉅細靡遺的寫作精神，沒有他們以生動妙筆記錄時代的光與影，留住所有在聲音中泛現的風景，勾勒人世間的翻騰著的悲喜劇，我們只能眼睜睜感嘆消逝的事物真的永不復返了。

為理想搭建舞台——小山內薰

在其他文章中，我曾提及秋田雨雀在劇作上的成果，但在這方面的成就上，則必須介紹小山內薰（1881-1932）的文學經歷，如此我們才能深入地理解，他作為日本近代戲劇運動先驅者的過程。此外，小山內薰在自由劇場、築地小劇場的活動，不僅為日本近代戲劇的發展做出很大的貢獻，在小說、詩歌、翻譯等方面亦建樹頗多。

小山內薰與同年代的男孩一樣，將來都期待成為英勇的軍人，他兩次報考中央幼年學校，一次因成績不佳，一次因身體不好，都未被錄取。一八九九年他中學畢業，升入第一高等學校文科。然而，他在高等學校二年級時，因失戀而投入基督教思想家內村鑑三的門下為弟子，並協助編輯《聖經之研究》。一九〇二年九月，他考入東京帝國大學英文科。這時他已經與基督教思想漸行漸遠，過著頹廢生活，非常著迷於觀看戲劇。一九〇三年由於他的拉丁語學分不夠而留級，這時他已開始學習創作。一九〇六年他大學畢業，好運接連而來。一九一〇年在小說家森鷗外、上田敏的舉薦下，他與知名作家永井荷風同為慶應義塾大學的講師。一九一二年十二月，他為了研究戲劇藝術出國訪問，深受莫斯科藝術劇團的斯坦尼斯拉夫斯基，以及德意志劇團的拉因海爾特的影響。他於翌年八月返回日本。

一九二〇年他進入松竹電影公司工作，十一月公司內成立研究所，他出任所長一職。一九二四年他為了致力於劇場表演，辭去了慶應大學和松竹電影公司的職務。同年，他與土方與志等六人出資，創建了第一個為日本話劇界所有的劇場——築地小劇場。先後，演出了果戈里、契訶夫、易卜生等人的作品。不料，一九二八年他罹患動脈硬化症，一九三二年十二月二十五日，在宴會上發病，是夜，死於心臟痲痺。

然而，在此，我們若仔細回顧小山內薰的文學活動，就會發現他的戲劇演出為何取得成功的原因。一九〇二年，他翻譯了梅特爾蘭克的《群盲》，投稿給森鷗外主編的雜誌《萬年草》，獲得森鷗外的好評，並因此結識其亦是劇評家的弟弟三木竹二。經由三木竹二的介紹，他於一九〇四年參加了伊井蓉峰帶領的劇團改編的《羅密歐與茱麗葉》等劇的演出。是年，他開始以筆名鸚鵡公撰寫劇評。還以筆名撫子在《帝國文學》雜誌上發表了處女劇本《非戰鬥員》（五幕），後來成為《帝國文學》的編輯委員。經詩人蒲原有明介紹，他得以師事小說家島崎藤村的門下，與武林無想庵創辦了同仁雜誌《七人》。一九〇四年一月，他雜誌《新聲》發表了其首部小說〈留任運動〉。一九〇五年他在同仁雜誌上發表了詩作〈小野揮手告別〉。一九〇六年他出版了散文詩集《夢見青草》。這一年，他對介乎歌舞伎和話劇之間的新派戲劇失去信心，而轉向近代劇大家易卜生。一九〇七年他與民俗學家柳田國男、田山花袋、蒲原有明、岩野泡鳴、正宗白鳥、秋田雨雀等人成立了「易卜生會」。在這一年，他在木材富商數井政吉的資助下，於《七人》雜誌停刊之後，又創刊了著名雜誌《新思潮》，每期刊連載「易卜生會」的研究成果。

嚴格說來，「易卜生會」給小山內薰創造了發展的空間，他並藉助這個力量，開始改革日本話劇。一九〇八年他發表了文章〈致D演員君〉，一九〇九年他與市川左團次合作成立了自由劇場。自由劇場以試演適應時代的劇本和戲劇開闢新的道路，並演出了易卜生象徵主義戲劇等翻譯作品。他亦親自參與了演出。一九一一年八月，他開始在《讀賣新聞》上連載自傳體小說《大河邊》。一九二二年他開始在雜誌《戲劇與評論》上撰文，介紹第一次世界大戰後在德國興起的表現主義戲劇。小山內薰的作品還有自傳體小說《背教者》（一九二三年）、短篇小說集《窗》（一九〇八年）、《一里塚》（一九一五年），《柏林夜話》（一九一六年）、《手鏡》（一九一八年）等，他創作的劇作集有《第一世界》（一九二三年）、《兒子》（一九二四年）、《森有禮》（一九二六年）等。最後指出一則軼聞，據說一九一〇年小山內薰與谷崎潤一郎等青年作家第二次創刊《新思潮》之際，他只是掛名而已，並未參與實際的編務，但由於投稿題為〈廢紙〉的小說，而遭到官方禁止發行的處罰，由此可見他在體制外的言論地位。

夏目漱石的門生——森田草平

在日本近代文學史上，夏目漱石享有大文豪的美譽，尤以他在文學方面成果豐碩，崇拜者和追隨者日漸增多，因此，就有懷抱小說家夢想的文學青年——本名森田米松，投其門下向他學習小說創作的奧妙。其中，以後來在新聞上連載長篇小說《煤煙》（與平塚雷鳥殉情未遂）造成轟動效應的森田草平（1881-1949）經常被引為美談，而論其森田草平的小說成就，的確當之無愧。與此同時，他於這段文學生涯中，與其同時代作家交流與變遷，適時填補了簡約版日本近代文學史的頁面，大抵一名作家的盛名與無名，幾乎全由文學史家做出的決定，在日本的情況，也毫無例外。

我們先看一九〇五（明治38）年，這個極其關鍵性的生活經歷。那年十二月某日，夏目漱石的妻子鏡子，剛產下了第四個女兒愛子。恰巧當日有個身材高大的名叫森田米松的東大學生，來到了夏目漱石位於駄木町五十七號的家裡。這個有趣的情境，也曾經在電視影集《夏目漱石的妻子》中，形象真切地出現過。鏡子看到來客，立即開門請他入內，接著往左側的簷廊前移幾步，再推開左邊的拉門，請他進入丈夫的書齋。此時，正如他在大學教室裡經常看到的模樣，身穿棉襖的夏目金之助，端坐在偌大的書桌前。書齋裡擺了兩座書架，幾乎全被塞得滿滿的。森田跪坐在粗條紋郡內紡織的坐墊上。森田說話有點口吃，自稱是大學英文系的學生，說他最近寫了一篇小說〈病葉〉，刊登在上田敏（1874-1916，詩人、翻譯家）老師主編的《藝苑》雜誌上，若夏目老師得空的話，敬請賜閱指正。當時，夏目漱石三十九歲，森田米松二十五歲。

上田敏主編的《藝苑》雜誌，原本於一九〇二（明治35）年二月創刊，那年，他二十九歲，雜誌所需的費用自付。該雜誌的內容主要介紹和翻譯西歐文學及其美術作品，也刊登批評日本美術和文藝表演或相關報導。預計於一九〇六（明治39）年發行元月號，即這份雜誌第二期。主要供稿者為藤島武二、長岡止水等畫家，還有平田禿木、千葉鑛藏、井上十吉等外國文學者。嚴格說來，這份雜誌只發行了創刊號，即劃上休止符。四個月後，由於小說家森鷗外自小倉返回協助，上田敏又改版創刊了《藝文》雜誌。有趣的是，這份雜誌的壽命出奇短命，於六月推出創刊號之後，八月發行第二期，卻又斷然停刊了。

一九〇五年，上田敏三十二歲。他得到《文學界》雜誌文友們和東京帝國大學的學生們投稿，試圖復刊《藝苑》雜誌。彼時，森田米松就讀於東京帝大英文系，即經常進出馬場孤蝶（1869-1940，翻譯家、詩人、慶應義塾大學教授）家裡，他正是出於這個機緣在《藝苑》上發表了小說作品。當時，東京帝大學生投稿得以發表的刊物，主要是小山內薰等主編的《帝國文學》上，另外，即以夏目漱石為主的《杜鵑》雜誌。上田敏主編的雜誌較具學院色彩，類似之前的《海潮音》雜誌所倡導創造嶄新而優雅日語的藝術至上論，儘管如此，依然刊登帝大學生們的作品和評論，獲得諸多的好評。

確切地說，森田米松是個備受命運折磨的作家，風流情史相當豐富多姿。孩童時期開始，他即養成勤奮讀書的習慣。那時，其叔父在岐阜經營妓院，他經常到妓院串門子，一個妓女把他當弟弟般疼惜。他十五歲那年，想投考海軍學校來到東京，進入攻玉社海軍先修班。攻玉社相當於海軍士兵學校預科的中學部。那個時代的中學生，非常熱衷軍事思想的氛圍。那年夏天，他回到故鄉，巧遇了他所熟識的妓女。由於叔父的妓院倒閉，那個妓女便轉到了其他的妓院。他在少年時即身材高大，幾乎與成人的身高無異，很早以前就對情色小說裡的風流青史很感興趣，因此找上那名妓女，並與其發生了肉體關係。暑假期間，他幾乎每天從自家村子與那妓女見面。由於白天的緣故，其母親並沒有發現他們的私情往來，可是，一到八月末，他就必須返回東京念書了。一次，他佯裝到火車站乘車，卻立即衝到妓院去，在那裡待了七天。在那段時間中，他仿效昔時破指寫血書的果敢，寫了兩封文言的血書，誓言要與那女子永結連理，並隨身帶著其中一份血書。就這樣，他心醉神迷似地度過了七天。他回到東京以後，約莫一年，仍繼續與那妓女互通書信。不料，一到翌年，妓女突然捎信給他，說她已被贖身成為某老人的小妾了。

森田米松收到這消息，簡直如青天霹靂，於夏天時期，奔回故鄉和那女人見面。他責問對方為何拋棄他，誓言要把對方娶進門來。但是那女人反倒理智冷靜，說他們的年紀相差太大，不可能成為理想的夫妻。這或許是最後的道別，他與那女人，在附近的溫泉旅館共度了七天。從那以後，女人與其丈夫搬往了北海道，並直言今後不會再與他碰面。就這方面而言，森田的確是早熟而激情的青年。也許受到這種打擊，他不報考海軍學校了，換了兩三所學校，在十九歲那年，從日本中學畢業回到故鄉，又在那時與親戚家的少女陷入了情網。那年七月，他到金澤第四高等學校就讀，十一月，那名少女卻追來金澤找他。不過，這件事情被其國文老師發現，遭到嚴厲責備勒令退學了。那年年底到翌年春天，他在名古屋過著流浪的生活。在那期間，他買了森鷗外的《水沫集》。這本書是一八九二（明治25）年，由春陽堂發行，除了收錄森鷗外初期小說〈舞妓〉、〈泡影〉、〈信使〉之外，還有小說和戲劇翻譯，他翻譯的詩集《幻影》和十餘篇譯詩，堪稱是森鷗外初期作品的代表作。因失戀受創甚深的他，於是把大量時間傾注在森鷗外的作品上，每次總是帶著這本書出門。

一九〇〇（明治33）年，森田米松再次來到東京，在根津權現神社的附近租屋住下。在那裡，他認識了詩人河井醉茗，並同為室友。七月，他通過了第一高等學校的入學考試。不過，他不愧是熱血青年，一九〇三年，他看到報紙報導南非白人與英國人爆發戰爭，他便說要參加義勇軍反抗英國帝國主義。後來，經由河井醉茗的勸告下，他才打消了奔赴戰場的念頭。在他就讀一高期間，其同學生田弘治、栗原元吉、川下喜一等，都非常熱愛文學，他們共同創刊了輪流傳閱的《黃昏》雜誌。

那年春天，在森田米松高中三年級時，即耳聞赴笈英國享譽英語學界的大師夏目金之助，近期內即將返國，到第一高等學校和東大任教。四月，夏目金之助到一高任教。不過，那時夏目只在理科授課，森田是文科學生，沒機會聽夏目授課，即進入東大了。對他而言，他並不想成為英文學者，而是立志當小說家。他對歐洲大陸文學興趣高昂，尤其熱愛閱讀法國的大仲馬、莫泊桑和波蘭的顯克維奇等作品。據資料顯示，從一高到東大的英文系的學生當中，森田的成績名列前茅。但所謂強中自有強中手，有個同學中川芳太郎比他更出色卓越，三年期間學業成績居冠，還通讀過莎士比亞所有作品，這給森田形成了莫大的壓力，或許出於這個因由，他對英文系的課程興趣退卻。他甚至不知道在其同學當中，有個聞名後世的小說家和兒童文學作家鈴木三重吉（1882-1936）。

此外，森田聽說夏目金之助講授的「文學論」艱澀難懂，因而有些卻步，只來聽受夏目講解莎士比亞的作品。而且，他總覺得莎翁的作品乏味無趣，因此出席率不到三分之一。然而，文學之神似乎很眷顧他，在他大一的時候，他有幸造訪了馬場孤蝶，而正是馬場孤蝶的文學啟發，他從此對俄羅斯文學，特別是對屠格涅夫的「多餘人」處境感銘至深。在他認為，比起偏重於諷刺小市民的英國文學，震撼靈魂深處的俄羅斯文學來得強有力，這才是真正意義上的文學。

一九〇四年春天，森田及其文友們參加已故作家樋口一葉的追悼會。由馬場孤蝶籌備主持，除了森田的老師上田敏之外，詩人與謝野寬和晶子夫妻、河井醉茗、蒲原有明、小山內薰等也列席其中。追悼會場的擺設簡樸，樋口一葉的肖像畫置於房間中央，那是其朋友的木炭素描，兩三樣供品。追悼結束後，與會人士在其庭院前合照留念。從那以後，森田與馬場孤蝶交往頻繁，經常到馬場家裡借書，彷彿把馬場的書齋，當成自己的書房。馬場孤蝶是個慷慨的人，對於後輩如此熱愛閱讀，他總是豪情成全。據悉，森田就是這樣讀畢屠格涅夫的英譯本作品、福樓拜和左拉的英譯本。之後，馬場又介紹森田造訪了田山花袋和柳田國男，找來其他的英譯本閱讀。不僅如此，馬場進而推薦他閱讀梅烈日科夫斯基的《托爾斯泰和陀思妥耶夫斯基》。當時，日本進口的洋書不多，只有田山花袋和馬場孤蝶，擁有這稀罕的英譯本，島崎藤村得知這書訊，也捎信說要借閱這本書。在這部作品的促發下，森田又閱讀了托爾斯泰的《安娜．卡列尼娜》，和陀思妥耶夫斯基《罪與罰》、《白痴》、《被污辱的和被損害的人》英譯本，他就這樣改弦易轍慢慢退出英國文學，在大學三年期間，幾乎都沉浸在俄羅斯文學的世界裡。

一九〇五年（明治38）年，可說是夏目漱石的豐收之年。這一年，他創作出長篇小說《我是貓》之外，陸續發表了相關作品，愈加獲得文壇人士肯定。在矢志成為小說家的森田米松看來，他極其仰慕和崇拜夏目漱石這位雙料精英——大學教授和著名作家。於是，他更想接近這位大師的風範。在這願望成為現實以前，有個過程，依然值得一提。森田就讀一高時期，有個同學野村傳四，他即為小山內薰等《七人》（臨時增刊）同仁，又經常進出夏目的家裡。事實上，森田並不羨慕成為前述雜誌的同仁，而是渴望自己也能親歷其境。為此，他做出積極作為，比以前更勤到課堂上，聆聽夏目漱石講解莎士比亞。由於這課程各學年的英文系學生都可來上課，因此教室經常擠滿將近四、五十人。嚴格講，夏目漱石個子不高，但穿著剪裁合宜的西裝，顯得時尚雅致，站在講台上神情泰然自若。他授課的方式很特別，首先打開教科書，接著如往常那樣低聲講解，然後走下講台，穿過學生們的桌椅間，走到教室中央的時候，突然立在某個學生的面前說了些什麼。

這名身著和服的學生，經常把雙手插入口袋聽課，夏目漱石看不慣這動作，便厲聲責罵起來。恰巧這時，坐在鄰座的同學向夏目表明，「老師，他本來就沒有雙手。」夏目聽見這回答，霎時臉色漲紅了起來，接著，他沉默回到講台上，雙手壓在講桌上，始終低頭不語。此時，整個教室陷入了沉靜。幾分鐘後，他抬起頭來，這樣說道：「對不起，是我錯怪同學了。不過，因為我每日無不絞盡腦汁講課，你偶爾也把空缺的雙手掏出來好嗎？」而夏目這誠惶誠恐的態度和幽默作風，頓時化解了教室凝重的氣氛，繼續往下授課。這名缺少雙手的大學生，名叫魚住影雄，是年九月從一高畢業後，進入東京帝大就讀的。他在一高時期，參加過校友會文藝社團的成員。然而，這件事情就這樣傳揚開去。那些沒有在教室看見夏目賠罪的人，強言批評「夏目的做法很過份，居然拿人家的身體缺陷幸災樂禍。」然而，看到事情經過的森田，並不這麼認為，他看出夏目的直率和真性情，而且很有人情味。這是他貼近觀察到的大師的精神風貌。

該年十月，上田敏的《海潮音》刊行後，他隨即展開《藝苑》的復刊。上田敏將雜誌編輯部設在位於本鄉的自家，交由銀座的左久良書房發行。他甚至向當時的文友亦即《文學界》編輯兼發行人馬場孤蝶借名。後來，正因為這樣的關係，森田成為《文學界》雜誌的同仁，往自己的文學之路邁進。經由這文學青年的努力，《藝苑》終於出刊，其雜誌同仁用筆名翻譯了德國詩人和小說家艾興多夫的〈大理石像〉，馬場孤蝶則譯出契訶夫的〈第六號病房〉，中村蓊翻譯屠格涅夫的〈我的和別人的回憶片斷〉，江村川下喜一發表〈海上小島〉作品，森田米松以筆名白楊發表小說〈病葉〉。「白楊」是上田敏為他取的筆名。當時，剛完成書稿《破戒》的島崎藤村，特別為這雜誌寫了短篇小說〈早飯〉捧場。十一月，夏目漱石在《中央公論》發表以亞瑟王之死為題材的〈薤露行〉。正如前述，《藝苑》這份雜誌出刊以後，森田米松才造訪夏目漱石家裡。在此之前，森田寫過措辭華美的文章〈被遺棄的女人〉，向《帝國文學》投稿，亦獲得發了發表，反倒是森鷗外用文言體寫成的小說〈舞姬〉，讀者回響很是平淡。而森田這次造訪大師夏目漱石，就是當面想聽取他對小說作品〈病葉〉的意見，同時，他要藉此機會感受其直率人性的溫暖。

就在森田草平拜訪夏目漱石住家數日後，《藝苑》這份雜誌便郵寄到夏目漱石的家裡，夏目也予回應開始閱讀這位文學青年的作品。翌年元旦，夏目慷慨地覆信給森田草平，正因為這前輩提點的情懷，使得森田非常感激。夏目這樣寫道：「敬啟者：今日，吾已收到書店寄贈《藝苑》，拜讀了你的〈病葉〉。這篇作品寫得真好！從此文章中看得出頗費苦心，意匠趣向亦佳。然而，閱畢並無暢然愉快之感。令吾不禁忖度，你已是有家室之人。若非如此，最近可能過度閱讀思想晦暗的俄國小說（略）。你如此年輕即能寫出這樣的故事，想必得助於相關書籍的啟發和類似生活體驗。這期《杜鵑》雜誌上，刊載伊藤左千夫的小說《野菊之墓》，你可找來閱讀，說不定你會喜歡。吾認為，閱後甚為感動。……」

從這封回函中，我們可以想像剛走上文學之路的森田草平的喜悅之情，因為對他而言，現下沒有比其受到夏目漱石的肯定更大的榮耀了。此外，森田還折服於夏目有著慧眼般的洞察力，一眼即看出其不可告人的苦衷——把妻子丟在鄉下，近來耽讀於俄國小說等等。不過，這些來自大師的鼓勵話語，確然給森田很大的自信，他已不再感到孤獨，獲得了往文學道路前進的勇氣。

也許可以這樣說，夏目漱石建議森田閱讀伊藤左千夫（1864-1913）的《野菊之墓》，有幾個特殊的用意。夏目漱石於《杜鵑》雜誌上，發表《我是貓》以後，獲得很高的評價，伊藤左千夫為了繼承和發揚正岡子規（1867-1902）的文學散記，全力投入了創作，一九〇五年五月，伊藤以筆名「千本松原」在《杜鵑》發表了短篇散記，同年十二月中旬，他把寫就的小說《野菊之墓》，帶到了《杜鵑》朗讀會上。這一年，例行召開的文章朗讀會——山會，以前已多次在夏目漱石家裡舉行，但正如前述，當時其妻鏡子產期在即，移到高濱虛子（1874-1959）家裡聚會，夏目也因為寫稿繁忙，沒有出席朗讀會。在夏目漱石的文學觀看來，《野菊之墓》的文體並不統一，亦即口語體與書面體的混合，但除此之外，其敘述的情感樸實簡明，這對少年男女真情至愛的故事，充分在整部作品中洋溢出來。作者伊藤左千夫一面朗讀小說，在同仁面前感傷地自泣了起來。

以時間點而言，《野菊之墓》這部作品，就刊登在正月號的《杜鵑》雜誌上，十二月二十九日寄到夏目漱石的家裡，夏目讀完這部小說甚為感動，因此旋即捎信給伊藤左千夫，稱揚這是一部傑出的小說，尤其把政夫來到民子墓前的情境寫得恰到好處，說這樣的小說百讀不厭……。進一步地說，夏目漱石把對於小說《野菊之墓》的激賞和回應，希望登門求教的文學青年森田草平，亦能在此小說寫作上得到某些啟迪，所以在信文中要他閱讀這部作品。而森田草平也很精進自持，他立刻購得元月號《杜鵑》雜誌，細緻閱讀這部小說，並將閱後心得寄給了夏目漱石，請他提點指正。有趣的是，儘管伊藤左千夫已展露出小說家的天賦和特質，當他收到夏目漱石的來信時，簡直興奮到了極點。這份來自文學前輩的肯定，同時激勵他更加傾注心力持續創作小說。就這個意義而言，與其說成為夏目漱石的門生，可以獲得具體實質的文學寫作成果，毋寧說，正因為他是能夠寫出真性情的小說大師，其源自同理心和共同歷時的提醒，才是淌流入有志小說創作者的精神凍土的暖流。我們進而可以這樣推論，森田草平當初若沒有夏目漱石在文學上的促成，其成名小說《煤煙》就不會出現在日本近代小說的天空中。

作家的日記——秋田雨雀

我是一九八七年十二月左右，讀過劇作〈國境之夜〉中譯本，才得知秋田雨雀（1882-1962）這位日本作家，與此同時，我也是從這部劇作的描寫，對於明治時期內地人到北海道開拓墾荒的生活史，有了粗略的概念。作者在這劇作中設定的「國境」，其實是指十勝平原和其他行政區域的交界地帶。這部劇作設定的故事：以一對外地人父母帶著幼兒，在大雪紛飛的深夜中，跋涉到墾荒戶大野三四郎的家門前，哀聲求討到屋內取暖，卻被大野三四郎無情拒絕了，清晨時分，他們一家三口被發現凍死在茫茫雪原上。後來，經由大野家的忠僕阿伊奴人安利希卡的轉述，大野為此良心受到苛責，因而奔往廣漠的雪原，為旅途落難的死者收埋。而我正是因為這個閱讀的機緣，得以回顧和理解秋田雨雀的文學生活，才催生出這篇文章來。

在出版方面，早期秋田雨雀的運氣還算不錯。他寫出這現實主義傾向的作品之後，一九二一年（大正10）年五月，叢文閣出版了其題為《國境之夜》的劇作集，其中收錄了另外三部劇作在內。叢文閣出版社的老闆足助素一，是著名小說家有島武郎（1878-1923）的朋友，出版社這慷慨的刊印，的確擴大了秋田雨雀作品的傳播，吸引了不少讀者的矚目。

然而，我們若多了解秋田雨雀的生涯，或許將會發現更多不凡的文學特性。

秋田雨雀，本名為秋田德三。據他回憶，十三歲的某日，他看見了一隻被雨水淋得濕透的麻雀，他覺得那隻雨雀宛如病弱的自己，從此之後，便以「雨雀」自稱。一九〇二年，他就讀早稻田大學前身（東京專門學校）英文科期間，深受自然主義文學的影響，進而傾慕人道主義和馬克思主義的思想。次年十月，在本鄉中央會堂聽了幸德秋水等人的演講，對社會主義發生了興趣。一九〇七年英文科畢業後，在小山內薰主持的《新思潮》擔任記者的職務。這個時期，他開始熱衷於俄國文學。早期的戲劇作品〈紀念會前夕〉、〈森林與犧牲〉、〈被埋葬的春天〉等，較具浪漫主義色彩。一九一四年起，從事印度哲學和世界語的研究。一九一九年喪父，思想逐漸傾向於社會主義，積極參加各種社會運動，這其間發表了多篇戲劇作品：〈三個靈魂〉、〈佛陀與幼兒之死〉、《國境之夜》、〈骷髏的舞蹈〉。另外，還有童話集《給東方的孩子》、《太陽與花園》、《一郎與飯團》等等。

此外，秋田雨雀和所有左翼和日共產黨人的作家一樣，在第二次世界大戰期間，日本的特高（思想）警察，對他施以嚴密監視。不過，他依然貫徹自己的意志與良心，沒有因此退卻轉向，二戰結束之後，與小說家和翻譯家武林無想庵（1880-1962）加入日本共產黨，一時成為轟動社會的大事件。他是個理想主義者，一直過著清貧的生活，不幸的是，其妻子很早就過世了。但是在晚年時，他親手扶養的孫女自殺身亡了，給他精神上莫大的打擊。

因為他只有一個女兒，也在孫女二歲的時候病故了。因此，他很早就把孫女接回來照料。據相關研究指出，事實上，他的孫女是很孝順的，就讀昭和女子大學期間，為了照顧病弱的他，而辦理了退學，還立志成為營養師來看護他。只是，孫女卻沒能捱過情關的死劫，因無法承受失戀的痛苦，於十和田湖附近的高原上，以自殺結束了自己的生命。疼愛孫女有加的他，終究是憂傷過度，也於兩年後，在無盡的孤獨中死去，享年七十九歲。他的遺骨埋在東京都豐島區雜司谷的本納寺。

然而，歷史研究者關注的是，秋田雨雀到底留下多了遺稿呢？這個問題，果真於其死後兩星期浮上檯面了。他的女婿上田進是俄羅斯文學的研究者，其胞兄尾崎宏次是知名劇評家，以前待過東京新聞文化部，因為這層關係經常進出秋田雨雀的家裡。所以，秋田雨雀有時當著尾崎的面前，攤出其四十七冊泛舊的日記說，「這就是我全部的財產……」。那些日記的寫作始於大正四年二月，直到生前他依然寫著日記。至於，昭和十四年至翌年秋天的日記，為什麼呈現空白的狀態，是因為新協劇團和新築地劇團被強制解散時，連同他的日記被警視廳沒收所致。

而或許日記作為作家的精神之舟，它不想就此沉默於世間，而是哪天像沉埋地底的器物出土見日。約莫秋田雨雀去世的兩個星期前，他把尾崎宏次找來位於板橋的家裡，表情略顯慌張地說道，「我這全部的日記，請你拿回家裡保管。」尾崎宏次同意這個請求，卻婉轉地說，「現下，應該不急於將這日記搬走吧。」不過，秋田雨雀卻不悅地反問，「萬一我這裡失火了，怎麼辦呢？我這把老骨頭搬得動它嗎？」其實，換個立場而言，尾崎宏次猶豫不決或者為此苦惱不已，其尷尬是可理解的。因為他若接下這神聖的重託，就得把這些相當於六千枚四百百字稿紙份量的日記刊印出來，他當然為此苦惱與退卻——有出版社願意做這種賠本生意嗎？說來不可思議，這世間只要有良知的作品，就有勇敢的出版家，伸出援手助印發行。

《秋田雨雀日記》雖然只是其私人的日記，但是以文藝社會學的角度來看，其長達半世紀的生活記錄，畢竟具有重大的社會價值。在我看來，作家的生活史與官方歷史，同樣都作為整體歷史被敘述的對象。尤其對於無法從正統日本史的密林中找到答案的研究者，這套《秋田雨雀日記》無疑承擔著補足歷史殘缺的任務。進一步地說，無論是從文學的視野閱讀歷史，或者由異端者的史料來鑑察歷史，說不定有意想不到的收穫。

為寫實與虛構掌燈——志賀直哉

對於長壽的小說家志賀直哉（1883-1971）而言，晚年遭到日本文壇作家們的尖銳批評，可能是投向其生涯中的最突兀的烏雲。這些聲浪顯得尤為詭異，甚至透過組織性的座談會，向這名被封為「小說之神」的作家開砲，因為其批判的程度已打碎了日本人給人溫和謙恭的印象。

按時間順序來看，文學評論家中村光夫於一九五四年四月發表的〈志賀直哉論〉，應該是「批判志賀直哉」風潮的先聲。他的目的簡單扼要，用他的措詞說，他要將「這尊被供奉的神明」給請下神壇來。在那以後，出現了三波強大的攻勢：座談會「戰後作家們眼中的志賀直哉」（《文藝增刊《志賀直哉讀本》一九五五年十二月）、中村光夫〈志賀直哉與谷崎潤一郎〉（《日本評論》一九五六年二月）、座談會「日本的文壇元老們」（《新潮》一九五六年二月），這些文章的矛頭全指向這位小說之神文學方面的缺點。為了證實志賀直哉的文學成就不高，頂多只是一名普通作家，論者們提出偉大作家的作品與之比較。在文章中，理所當然要出現——托爾斯泰、陀思妥也夫斯基、史丹達爾、巴爾扎克，托瑪斯．曼等大作家的名字。

更確切地說，志賀直哉信奉的小說寫實風格以及寫實至上論，就是這場圍剿風波的箭靶。他向來標榜小說的真實性，不僅私小說的人物如此，一般小說中的人物亦不例外。也就是說，他描寫自然景色和人物，力求寫實逼真，情節發展要符合事實根據，只能映照真實，不能以假為真，徹底做到真實澄明的境界。這是他堅持的小說論，既招致論敵們的攻擊，亦吸引同好的讚聲。芥川龍之介對其文學風格有很高的評價。他在〈文藝的、太文藝的〉一文中說，「志賀直哉是個寫實主義的高手，他落筆為文全出於真實所本，不做空想臆測。此外，其文筆極為細膩，絲毫不落前人之後。就這點而言，我認為，其筆觸遠比托爾斯泰的更細緻。」的確，就文筆的細微表現，志賀直哉早期的短篇小說〈二十歲側寫〉、〈到鵠沼〉等，與托爾斯泰的日譯本小說相比絲毫不遜色。

然而，批判者進而指出，這個比較僅適用於短篇小說的範疇，不能一概而論。俄羅斯的文學史家說，托爾斯泰完成《戰爭與和平》巨作之前，其大部分作品並不精密，有點像素描勾畫的味道。以這個標準評之，志賀直哉的長篇小說《暗夜行路》姑且不說，其餘的短篇小說如同「素描」小品。例如他自承道，在短篇小說〈邦子〉中，那個劇作家就是他本身，而他只能描寫自己的原型，超出這個範圍，進入更複雜對立糾葛的社會關係，他幾乎束手無策。從其短篇小說〈菰野〉中，即可看出這些捉襟見肘般的弱點。底氣十足的論者翻出志賀直哉於一九三三年的日記補充道：那年，志賀直哉的異母之弟因破產和數件類似的詐欺事件被起訴，他為此極為苦惱，但是在小說〈菰野〉裡，他並沒有翔實寫出這事件的始末，等於在扯破自己寫實至上論的牛皮？照理說，小說家伊藤整由於翻譯《查泰萊夫人的情人》小說，卻被以妨害風化罪被起訴，後來寫就《審判》一書，志賀直哉有足夠的條件寫好這部小說，他卻在這糾纏的寫實面前敗下陣來。他甚至表示，「光是想到這些不愉快的事情，我就怒火攻心起來，沒必要寫這令人心煩的故事。」

在評批者看來，志賀直哉這痛苦自白，等於宣告自我否定，亦在推翻自己寫實至上論。換言之，他被奉為寫實主義小說之神的同時，似乎應該向小說中的虛構留些善意的空間，不可將寫實與虛構的位置對峙起來，讓它們因其衝突而失去相互照亮的機會。高超生動而寫實的小說，可昇華作家的寫作技藝，博得更多讀者的目光。不過，畢竟並非每個作家都如狄更斯那樣生活閱歷豐富，很可能多半因心理環境的局限而困頓不前。這時候，若有提煉自別人生活經驗的虛構助陣的話，那麼小說的前程必定會通暢些，至少沒有裹足不前的問題。這樣說來，在小說中，寫實與虛構似乎就能達成和解，偶爾演出一笑泯恩仇的戲碼，其實也無傷大雅。

畫家身影——竹久夢二

我們若要了解畫家的生涯和思想，從其諸多的作品切入，的確不失為好方法，但由其子女呈現出來的面向，包括生活方面的細節，或許更能接近畫家的精神原貌。知名畫家竹久夢二（1884-1934）的長子竹久虹之助（1908-1971），在一九三四年《第四卷十一期書物展望》上，撰文回憶他童年眼中的父親形象，為好奇的讀者們提供了深度的理解。

竹久虹之助這樣回述：其父孩童時期起即非常喜繪畫，這種舉動經常引來姊妹們的驚訝。然而，其祖父（夢二的父親）很討厭彩筆繪畫的東西，每次看見夢二不聽勸告畫個不停，他老人家氣怒之下便搶走其手中的畫筆，連同畫具一併扔丟了出去。類似的情況在他家裡不斷上演，可夢二依然不改其志，繼續朝繪畫之路前進。在那以後，夢二終於找到了因應策略。他索性比姊姊提早到達教室，就著黑板盡情暢意地畫個不止，藉此宣洩平日遭父親壓抑的憤懣。若要把當時夢二的畫作風歸於什麼樣的風格，或許有點類似超現實主義的作品，充滿怪誕十足的構圖。例如，他有個口頭禪：「既然四足馬兒能夠奔跑，那麼牠有八足和十足也不奇怪了。」此外，夢二很喜歡蒐集衣服的布塊，其母親和姊姊們剪裁剩下的布塊，他不分大小統統收攏。想不到竹久夢二這種自小蒐集布塊的嗜好，竟然如文化基因似的，深深地影響了兒子虹之助。

有一件往事，讓竹久虹之助印象深刻。

祖父舉家搬往了九州要打拚事業。祖父原本想在這偏僻的小鎮上，做釀造醬油的生意，不料沒能成功，後來聽從介仲牽線接收了某鐵工廠員工們，準備力圖重振事業。在這段期間，夢二仍然作畫不輟，卻必須躲開父親的嚴厲目光，這終究無法滿足其繪畫的願望，他只好隻身前往東京尋找新天地。不過，其祖父撂下狠話，夢二若繼續作畫，絕對不匯寄學費給他。儘管那時候的夢二，尚未下決心成為職業畫家，為了完成這個理想，他進入早稻田實業學校，一面工讀上學，一面當教會門衛，似乎吃了不少苦頭。幸好，之後經由文藝評論家、小說家島村抱月（1871-1918）的引薦，夢二終於有機會在某雜誌畫些小插畫。在某種意義上，這或許正是夢二作為插畫家的機緣。

竹久虹之助說，父親本名為竹久茂二郎，可名字為何取自「夢二」，後來才弄清楚來由。據說，父親很尊敬擅長美女畫的西洋畫家岡田三郎助（1869-1939），和浪漫主義的西洋畫家藤島武二（1868-1943）兩位老師，因此他取其後者的「二」字，也就是說，他夢想和景仰這兩位傑出畫家。據虹之助回憶，夢二某次向岡田三郎助表示，他有意參加文部省美術展覽會的作品甄選，卻遭到這位畫壇伯樂的勸阻：「依我看，比起你去參加美術展覽會，不如另闢蹊徑來得好，雖然走這條路並不輕鬆。總之，你放棄這個想法吧。」其實，岡田三郎助說的貼切，依夢二的繪畫風格，他參加美展等同於桎梏其才華而已，所有天馬行空的想像力，將從此折翼而歸，說的準確些，夢二不適合走學院派的路線。前輩畫家如此銳意的提點，使得夢二更勤於學習作畫。據虹之助指出，他們家裡尚有許多素描、貼著各種布塊的筆記本，數量之多足以塞滿兩個茶具箱。他由此推測，這些初期作品或許就是孕育父親「夢二風格」的原始面貌。此外，這些筆記本裡，還記載著許多歌詞、小調、小說、隨筆之類的文字，顯然是他買到雜誌以後，立即在回程的車上，已經構想畫了起來的。

談到其父的性格，竹久虹之助說，夢二是個性格多變的人，因此他有許多朋友，也與許多人合不來。不知什麼緣故，夢二很有女人緣。一次，夢二去醫院的前天晚上，他竟然對著家裡的幾個兒子說：「我告訴你們啊，好女人是男人調教出來的，我之前可吃了不少苦頭，但妻子是不能說換就換的。不管你怎麼更換，決不可能滿意的，最終還是自己的妻子最好呢。」其父夢二說，他結過一次婚，與幾個女人過從甚密，但是並不滿意。在別人看來，夢二或許是個幸福中人，但內心的苦惱卻不為人所見。

竹久夢二很喜歡旅行，他藉此增加旅途見聞來豐富畫作的創意。他遠渡美國學習的時候，曾經在自己的筆記本上寫道：「一次，我蹲在廁所裡，猛然想起『人間到處有溫情』這句話來。依我認為，說出這種話的男人，根本是不懂得吃盡苦頭之人的心聲。而且，我確信地說，敢於出外旅行的人，個個都是好人呀！」竹久虹之助進而說道，父親夢二從小即展露出作畫的天賦，此外，他也熱衷於追求流行時尚，敢於站在時代的風口浪尖上。據說，鹿鳴館甫建成之初，他即穿上琺瑯鞋跳起舞來，當時很少人穿著緊身褲，他照樣著裝摩登十足地走在街上。從這個角度來看，夢二很早即擁抱現代性的來臨，踐行這種理論的啟發，並把它融入自己的作品裡，儘管其作品是當時正統繪畫史中的異端，但他憑其奮鬥不懈的堅持，最終仍然回到大眾的視野裡。就這點而言，竹久夢二應該是成竹在胸的，否則其作品到現今不可能依然日久彌新。

被時間照亮的作家——宮地嘉六

如果我沒有研究日本近現代文學史的話，可能永遠不會知道宮地嘉六這個作家。首先，他並非聲名顯赫的作家，文學史的聚燈光束很少照在他的身上，更沒有門生或追隨者為其作品傳播。儘管他在世的時候，曾經博得些作家的頭銜，但是前述這幾個條件，就足以使他列入被遺忘的作家名單中，只有研究者和歷史的塵埃知道他的存在。然而，作為一名熱愛寫作的作家，其為寫作付出的生活歷程和精神姿態，絕不輸給當前享譽國際名利雙收的作家村上春樹。

宮地嘉六（1884-1958）出生於佐賀縣貧困的家庭，小學讀不到幾年，便到裁縫店當學徒，十二歲的時候，到佐世保海軍造船廠、吳市的海軍工廠當實習工人。在這個時期，他閱讀尾崎紅葉、德富蘆花、幸田露伴和村上浪六的作品，頗受激發鼓舞，而開啟了自己的文學覺醒。在那以後，他十六歲至三十歲，包括服兵役在內，大約十年的時間，一直在吳市的海軍工廠工作，從車床工人進升到車床技師。從思想上而言，他在海軍工廠當差，即親近社會主義思想，並開始向當地的報紙投稿習作。出於為底層發聲的性格，當時他所在的海軍工廠，由於勞資爭議不斷，他總是積極參與抗爭，但這個行動讓他付出了慘重代價，後來，他被以罷工首謀的罪名關押在廣島監獄。出獄後，警察和憲兵依然不斷找他麻煩，讓他憤而辭掉工作。

從評傳的相關資料來看，宮地嘉六有強烈的求知精神，第二次到東京打工時期，利用空餘時間學習英語（現今正則學園高等學校），到過早稻田大學旁聽。一九一四年，透過無政府主義者堺利彥的引介成為出版社的員工。在那期間，他結織了早稻田派的青年文士，一九一五至一九一六年，他在《新公論》陸續發表作品。當時，作家廣津和郎在茅原華山主編的雜誌《洪水以後》擔任藝文編輯，熱情地向他邀稿，他很快寫出佳作〈卒塔婆的家〉回應，這是一篇描寫某個男子，從雜司谷的大片墓地中，拔出墓碑用來搭建棚屋棲身的故事。順便一提，這篇處女作的稿費發揮了很大作用，有精神上的鼓舞，有物質生活的幫助。依照當時的稿費計價，每枚稿紙六十錢，廣津和郎的稿酬自不待言。那次其作品獲得編輯的佳評，自然得到這個稿費。他為此很是興奮，激動地自承：「我每個月只要七日圓，就足以生活。雞內臟最便宜又含富營養。我買個五錢煮熟放著，就是一日的菜餚了。」的確，依他的經驗說法，每年冬天時節，他就在後背塞上報紙抵禦嚴寒，每次轉身時發出突兀的聲響時，他不僅不覺得辛酸，反而頗為以貧窮自豪的況味。依他的生活開銷，每個月只需七日圓，每日花費大約二十三錢，而他以每枚稿紙稿費六十錢所得的話，對於他如巨款進帳賬一樣，同時亦是他在生活的寒冬中的歲末紅包。

他除了在上述刊物投稿之外，又在由內藤民次經營，堺利彥等人支持的《中外》雜誌上，發表了〈如刑滿獲釋者〉（一九一八年四月）和〈煤煙味〉（一九一八年七月）兩篇作品。這兩部作品的發表，給予他帶來很大的自信，進而奠定其文壇上的地位。我們若從作家經歷和文章體裁來看，他擅長描寫工人階層的生活，無論是積極的或陰暗的面向。以他的小說《流浪者富藏》為例，充分反映出他之前從事體力勞動的人生經驗。這部小說的主角是一名男性工人，他因為各種原因，無法在東京的工廠待下去，最後只能四處流浪，而且經常挨餓度日。他沿著東海道的路線徒步漫遊，在路上被兩個街頭女藝人吸引，他也跟著她們沿街載歌載舞，展開屬於自己的遊蕩的旅程。他來到以前待過的神戶工廠，面見共事的師傅，說他暌違三年未曾返回故鄉九州，結果發現，其叔母夫婦拿著他寄放的錢消失無蹤了，胡亂地編出這樣的故事。

概括地說，宮地嘉六在這部小說中，著眼點在於描寫那些沒有組識的無政府主義者的軟弱性格，頗富反省和批判的意味。也就是說，追求理想世界的無政府主義者們，在經濟上處於弱勢，又沒能堅持自己的精神意志，最終只能落得挫敗的境地。事實上，並非只有他寫出了深具特色的工人小說。同樣是普羅文學重要旗手的作家宮島資夫（1886-1951）的小說《礦工》，亦散發著作者親歷的社會苦難的色彩，從其小說可以讀出那個時代的社會面。宮島資夫的經歷很豐富，他從砂糖鋪的童工做起，當過書僮、牧工、職工、土木工人、鍋爐工、高利貸伙計、煤礦場文書、古舊書店老闆、新聞記者等等。正因為他有四處流浪的刻苦經歷，他下筆為文的時候，更有來自生活底層的生命湧現。在這方面上，宮地嘉六和宮島資夫，都具備這樣的特質——那種無法被取代和不可複製的生活經歷。

不過，令人費解的是，傾向無產階級文學的宮地嘉六，隨著普羅文學的興盛發展，後來反而與社會運動漸行漸遠，創作也中斷下來。在二戰期間，他一度在「日本文學報國會」擔任雇員。一九五二年，他在《中央公論》上發表了小說〈老殘〉，這是其睽違二十年的作品，引起了很大的迴響。之後，他又在該雜誌上發表〈奇遇〉和〈在八角金盤花影下〉。一九五五年，中央公論社創立七十周年，為彰顯他的文學成就，出版其短篇小說集《老殘》，為這位被遺忘的作家送上人性的溫暖。

我讀到這段日本文學史上的歷史片斷，因而想起了臺灣也有類似經歷的作家與詩人。例如，著名作家楊青矗以描寫臺灣工人為主的《工廠女兒圈》等系列作品；詩人李昌憲的「加工區詩抄」系列；掌握詩社同仁的林水茂，我給這位與製作鐵窗為伍的工人這樣的封號——他是用鐵條寫出生活之歌的詩人！值得一提的是，我敬仰的詩兄何郡。他於青少年時期，就從嘉義鄉下遠到基隆和平島的造船工廠打工，因於工傷的緣故，弄傷了一只耳朵。他經常詩意地調侃自己：「我耳朵裡那隻蟬兒，直到我死亡之前，牠都要鳴唱個不停呢。」在我看來，這是詩意的飛動與遠傳，他所寫的生活隨筆，回憶在造船廠時期對於文學創作的渴慕，至今讀來仍然令人感動。尤其是，他早年出版的詩集《人牆與鐵絲網》，同樣迸散出真誠而狂烈的火花。從這意義上說，當我們在平凡的日常生活中，逐漸喪失對於往昔歷史社會的觸感之時，若讀到精采的小說，讀到充滿生活況味的詩歌，它即能施展法術為我們喚回失去的社會記憶，而這應該等同於我們平凡生活中的慶典。

白樺派的作家——武者小路實篤

早年在我閱讀日本近現代文學的印象中，曾經讀過武者小路實篤（1885-1956）的部分作品，只知道他是白樺派的作家，並參與同仁雜誌創刊之外，我對他在文學團體的歷史影響方面，沒有深入研究。之後，我查找資料發現，中國的翻譯界對他的譯介並不多，以下有幾個中譯本：《孤獨之魂》（民國初期複印本）、《青年人生觀》（東方文藝，一九四五年）、《友情》（青海人民，一九八四年）、《人生論》（浙江人民，一九八六年），劇作〈他的妹妹〉（收錄於《日本現代戲劇選》人民文學，一九八七年）。就考察文學史的現象來看，文學批評家吉田精一在《白樺派的文學運動》一書，題為〈近代日本浪漫主義研究〉的文章中，對白樺派作為文學團體的發展，有極為精闢的論述。而同為傑出的日本文學史家——本多秋五，《「白樺」派的作家》這本專論，同樣給了我許多開創性的啟迪。他在書中用每個專章來評析該派別的作家成就，並清楚勾勒出他們與時代和社會運動的關係，確然為讀者們提供清晰可見的文學視野。

說來《白樺》創刊的時間，與幾個文學雜誌的創刊，有著某種弔詭色彩的巧合。《昴》創刊於明治四十二年正月，同年五月，日本發生了震驚社會的「大逆事件」，即幸德秋水等社會主義人士和無政府主義者，被指控謀殺明治天皇的罪名遭到處決的重大社會事件。同年十月《屋頂花園》創刊；《白樺》就是於明治四十三年四月創刊的（其歷史可分為三期：前期明治四十三年至大正二年；中期大正三年至大正七年；後期大正八年至大正十二年停刊），五月《三田文學》嶄新發刊，更巧的是，由小山內薰和谷崎潤一郎等青年作家第二次創刊的《新思潮》，亦於同年九月正式登場。依當時的新聞雜誌刊物來看，當時，堪稱是日本自然主義的全盛時期，其他的文藝思潮幾乎因此黯然失色。不過，根據武者小路實篤的自述，不論白樺派的誕生及其發展，之後被打上了「逍遙派」和「唯美派」的印記，他們有著自己純潔的文學和美學觀點。

武者小路實篤說，他二十二歲左右，興起了創辦《白樺》的念頭。彼時，在他們學習院大學有四個同學——志賀直哉、木下利玄、正親町和他，就這樣辦起這份同仁雜誌，並決定以德國畫家修克的作品「美杜莎的脖子」作為雜誌封面。原先該雜誌只供四人傳閱，作為相互批評砥礪。其後，武者小路實篤自費出版了《荒野》一書，但是並沒引起很大回應。不久，他召集了幾個學弟——里見弴、田中雨村、正親町的弟弟等，刊印傳閱雜誌《麥子》；之後，又找來柳宗悅、郡虎彥等學弟，出版雜誌《桃園》轉流傳閱，從此更加深了彼此的友誼。他們經過商議第二次出版《白樺》，一年來努力存錢和寫稿，才正式刊印出發。他說，他們之所以創辦同仁雜誌，多半基於對文學的愛好，即便在思想和主張方面未必相同，但是都很尊重彼此的想法。

武者小路實篤進而指出，當時在日本的文壇上，自然主義的風潮方興未艾，其中以田山花袋最領風騷了，他所主張的客觀描寫，反對個人主觀介入，這樣的文學論點，受到當時文學青年極大的推崇，並占有主流的勢力。有些書評家因此認為，田山花袋是前途輝煌的年輕作家，儘管在他看來，並不贊同其觀點，但仍然每期買來刊登其文章的雜誌閱讀。在《白樺》的成員中，長與善郎是最遲加入的。那時候，他們最尊敬的文學作家是夏目漱石，也熱愛閱讀國木田獨步的作品。他之所以開始創作小說，可說是這兩位作家給予的影響。據他所知，志賀直哉對夏目漱石的小說十分著迷，就讀東京帝國大學時期，他就經常前往旁聽引為樂事。作為創刊者之一的武者小路實篤，當然知道外界對白樺派作家的批評，以偏見嘲笑他們全是學習院大學貴族子弟們的玩意，不過，他仍然要直言「白樺派」的立場和特色：「他們把文學奉為神聖的事業，尊重人道主義的理想，但不取悅批評家和讀者們，只忠實於自己寫作的良知。」的確，以經濟環境而言，他們不需為了生活奔波，氣定神閒寫出自己的文章，這或許就是他們被人詬病的弱點，一種無可反擊的無奈。

出於直率的性格，武者小路實篤不忌諱談到世俗的功名，他以他們三個同仁在世時獲頒日本文化勳章為榮。如果說，有什麼令他最感遺憾的事情，莫過於為長與善郎和柳宗悅的過早辭世嘆惜不已了。此外，他並不在乎白樺派的作品，在日本文學上的定位，或者留下多大的影響。他認為，忠於良心寫作比什麼都來得重要。而這個理想的落實，從其晚年發起「新村運動」的社會實踐，建立勞動互助的生活場所，鼓吹烏托邦式的社會主義，使得向來以利筆批判論敵的魯迅給予肯定，並將他於一九一四年所創作〈他的妹妹〉、〈一個青年的夢想〉等兩部反戰劇作，翻譯介紹給中國的讀者。如果要再舉出他重大的精神轉變，就以發生於一九三六年四月至十二月，他到歐洲旅行期間，以黃色人種受到歧視屈辱，因而開始支持戰爭的轉變最具代表性了。一九四一年，太平洋戰爭爆發，他從原先認同托爾斯泰的思想，轉而摒棄原先信奉的個人主義和反戰思想，與日俄戰爭時期的想法相反，因為他成了支持戰爭和堅定的愛國主義者。而他這樣的轉向，想必給研究者們帶來不少困惑，如何拿捏和評價作家在光明與黑暗的位向，一向都充滿與良知拉扯的挑戰。

詩集作為被領悟的焰火——萩原恭次郎

在日本主流詩壇的譜系中，萩原恭次郎（1899-1938）的名字，比起其著名前輩詩人萩原朔太郎（1886-1942）似乎不那麼響亮，普通讀者甚至感到陌生的，但是，我們並不能因為這個因素就放棄繼續探索其詩歌作品，而淪為只追求新奇慕利，卻不以溫情拯救的讀者。嚴格說來，萩原恭次郎是日本現代詩的改革者，尤以在藝術思想性的深化和推動下，以及其堅定並敢於衝撞國家體制的精神氣質，使得其詩風更具時代變革的特色。

有個詩刊的創辦經緯，很值得我們清醒地探索。

一九二三年一月一日，四個文學青年：萩原恭次郎、壺井繁治、川崎長太郎、岡本潤等，共同創立了《紅與黑》詩刊。這本創刊號很有特色，因為在該期的封面上，出現了如火山爆發般的宣言：「何謂詩歌？何謂詩人？我們要放棄過去所有的概念，大膽地斷言！詩歌就是炸彈！在黑暗中的詩人，就是要把銅牆鐵壁的牢獄炸個粉碎！」關於他們當初如何點燃騰躍的詩歌焰火，該詩刊的同仁壺井繁治，在其自傳《激流中的魚》和岡本潤的《懲治依然健在》均有翔實的記載。那時候，他們是二十出頭的年輕人，也就是信奉無政府主義的憤怒青年。他們反抗現存日本社會體制中的權威，挑戰官方所制約的概念，而且要向大眾宣揚自己的美學觀點。以當時日本社會運動的層面來看，無政府主義和布爾什維克主義之間的對峙，可說非常尖銳，而這些爭鬥的砲火，亦波及到了文學領域上。在岡本潤看來，儘管他們自認並未充分掌握到無政府主義的思想內涵，但至少讀過大杉榮、克魯泡特金和巴枯寧，以及德國哲學家麥克斯・施蒂納的著作，某種程度已借鑒了歐洲前衛藝術先鋒派等藝術運動的成果。換句話說，他們用詩歌的方式來突顯人性天生的自由，並藉由這股氣勢來抵抗布爾什維克主義的進逼與滲透。就此而言，與其說這是他們借用理論的力量，更多的是他們出於對威權與規範的反抗。

自《紅與黑》於是年元月發刊後，由同為文藝雜誌刊物《播種者》的播種社主辦，於六月份召開了一場「三人聚談」，他們主要成員為思想傾向社會主義的作家，包括：中村吉藏、小川未明和秋田雨雀等。此外，他們表面上是要突顯這幾位作家的文學成就，其實是利用這個機會來凝聚共識，甚至連署提案用以反對「激進社會運動取締法案」的通過。對於《紅與黑》這些無政府主義的文學青年們，他們自然堅決地反對這項惡法的。但在他們看來，「請願連署」終究太過溫和了，應當採取示威遊行抑或罷工等強烈手段。在那次盛會中，有將近三百名左右的文化人士參加，《三等船客》的作者前田河廣一郎主持會議，並由「新劇先驅座」的演員們朗讀他們三位作家的作品。到此為止，會議流程還算平波無浪。不過，就在此時，正如他們預料的那樣，那時文名正盛的文學評論家平林初之輔站了起來，他不贊成採取這種激烈的抗議手段。話音剛落，一名男子立即衝了上來，阻擋在平林初之輔的面前，這個人就是與大杉榮頗有交誼的評論家安成貞雄。他直言怒斥說：「你們布爾什維克真是奇怪，請願連署又能怎樣呢？我們要對抗的是政府，難不成你們相信政府的鬼話嗎？坦白說，這種軟性的做法，政府根本不可能理睬我們的訴求……。」

安成貞雄說完，在場有幾名青年立刻厲聲響應：「請願連署無法發揮作用，我們要直接訴諸行動示威遊行！」播種社的成員隨即怒聲罵道：「你們全是些孟什維克（少數派），反動份子！分裂主義者！」想不到這樣的發言，會場內立即引起軒然騷動，啤酒瓶、杯子和煙灰缸等東西，被丟擲得不可收拾。這時候，有個體型瘦小的中年男子，霍然語聲怪誕地跳上了桌子，沿著桌面踩踏舞蹈了起來，這光景使在場所有人士錯愕不已。或許有人疑惑，這個蓄著口髭的怪男子到底是誰？他為何敢於攖其激進主義者場面的鋒芒嗎？原來這個鬧事者就是翻譯麥克斯・施蒂納《唯一者及其所有物》的譯者，在日本被稱為達達主義者的文學家辻潤。本來激昂混亂的場面，突然被他跳起奇怪的舞蹈弄得不知所措，這的確讓許多思想激進的青年頗為沮喪的。

同年九月，日本社會掀起了驚天動地的災厄。關東大地震發生後，災情非常嚴重，日本政府卻在此刻製造和散布了謠言，發動軍隊大肆殘殺在日朝鮮人，鎮壓逮捕社會運動人士和勞工運動者。無政府主義健將大杉榮和妻子伊藤野枝與六歲外甥外出散步時，無故遭到憲兵逮捕死於非命的事件，驚駭了整個日本社會，這再次顯現出國家機器的暴力本質。翌年，這批新銳詩人找到了療傷止痛的聚會場所——南天堂書店二樓的餐廳。他們幾乎每天晚上到那裡碰面，不顧身上有否帶錢，就向同伴們敲索酒食，有時喝得酩酊大醉，載歌載舞胡鬧開來。具體地說，他們之所以如此萎靡沉淪，借酒澆愁的困頓，很大原因出於其憤怒的情緒無處宣洩，那個類似後門的空間自然地成了他們精神的共同基地。

依據岡本潤的回憶，有「山犬」稱號的無政府主義作家宮嶋資夫也是來此聚會的常客。某次夜裡，他與幾個年輕的後輩意見不合，正要打起架來，就是辻潤出來介入勸阻的。出於這樣的機緣，岡本潤在文學和思想上深受這兩位作家的影響。林芙美子的《流浪記》未暢銷走紅之前，亦即自我隨興寫詩的時期，或者遇到失戀的苦悶，偶爾也來此露面聊談。《紅與黑》暫時停刊後，又有新的同仁加入，他們共同創辦了《Dum Dum》詩刊，在這新銳的詩風中，以先鋒派詩人萩原恭次郎的詩作成就最高，展現出以詩歌革命的氣勢。一九二五年，他出版了詩集《宣判死刑》，正是對於整個國家權力體制、戰爭、資本主義，以及社會規範的反省與批判，堪稱是當時新興藝術的重要旗手。他出版第二本詩集《片斷》，也是以無政府主義的視角，直抒自己的看法。不過，有時候命運的安排未盡其美。正如任何主義和風潮有其生滅的規律一樣，既有興盛的高峰就有衰落的谷地。日本的無政府主義運動退潮之際，有些同志便自告求去，他的詩作與同志的信仰漸行漸遠，甚至招來了憎惡與冷落。

或許正是這個致因，使得萩原恭次郎於一九二八年早春，與妻子回到故鄉群馬縣勢多郡南橘村（現今前橋市）生活。在鄉居期間，儘管他耽溺於虛無的深淵，但看到農村日漸凋敝以及農民生活的困苦境地，他仍然堅持以無政府主義和烏托邦的理想生繼續寫詩創作。但令人驚愕的是，一九三八年秋天，他不到四十歲就辭世了。從這意義上來看，他生前創作的諸多前衛色彩強烈的詩歌作品，既可解釋為是給同時代人悠遠的嘆息，又可作為領悟意義的焰火。據研究資料顯示，其故鄉前橋市為表彰這位詩人，約莫於一九六〇年左右，特地在利根川畔樹立詩碑紀念。如果說，這塊詩碑是體現著對詩人遺風的崇敬，那麼閱讀他全部的詩歌作品，進而深刻理解他的思想理念，或許這樣更能超越這塊詩碑所代表的高度。畢竟，現今已不是以讀詩為樂的時代，若有人通讀詩人的全部作品，書頁內的文字必然會雀躍起來，還要向每個讀者致上最高的敬意。

愛書的少年——川端康成

對每個作家而言，買書與讀書非常重要，其重要性不亞於生病服藥的程度，但反過來說，若缺少這精神滋養和刺激的話，作家寫作未必陷入苦澀停頓，但就是渾身感到不對勁，或許有點像正面戀物癖患者的症狀。

一九一四（大正3）年，川端康成即將升上中學三年級之時，他在日記裡詳細寫道，他想買的書籍很多，卻又極力克制，有時實在忍不住，還是硬著頭皮買下了，並熱心寫下了自己的讀後感。更嚴重的情況是，他擔憂在書店的欠債愈來愈多，很可能隨時給他寄來帳單，為此每天過著焦灼難安的日子。他在二月十六日的日記中，這樣寫道：「下課後，我到堀內（書店）探看。我心想，我的帳目大概已經整理出來，一直以為只有九圓欠款，而心情大好，但老闆立即說，不，這次是十九圓呢。」他說，當他看到這筆帳單的數字時，差點當場昏倒，在回家的路上，他的心臟怦怦跳個不停，以為自己患了什麼怪病。

二月十九日，川端康成又在日記中提及欠款的事情。他坦言，回到家裡，我心裡很難過，但最後仍向祖父和盤托出，去年十二月份，他積欠了虎谷（書店）十圓書款。話畢，他祖父說，這事你要早點說呀，年關將至才說，我可不好籌措。這話讓他很愧疚，但旋即心想，其實還有三家書店三十圓欠債未還，這下他更不敢說話了。然而，他終究很受祖父的疼愛。二月二十四日，他終於把其他欠款的事情向祖父坦承，可能為此心情快意舒坦，翌日，下課以後，旋即跑到了虎谷書店。他告訴書店老闆，有一本少年版《日俄戰爭簡史》，封面裝幀相當精美，他很想買這本書，問過堀內書店是否已經上架，可惜那本書還沒到。確切地說，他走入這家書店前仍擔心遇見老闆該怎麼辦，因為他總是欠債未還，難免心虛尷尬。他向老闆表露說，他很喜愛《尾崎紅葉全集》第四卷，以及大町桂月的《文章大辭林》，但最後萬般克制下來，那天的確沒有買成。然而，後來他突破內心猶疑，快意買下了《尾崎紅葉全集》第四卷。二月二十六日，他於日記中這樣寫道：「在公民與道德的課堂上，我悄悄把這本書藏在桌子下，比正規課業還認真地閱讀。夜晚，我閱讀紅葉全集中的《金色夜叉》，這時分最適宜閱讀這種愛情小說了。」

彼時，作為養子的川端康成與祖父同住，祖父的健康狀態已開始惡化，在這種情況下，他要盡可能不與祖父有什麼口角衝突。可是一到晚上，祖父便喊著肩膀疼得要命，這讓他格外忐忑不安起來。儘管如此，三月五日，他仍在日記裡呈現作家的願景。他寫道，「早上，我讀了（大町）桂月的新學生訓，習得如何撰文描景的技巧，彷彿自己亦是作家。晚上，閱讀德富蘆花的《青蘆集》。若讀得不夠癮，便去租書店借來圖書，以兩行掠眼的速度來訓練速讀。」此外，在他沒有讀書興致或無所事事的時候，就翻開自己的圖書，印上「谷堂」

藏書印取樂，頗有幾分玩賞古物的雅趣。三月三十一日上午，他一到堀內書店，發現《來自北國之鴉》這本書，立刻欣然買下。回到家裡後，他的同學來還之前借閱的書籍，可當他看到自己的愛書，竟然被折騰得髒污破皮了，心疼得說不出話來，從此決意圖書不再外借。這個情思細膩敏感的少年，原本就愛書如命，加上潔癖作用的催發，他無法接受書籍蒙塵或被弄髒了，堅持只買新書，對於二手古書興趣索然。

從川端康成的少年日記中，我們彷彿得以發現這個新感覺派代表性作家的愛書歷程，極其挑剔孤傲又敢於買書賒帳的氣質。相反地，有些愛書人未必是出於寫作才買書，有時單純只是被封面和裝幀的美感擄獲，有時談不上什麼因由，就覺得滿心喜悅情不自禁地買下了。還有一種情況是，一時心血來潮，要不就是抵擋不住神秘情感的誘惑，在恍惚的狀態下，把它全拎捧回家的。只是回到家裡，才發現沒地方可放了，又擔心家人的長期追究，因此，發誓要自砍手掌告誡自己，下次不可再犯。其實，也不必這麼極端與自虐，書滿為患頂多就占住生活空間罷了，至少它不會侵害你，不在背後說你壞話。或許我們應該換個角度看待，真正的愛書人沒有國籍的界限，因為自從你熱愛文字以來，它就注定證成了你的習性，直到你走入墳塚和靈骨塔之前，你都不可能改變這個事實。依我擅自的釋義，上天自有美善的安排，祂的旨意在於，只有始終與書籍緊密相隨，生命才能顯得圓滿，而圓滿總比空乏來得輝煌。從這個意義上來看，川端康成早熟地顯露出文學的稟賦，他在少年期間就把這些愉悅與擔憂交織成網的情感寫在日記裡，而已屆中年的我，現在讀來仍然為這文學少年的心聲所感動呢。

二十世紀後作家

檸檬不是炸彈——梶井基次郎

與同時代人相比，梶井基次郎（1901-1932）的確是英年早逝的作家，其祖母死於肺結核病，罹患肺結核病的兄弟姊妹又傳染給他，使得他自十二歲起，即飽受這種疾病的折磨。他留下的作品不多，活著的時候默默無聞，直到死後才獲得文壇名聲。在文學上顯現早慧的石川啄木，比梶井基次郎早死，二十六歲即病亡。不過，石川於生前勤奮創作，存世作品非常之多。據日本文學研究專家唐納德・基恩指出，在與其同年齡左右，三島由紀夫即展現出豐富的創作成果，他於二十八歲那年，就出版了《三島由紀夫作品集》（全六卷），相較看來，梶井基次郎的寡作，不禁令人惋惜，在某種層面上，亦可反映出他慢工細活的文學品質，再給他多些壽命，應該能寫出更多傑出的作品。

從文體來看，梶井基次郎的文章，乍讀下，既洋溢著詩歌的韻味，有時又似抒情性的散文，不容易區別開來，或許把它歸類於散文詩並無不可。另一方面，他在小說表現上，缺乏完整的故事性，人物特性及其時代背景模糊，必須多費功夫，才可概括其小說的心理狀態和時代面貌。也許出於其文風模糊的特性，有日本評論家說，梶井非常關注普羅文學的發展，其作品多少受到這類作品的影響。例如，梶井習慣在小說開篇處，用「什麼是冬蠅？」「櫻花樹下埋著屍體！」「貓耳朵這東西，真是可愛呀！」這樣的描寫來暗示整部小說的意旨。以其處女作〈檸檬〉為例，他開頭這樣描寫：「一種難予名狀的不祥之感始終壓迫著我的胸口。我分不清這是焦躁呢，抑或是厭惡感？」

接著，他說「走進京都巷弄裡的蔬果店，那天貨架上有平時少見的檸檬，我決定買下一顆（十錢）」。在這部四千多字左右的小說中，經常出現「奇妙的」和「不可思議的」的詞彙，透露出細膩的構詞特性，甚至近乎病態的美學感受。例如，他寫道，「事實上，那顆檸檬帶給我的冰涼手感舒適得無法言語表達。我是想說，這種單純而冷涼的觸感、嗅覺和視覺，正是我不斷苦苦找尋的感覺。」換言之，梶井眼見所及的是日本傳統的自然景色，在心境描寫上則以西方文學的技法。

也許以生理角度切入，我們可較明確就解開梶井基次郎文字背後的祕辛。他飽受生命的威脅，始終看見死神立在眼前，對於死亡的各種召喚，往往比一般人來得敏感脆弱。因此，他經常使用廢墟和黑暗以及寒冬的措辭。在短篇小說〈冬蠅〉裡，他這樣敘說，「我每次睡覺前，躺在床上仰望這些給人錯覺的蒼蠅，一到深夜，寂寥就會在我的心間泛溢開來。在這個山中的旅館裡，有時除了我之外，沒有其他人投宿，荒涼的冬夜裡，其他所有房間都關上燈火。隨著夜色加深，我不由覺得自己住在廢墟裡。」在其另篇小說〈夜的畫卷〉中，同樣顯現出虛無和厭世的氣氛，「我喜歡在黑夜時分外出，然後站在溪澗裡巨大的構樹下眺望遠處上孤獨的燈光。世上沒比遠方微弱的光線在茫茫黑夜中忽閃忽滅更令人傷感了。我知道那光線遠遠地照過來，灑在黑暗中的我的衣服上。」

然而，對於追根究柢的讀者而言，從梶井基次郎以〈檸檬〉為首的多部短篇小說，我們若藉此全面掌握他所處的時代精神，仍然存在著許多困難，我們必須借助其他的途徑，甚至是以此為基礎發展出來的方法，否則我們似乎只能始於他的憂鬱美學，終止於曖昧兩可的文學寓意。就此解讀的話，這未嘗不是一種遺憾？一種因熱切閱讀卻未得盡意而告終的遺憾？幸好，文學電影版的〈檸檬〉，用極佳的影像和故事性，進而圓潤了這部小說的內容，我們才得以返回那個時代現場，補足梶井基次郎的弦外之音，或者他在寫作中因疾患嚴重而沒寫出來的事件。若畫面效應來看，電影的確比文字令人震撼得多。在電影開頭處，便出現在滂沱大雨的夜晚，幾名特務毆打並暗殺共產黨分子的鏡頭。這時候，病弱的主角（梶井）正是此暴行的目擊者。但是他無能為力，自始至終撐傘而立，漠然看著悲劇的發生與結束。一對夫婦剛好路過，即使看見這幕慘劇，只能徒然感慨，然後悄然離開現場。作為現場目擊者的他，能做的極其有限，頂多於慘案結束後的泥地上，揀拾死者朋友掉落的遺物而已。而留在地上的那一枚小小傳單（共產黨宣言），儘管被泥水泡爛變形，但在他看來，它就如同危險及身的炸彈。

這個畫面即後來在倒敘的情節中，梶井的朋友（共產黨支持者）對其遊說，並從衣櫥抽屜裡，取出了一枚簡易的炸彈，要梶井一同加入推翻國家體制的行列，卻以失敗告終。只見梶井冷然回答，只憑一枚炸彈，又能改變國家社會什麼呢？換言之，梶井用虛無主義的立場，回答了這個激進的問題。因此，這名激進派大為憤怒，批評他墮落沉淪失去革命理想，從不關心社會改造，只會酗酒耽溺於無用的文學世界裡。表面看來，梶井似乎成了朋友口中的徒勞無用之輩，但事實並不盡然。毋寧說，梶井與激進主義者的做法不同，或許他亦有改革社會的志向，但因為本身意志不夠強力，以致不能付諸行動，把這種內在的挫敗感，送入文學的森林裡。

剛好，在日常的事務中，他巧遇了香味獨特的檸檬，正如他所說，當他握住這只金黃色檸檬的時候，就能獲得奇妙的感覺，甚至咬上一口，新鮮檸檬的汁液，就會將他從沮喪的深淵中拯救出來。梶井在小說末尾，描寫自己的幻想：一日，他走進常去購書的丸善書店，如果他往書架上放置了一枚金黃色的炸彈，那麼十分鐘以後，丸善書店就會被炸得片瓦不留化為粉末。有趣的是，他這個想像發生的爆炸案，最終沒有成為寄寓完成的事實，反而是電影版的敘述，鞏固其纖弱的文學形象，使他在啃咬著檸檬的同時，在清醒與悔悟之間，見證了自己的良知未死。從這個意義層面上說，作者找到的檸檬的味道，既為自己的困頓找到了出路，某種程度亦折射出同時代作家的精神苦悶，所有因改革社會而遭受挫敗的理想主義者，不管當時他們的身體已被統治當局銷聲匿跡，但是檸檬有其神聖的任務，它看似普遍尋常，卻能跨越時代的界限，激勵所有嚮往美好的挫敗者。

永恆的小說家——上林曉

前些日子，我與一位文友茶敘。這位曾經自豪的文青朋友，後來卻從事與文化事業無關的工作。或許，是因為他已面臨中年的危機，也可能遇到其他的挫折，沒有徹底克服，反正他沒有明白道出，只對於他目前的工作諸多抱怨。他用現代派的詩歌語言說，總覺得虛無就像死亡向他揮手，人生成了空乏的誘惑。總而言之，他認為應該有所作為。他說，很想重拾文筆，但不是寫詩，而是挑戰小說寫作，問我對此有何看法？一如既往，我對於「好為人師」敬而遠之，自然不可能給他什麼啟示，還是那句話：自己的舞台自己搭建！我這麼說，似乎顯得有些無情，卻是堅硬如石的事實。聊談之際，這個話題突然發生作用，讓我想起了日本作家上林曉（1902-1980）的寫作歷程。我當下這樣覺得，請這位朋位聽完上林曉的故事，再決定是否邁入小說寫作的道路。

以宿命論的觀點來看，上林曉的命運坎坷，上天彷彿以這種方式測試他，考驗他對小說寫作的態度，要他證明他是否已完成內在精神的皈依？先說他於二次大戰後，個人面對的打擊。在此之前，其妻子就讀女校期間，曾經是學校的籃球選手，是個健康開朗的女孩。與他結婚後，由於各種不明的精神壓力，導致她精神極不穩定，三度進出精神療養院，展開與疾病搏鬥的生活。不過，經過這八年住院期間的折磨，她卻病得枯木般的形銷骨立。一九四六年五月，她不敵病魔的索引，病歿於位在小金井的精神療養院的斗室裡，享年三十八歲，身後留下了三名子女。但據療養院的說法，其妻子真正的死因，其實是嚴重的營養失調衰弱致死的。

上林曉在喪妻以後，寫過〈在聖約翰醫院〉、〈晚春日記〉幾部懷念亡妻的私小說，獲得了很高的評價。但據研究者推測，上林曉可能承受不住失去妻子的心靈創傷，因而耽溺於酗酒的茫然中，過著糟糕透頂的生活。一九五二年一月，他第一次腦出血發作，在那以後，三年內滴酒不沾，努力勤做復健，總算恢復了健康。到了一九六二年十一月，他滿六十歲的時候，他到住家附近的公共澡堂泡澡，又遭逢第二次腦出血倒下，但是這次重擊導致他右半身不遂，宣告他再也無法執筆寫作了。然而，這時候幸虧他的么妹——德廣睦子，幫忙照料他的生活起居，協助他繼續創作。

在此，我們探索上林曉的作家經歷，仍然有必要了解其么妹睦子的生平，因為她發揮著幕後功臣的重要力量。睦子有四個姊姊，其中三個姊姊已結婚，一個姊姊擔任教職。一九三九年八月，時值十八歲的睦子，剛從高知縣立中村高女畢業，就來到東京杉並區的兄長家裡。而她之所以來到哥哥家裡，是因為上個月兄嫂發病住院，專程來照料三個外甥。從那以後，睦子就在高知老家和位於天沼的兄長家裡往返。她的兄嫂去世後，曾經在裁縫補習班學習，想以裁縫維持生計，後來因為哥哥腦出血癱倒在床，而打消了念頭，這段期間有幾度提親或續弦撮合，她全錯過和婉拒了。

確切地說，上林曉第二次倒在床榻上，為了能夠執筆寫作，他開始練習用左手以鉛筆寫字，無奈手抖得厲害，字跡歪歪斜斜，幾乎令人無法辨認。他為自己的無能生氣，用尚能動彈的左手敲著床頭櫃。聽到這敲打的聲音，睦子連忙把哥哥扶坐起來，由他口述她做筆記。剛開始，這種口述寫作的方式，他們彼此還不適應，進行得並不順利，後來他們兄妹終於克服了這個困難，不捨晝夜地續寫下去。〈白色帶篷遊船〉即是他們第一部口述完成的作品。在這部作小說中，他寫出自己發病和出院前，各種幻覺般的記憶，描寫那種近乎虛無的心境。儘管如此，他還是數次修改這部作品，將近花了一個月，才把這篇稿子交給《新潮》月刊的執行編輯。原先，他自覺這部作品寫得很糟，結果一經發表，意外博得了許多好評。沒多久，此作即獲頒了讀賣文學獎，獎金二十萬圓，他們兄妹興奮地拍手慶賀。他用部分獎金為么妹睦子買了一條和服腰帶，其餘的作為療養的費用。

一九六九年冬，筑摩書房連夜趕工，為其印製《上林曉全集》（全十五卷），社長古田晁和該全集的編輯，捧著糊裱未乾的全集樣本，以及一條碩大的鯛魚，到上林曉的家裡祝賀。每次吉田社長到他家裡來，看見睦子便微笑說：「（上林）老師就請您多關照了。」就這樣，上林曉從躺在病床直到七十七歲去世為止，他始終都在為小說創作拚鬥。對任何人來說，他的創作精神至今仍然令人敬佩。當然，在這段美談當中，並非沒有驚愕的插曲。作家大原富枝回憶說，一九九七年，在大原富枝文學館舉辦「上林曉回顧展」時，她在席上與睦子聊談，得知當年她照料哥哥的辛酸事。當時，睦子心血管疾病愈來愈嚴重，她擔憂無能照料哥哥，一天，她態度嚴肅地向哥哥說：「哥哥，我的身體愈來愈不行了。我擔心極了，哪天我死了，誰來照料你呢？我實在想不出辦法，不如我們倆一塊死吧？」豈料，上林曉沉默了片刻，斷斷續續地向睦子說：「我是……為寫小說活著的人。不好意思，你……要死的話，一個人去死吧！」據睦子轉述，她哥哥的話語，的確有點模糊難辨，可態度卻堅定無可比擬。

最後，順便一提，我這位朋友聽完這個故事，始終不發一語，沒表示任何意見。就那樣的表情來看，我實在猜不出他的想法。也許，我口述的功力不夠精細周到，最終我們也只能以最大的沉默結尾了。

只為證明生活中的笑聲——森茉莉

在漢語文化圈的國家中，尤以中國和臺灣引介日本的文化最為熱絡。中國於五、六〇年代以降，即大量翻譯了日本各領域的著作；舉凡文化思想簡史、哲學史、美術史、社會學、近現代的文學作品等等，都找得到譯本和版次的蹤跡。相較而言，這幾年臺灣在譯介出版的數量上，同樣不遑多讓。只是，囿於在商言商的立場，臺灣的出版界全力撐起的追日風潮，主要著眼於通俗小說和暢銷書的版權爭搶，抑或其他的實用書籍，對於日本的純文學作品做系統性的翻譯介紹，自是能避則避的。出於這樣的因素，除了少數的日本文學研究者之外，一般讀者要全面認識日本近現代文學作家及其作品，形成了某種認識論和閱讀上的困境。從這個意義來說，漢語版《奢侈貧窮》和《父親的帽子》的刊行，意義格外重大。畢竟，在追逐利益的資本主義體制下，出版家願意出版這種冷門書，實在很不容易，或說必須有幾分勇敢的傻勁才行。

談談森茉莉其人其事。

在日本的文壇上，森茉莉有個聲名響亮的父親——小說家森鷗外，然而，論及文學上的成就，與父親相比毫不遜色。儘管她的作品不多，沒有其他職業作家的多產，但是其細緻的筆觸，散發女性特質的文思，連以浪漫主義和追求藝術至上的三島由紀夫，對她的文學才華讚賞不已。換句話說，要讓狂狷的三島由紀夫，發自內心的褒揚委實不易，由此可見，森茉莉在日本近現代文學史的作家地位。

進一步言之，細心的讀會可能會發現，在展讀《奢侈貧窮》、《父親的帽子》之際，這部長篇隨筆的文字，充分流露出女作家的真性情。森茉利與三島由紀夫有相似的特質，他們同為自戀狂的俘虜，可她從不避諱這個事實，有話直說有屈當伸，絕不當悶葫蘆裡的死水。此外，她還自承自己的生活平淡無奇，寫作是為了維持生計。她很注重日常生活的細節，愛好美食甜點追求時尚。在文中，她列出的菜餚點心與店家，足夠給出版社整理出一本美食烹飪圖譜來。不僅如此，她還提供了畫卷般的時代風景，明治與大正時代的庶民寫照。可是她又不掩蔽其矛盾，自知苦於無錢可用，一寸寸陷於貧窮的深淵中，卻仍要維持住那份不可折損分毫的尊嚴。她不時要堅信證明，物質的匱乏是綁不住她的，甚至為此要辨證某種信仰：「一個人能夠在刻苦的日常生活中，發出從容有餘的笑聲，才是真正的奢侈。」她要重新定義「奢侈」的內涵，給它注入新的生命。除此之外，什麼都不是！

從這個角度來看，森茉莉是個寫出奇書的奇女子。她經歷了兩次頓挫的婚姻生活，與崇拜的前輩作家多所交遊，手頭拮据到幾近山窮水盡，依然堅持貧中求樂的精神姿態，確然是空前絕後的。如果你的感性豐沛如海，又能給自己的想像力，插上巨大羽翼的話，那麼森茉莉的綺麗浪漫的文字，必定不會辜負你的期待。因為她有此魔幻魅力，向你投來《父親的帽子》彼方的世界——明治與大正時代的光影與色彩，還要向你拂來陣陣的古風。簡言地說，她輕而易舉就能助你返回到兩個時代的風景線上，隨你盡情瀏覽風光，帶你與舊時代的文士作家對話，聊聊你想知道的瑣事，包括那些已被時間抹煞掉的人情世事。

最後，說點譯書的甘苦談。

對精誠的譯者而言，譯事向來是艱苦卓絕的志業。譯本要做到盡善至美，只有日日精進方能達到這個境界。必須指出的是，這兩部原文奇晦難解的散文集，經由譯者的精妙傳譯，我們終於有此機會見識到森茉莉的本真，親近和閱讀作者最澄明的心靈史。這是讀者和出版界的幸運，而且我相信森茉莉應該會點頭同意吧。而我們亦享受其惠，藉由這譯本的媒介，對於森茉莉文學世界的憧憬和追慕，從此不再霧裡看花，不再似是而非，而是比以前看得更真切了。或許，這就是經典作品的永恆魅力！

作家的目光——坂口安吾

在日本頹廢（無賴）派作家中，坂口安吾（1906-1955）的隨筆和書評，比起其他的文學伙伴寫得精采，並有深度可尋。他於一九五〇年二月《朝日新聞》發表的撰文〈百萬人的文學〉，為我們點描出了當時的出版狀況，藉此得以回顧著名作家在文學潮流中所占的位置，以及隨著時代社會的發展，有的作家從此寂然消殞，有的作家則繼續放光。儘管哪些文學作品後來成為歷史中的倖存者，與我們的民生經濟無關，但好奇者花點時間讀閱，也能增添些生活趣味，掃除因受限於材料造成的誤解。

坂口安吾在這篇文章中提及，一九三〇年左右，他購得的班傑明．康斯坦（1767-1830法國小說家）的《阿道夫》小說，從日譯版的版權頁來看，已經一百六十餘刷了。在他看來，作者歿後已經一百年，這本小說又非大眾讀物，卻能累積出這麼多刷次來，還真是不容易。按照那時的說法，法國的出版品一版印量大約有五萬冊。當然，這個數目可能包括其他出版社的印量，由此推算下來，已有超過一千萬人購買過這本小說了。而且，《阿道夫》不是主流文學作品，不可能在某個時期大為火紅暢銷，這對持續出版同樣體裁小說的出版社而言，終究需要很有底氣堅持。他說，在日本近代出版史當中，很少出現這種事例。以前，出版社出版某某全集的時候，的確大張旗鼓地宣揚，作家專程至東北地區現身推銷，可也就這麼廣告宣傳而已，卻少了那份撐持百年繼續奮戰的毅力。

他進而指出，日本向來就沒有天然居士（夏目漱石《我是貓》中貓兒的飼主珍野苦沙彌老師的朋友曾呂崎）般的經商智慧，以致於從出版的銷售業績來看，很難推定當時作品的實際生命。簡言之，以萬人閱讀的歷史評價而言，或許只有詩人石川啄木（1886-1912）、夏目漱石（1867-1916）、樋口一葉（1872-1896）「青梅竹馬」等作家有如此實力了。然而，這些作品不是現代文體，使得現代的讀者越來越難以共鳴，也是不爭的事實。譬如，尾崎紅葉（1867-1903）的名著《金色夜叉》，小說故事中的阿宮和貫一，大量出現在流行歌和戲劇裡，成為那時家喻戶曉的記憶，但是作為小說讀物的生命，它已然劃下了句點。

又諸如《阿道夫》這種非主流的文學作品，歷經百年而累積出千萬讀者來，與之相比，那些號稱傑作的只擁有百萬讀者未免太少了些。他尖銳地說，如果一部小說有百萬讀者，即在歷史中留名的話，意味著它是直接走進熱血沸騰的群眾裡，而不是評論家和新聞媒體炒作出來的。因為在本質上，所謂評論家和記者的高見與大眾讀者的審美觀是迥然不同的。這種明顯的落差，只有時過境遷才能證明。他舉例說，有些文評家極為推崇芥川龍之介（1892-1927）和谷崎潤一郎（1886-1965），將他們的作品推到經典文學的地位，但事實未必如此。這些評論家當然也帶著宗教般的心情，閱讀過中里介山（1885-1944）《大菩薩嶺》和倉田百三（1891-1943）《出家及其弟子》，以及吉川英治（1892-1962）《宮本武藏》，但是前者的女性軟派的風格，與後者的硬派氛圍相比，畢竟少了那份深刻而貼近大眾生活的人情溫度。

在文章的結尾處，坂口安吾更直接挑明，許多於二次大戰以後，在日本獲得各種文學獎項的作品，多半是不純熟的練習之作，骨子裡是軟弱無力的，全是那些評論家自以為是的托辭，佯裝行家吹捧出來的。在他看來，真正意義上的百萬讀者的作品，必須具有作者與讀者血肉與共的高度。依明治時代以後為例，擁有百萬讀者的文學巨匠，就數夏目漱石和谷崎潤一郎的作品，他們的作品看似有大格局的氣勢，但是嚴肅細讀，仍然不夠大氣，沒有那種為人性拚鬥的粗獷生命力。現今，日本作家的表現又太過文弱和青嫩了。因此，他看好的同屬於頹廢派的作家太宰治（1909-1948），期待太宰治的作品，將來可如《阿道夫》小說那樣，與千萬個閱讀的靈魂血脈相結合深受無數讀者的熱愛。

重讀坂口安吾於六十六年前的文章，其批判和預言的有些已經得到證實，當年他為太宰治寄予厚望，他卻忘記推銷自己的隨筆寫得精妙，尤其是「在櫻花盛開的樹下」、「白痴」、「墮落論」、「我的日本文化私觀」，同樣是歷久不朽的傑作。或許，他比誰都明白，真正的傑作只為歷史和專家開放，生前死後的讚譽並不重要。所有為文學付出的摩肩壓擔之苦，統統要帶進墮落和頹廢的墳塋裡，即便屍骨寒透入土，照樣要貫徹這個意志的孤高。

眉山——太宰治

以短篇小說本身載體的局限而言，太宰治在〈眉山〉這部作品中，表現相當成功，其行文簡潔流暢，故事的情節強烈，閱畢令人諸多感嘆與回味。如果我們把二戰後的社會背景和民眾的精神狀態作為文本納入思考，我們或許可以得出這樣推論：作者透過緬懷的敘述對於沒落貴族給予同情，在某種層面上，亦是他對於自我悔罪的精神回歸，而且這次有別於其他的作品，並不沉醉在頹廢的自我美感中，而是洋溢著更多人道主義的溫暖。

太宰治在小說開篇處，以回述其在新宿的酒館遇見的物換星移揭開了故事的序幕。從他的描敘視角中，我們看見戰火洗劫之後，新宿與廢墟力圖振作的景象，它們在流布絕望的地上，搭建起簡陋的小酒館，為遊蕩者和破落戶們，提供精神慰籍的居所。在那樣的處所，必然有著絕奇的故事陸續發生，小說家到那裡飲酒閒談，等於身經其境的採訪，將那些殘留的酒氣和無名的憂傷，化為小說的骨與肉。乍讀之初，讀者可能很難會意過來，這小說的篇名——眉山，它到底是地名，抑或是確切的人名。直到進入對話，這條重要的伏筆，才像浮冰般的顯現出來。正如太宰治在〈維庸的妻子〉中出現過的場景，在〈眉山〉中的酒館很狹小，只有三坪大小。他們常去那個地方流連廝混，在於距離自家「三鷹」很近，店家又能給予賒帳，他們喝得爛醉如泥的時候，幾個醉漢就倒頭擠睡在一處，老闆又不趕人。這個對他們的有利因素，使得那酒館變成了他們的安樂窩。

在那酒費低廉的酒館裡，成名或剛出道的作家名人出入其間，招呼送酒的女侍都感到榮幸，因為受到讀者愛戴的作家就在自己的眼前，例如有女作家林芙美子、俳句詩人高濱虛子等等。對平凡人而言，能夠與仰慕的作家說上幾句，當然是無比興奮的。作者（我）甚至為女侍的巧喻「比起三餐飯食，小說更吸引我呢」而讚不絕口，為那酒館有文人出入預設更溫厚的鋪排。然而，該小說精妙之處在於，作者藉由酒友如廁的事情，讓北川眉山這個女酒友順勢登場，從而揭開悲劇的內核。故事進展到三分之一，作者的酒友尿急跑向廁所，恰巧北川眉山已先入廁所裡，卻久不見出來，讓站在門外的酒友急的要命。在這時候，他聽見灑尿的嘩嘩聲響，隱約撞見了女酒友似乎開腿立著小便的樣子。這個舉動已使他很感驚訝，當他終於得以入廁之際，卻發現整個地板一片尿水，他按此判斷，認定是女酒友留下的跡證。從那以後，男酒友們和作者都背地裡嘲笑北川眉山的醜態，並作為揶揄的談資。

但是確切地說，這部短篇小說的結尾才是精妙的回聲。一天，立著小便引來嗤笑的女酒友北川眉山不見人影了。作者（我）好奇探問，酒友方說明了事情的原委。原來北川眉山死了，老闆娘好心將其遺體送回靜岡老家安置了。而女酒友每次如廁急忙奔向廁所，有時因憋忍不住，衝下樓階梯之前，就漏尿出來了。這些使其醜態盡出的原因，全是因於罹患腎臟結核所致，更糟的是，她兩個腎臟都藥石罔效，就這樣悲傷地撒手人寰了。作者（我）得知這個真相，心理受到很大衝擊，快要掉下眼淚來，但他強作鎮定試圖掩飾自己的憂傷。當然，這其中仍然有諸多的愧疚在啃蝕他的心靈。在現實生活中，作者及其酒友們高舉頹廢有理墮落為尚，像這樣的自虐為他們贏得了精神上的勝利，但卻也以肉體的崩解付出代價。從回歸歷史的立場來看，弱勢的群體活在絕望遍生的時代，他們選擇無賴和放蕩、自虐為樂的生活，以此來擺脫精神危機的糾纏，我們的確很難置喙。不過，這時候小說家對於社會史的貢獻，同樣值得敬重和理解的，正因為有他們對於已然消失的社會背景深刻的記錄、描敘，或者如實精采重現，我們才有機會返回自身，如哲學命題般的提出追問，那個時代到底發生了什麼事情？我們如何從客觀的他者變成跨越時間的親歷者？或許用這種角度閱讀小說，不但是新奇的嘗試，又可以補足懷疑論者的遺憾。而當我們活著的時候，就不該有什麼遺憾。

向生而死與斜陽——太宰治

從人性與作家生涯的角度來看，太宰治是個不折不扣的怪人。這個日本現代文學「頹廢派」的代表人物，被視為日本文壇上為數不多的具有國際影響力的作家之一。他那獨特的「自我毀滅」或文學體裁，在某種程度上，反映出那個時代芸芸眾生的精神面貌，但其實更多時候是，在表現出他於遭遇生命頓挫後的厭世與絕望情緒。若是如此，或許我們不應只滿足於這視角提供的面向，而是趁這個機會來理解他生年卒歿的時代背景——一九〇九（明治42）年至日本戰敗的一九四八（昭和23）年，這樣必能在文學作品論這種話語空間之外，重新得以用歷史的眼光看待餘溫猶存的事件。

眾所周知，日本進入大正民主思潮時期，國民們極力主張打破派閥的藩籬，擁護憲政體制，大型的群眾運動在這股潮流中揭開了序幕。第一次世界大戰爆發，日本的產業和資本主義進而飛躍性的發展，儘管政黨政治暫時中斷，但在一九二三年關東大地震後，護憲運動仍找到復興的力量。此外，在文化和思想方面，由於教育普及和新聞傳播媒體的擴展，促使個人的主體性和文化學養的深化，比以前更加重視。而以志賀直哉（1883-1971）和武者小路實篤（1885-1976）為代表的「白樺派」作家，就是在這文化風潮的激發下，以揭櫫自我意識、人道主義和理想主義為主，成為引領大正時期的重要文學思潮。純文學的領域開始開枝散葉，電影、大眾小說、廣播等大眾文化，同樣新生遍地般的發展起來。正如許多很難調和的矛盾那樣，社會運動的蓬勃發展相對地亦刺激本質趨向保守的國家主義的疑懼和措施，一九二五（大正14）年，日本議會立法通過了《普通選舉法》和《治安維持法》。

隨著時間的推移，昭和的年代又出現了新的歷史轉折，先是面臨經濟恐慌的威脅，接著開始出兵攻打中國，原先通過的普通選舉和社會主義思潮受到打壓，經由這番徹底清洗與改造以後，壟斷資本集團的經濟勢力更為穩固壯實，大多數的民眾則陷入嚴重的經濟危機，社會中充滿恐慌與不確定的徬徨。然而，在這種局面下，軍部和右翼的態勢更加迅猛，他們推動強硬的大陸（中國）政策，用激進的手段改造國家體制，試圖藉此殺出困局與重圍。於是，剛萌芽的政黨政治遭到扼殺，社會主義和民主主義的風尖浪頭被掃抹成噤若寒蟬的冷然。之後，日本在中國東北建立了滿洲國，使得在國際地位上愈形孤立。詭異的是，隨著國際情勢危機的加劇，軍部更擴大對於政治層面的管控。他們整備軍力為戰爭體制預做準備，而引燃中日戰爭的砲火自是這種邏輯運作下的結果。這場戰爭一開始就注定必須長期奮戰，不可能速戰速決，日本軍部為此焦灼不已，急待盟友伸出援手，進而與德國和義大利結為神聖同盟，決定與美國和英國對立。有此以國家為名的正統性，日本的產業、政治、教育、思想等所有社會體制，全部被動員投入戰爭體制裡，要在太平洋戰爭中決出勝負來。

結果，日本於第二次世界戰中以戰敗者的愕然與悔恨收場。接著，以美國為首的聯合國駐軍正式占領了這個曾經睥睨亞洲的大日本帝國。用日本知識人的說法，日本就此走入「戰後」的時代。美國對於日本的占領政策很有見地，做法非常果斷有力，他們徹底把日本改造成非軍事化的國家，推動民主政治體制，解散壟斷資本集團、實施農地改革，以及落實諸多政策等。而這個改造的成效，在翌年的一九四六年，以主權在民、追求和平、尊重人權為宗旨的日本國憲法正式頒布並實施。太宰治作為這些歷史風雲的親歷者，自然也要在其文學作品中，表達自己的同情、苦悶、懦弱、沉迷、懼怕、厭惡、內在逃亡，以及因自甘墮落衍生的痛苦與自影顧憐。我們若沿著編年史及其人格特質的路徑走去，然後隨著我們對其理解的理解（by the understanding of understanding），相信都能找到超越於文本之外的發現。

從太宰治的作品中，不管是其率性地坦承以告，或者由人物話語的間接轉述，我們都能輕易知道其性格的根源，與生俱來的強烈自我意識，而且非常在意「他者」的目光，這些不可阻擋的心理壓力，將他推到了另一個人格演示的極端。他在〈回憶〉（自傳小說）一文中說，「我總覺得有人在背後窺伺著，所以我要經常地擺出某種姿態來。」在他看來，他背後的「他者」，總是不懷好意地監視他，這讓他感到顫慄與惶恐，要脫離這種困境的糾纏，他就不得不自我偽裝起來，以求安全的庇護。正是這個病理性的導引，使得其作品的精神性不斷地陷入沉淪與自我否定的深淵。他說，他天生就缺乏活下去的勇氣，尤其祖上是青森津輕的大地主，相對於他生活在普羅大眾的時代裡，他下意識地同情認為，貧窮階級受到不當的壓迫，因而讓他更厭惡自己的出生家庭。於是，他經常表現出軟弱與自卑感、見不得人，多餘之人的負面情緒，並滲透著原罪的負疚感就不足為怪了。他在〈二十世紀旗手〉中的名言，「出生為人，我很內疚」，既是來自痛苦源頭的總結，又具體而微地送出了內在回聲。

與此同時，在太宰治的生命歷程中，似乎有兩種命定的力量在拉扯，非把這個神經質的作家撕成兩半不可。正如上述，太宰治沉迷於自虐的情結之外，自尊心極高、注重社會體面、愛好面子、同情弱者，有時甚至為自己的生家引以自豪，對於他所退卻並保持安全距離的「他者」，卻又表現出「依賴」與「奉獻」的態度，完全不理會自我矛盾向他發出的嘲笑。在這個性格的脈絡下，早年埋下的羞恥感不時發生作用，像沉渣泛起活躍在他經歷過的往事中。一九三〇年，他到帝國大學法文系就讀，離開青森的老家來到政治文化中心的東京。時代的氛圍很有感染力，總是輕而易舉把知識青年激盪得熱血奔騰起來，他加入了非法的左翼團體，試圖為理想的社會做出貢獻。是年，九月三十日，他唆使玉屋的藝妓紅子（本名小山初代，1912-1944）出逃上京找他，他們在東京市本所區的東駒形同居生活。

然而，這兩件叛逆的事情卻讓太宰治的生家很不光彩，長兄津島文治奔至東京把他帶回青森，並被本家斷絕分家關係。只是，這起風波才剛剛落幕，他又闖出了新的禍端。十二月二十九日，他與咖啡館女侍田部締子到鎌倉殉情未遂，而這近乎荒唐的行為，吃上了協助自殺的罪行，遭到起訴判以緩刑。同為天涯淪落人的小山初代為此非常憤怒，要太宰治明確地表態。在此壓力之下，他於數天後與小山初代舉行了臨時婚禮。不過，津島家並不承認不同意他們入籍。儘管如此，一九三一年二月，小山初代再度上京，與太宰治在品川區的五反田共組新的家庭。直到翌年七月，她跟隨太宰治並用川崎想子的假名投入左翼社會運動的狂潮中。

與太宰治的奇特人生相比，小山初代似乎也是命運多舛的女人。一九三六年，太宰治由於藥物癮症的緣故被送至武藏野醫院治療。這段期間，他的表弟小館善四郎（當時是個學畫的學生）常來家裡走動，卻與小山初代關係曖昧。一九三七年三月初旬，太宰治亦察覺到他們倆的非正常關係了。這時候，其表弟從太宰治私信的某個片斷裡，誤以為他與小山初代的關係已然暴露，便向表兄太宰治坦承以告。在那之後，小山初代與太宰治相偕到谷川溫泉附近，試圖吞服安眠藥自殺，可是沒有成功。到了六月，小山初代的叔父居中調解，正式向太宰治提出離婚協議。小山初代獲得太宰治三十日圓的贈予，返回故鄉青森，在青森郊外的淺蟲幫忙家裡賣魚。不久後，她沒告知家人，逕自到對岸的北海道四處流浪闖蕩。據說，在這時期，她佯裝成處女與年輕男子結婚。之後，聽信出身九州的軍人的說法，前往中國滿洲，後來搬到青島，輾轉淪為某個軍職人員的情婦，過著自暴自棄的生活。一九四二年初秋，小山初代曾經短暫回國，來到位於東京杉並區造訪小說家井伏鱒二（1898-1993，著有《山椒魚》、《遙拜天皇的隊長》、《本日休診》、《黑雨》等作品）。她逗留了一星期後，回到老家待了一個多月。巧合的是，她遇見了小館善四郎，他好意地相勸，要她早日找個良人結婚。在那以後，她又造訪井伏鱒二的住處，不顧井伏夫婦的勸阻，前往茫然四顧的中國青島。事實上，那時她已患有顏面神經痛，卻沒有積極的治療。一九四四年七月二十三日，她病歿於青島，享年三十三歲，八月二十三日，其遺骨置於白色木箱裡被送回日本。然而，據太宰治向井伏鱒二轉述，小山初代死於一九四五年年四月十日。對於太宰治而言，或許他終究無法忘卻這個羈絆的情緣，以致於他在〈HUMAN LOST〉（一九三七年）、〈捨姥太〉（一九三八年）、〈東京八景〉（一九四一年）這些作品中出現的女性群像都充滿小山初代的面影。

確切地說，其實太宰治早期的作品中即表現出對於挫敗、虛無、悔恨的迷戀，進而把它浸染成無限哀怨的文學基調了。《晚年》是太宰治的處女作品集，他曾經表明這部作品就像身後遺言一樣。雖然有這種因素，他仍然努力地提升小說的藝術性，要展現身為傑出小說家的才華與自尊。於是，他陸續發表了幾部短篇小說，迅即得到許多好評，起初，他還為這名聲的降臨而有些困惑，但這份來自文壇的肯定發揮著啟發和刺激的作用，促使他在文學領域裡更具企圖心了。他像之前參與過左翼社會運動那樣，在《虛構的彷徨》做出有意識的叛逆，其目的在於，突顯自己與所處的時代扞格不入，最後導致自我精神的沉淪下陷，被迫淪為現實社會中的邊緣人，這應該是他多年壓抑卻伺機想噴薄而出的憤懣。矛盾的是，在他與社會的正面對決中，又不全然感到勝利在握，轉而在現實生活裡求助於宗教力量的拯救。於是，他開始親近聖經和基督教，希望神向他施出援手，把他從羞愧和背叛（後來他轉向放棄左翼社會運動）理想的死亡幽谷裡引領出來。例如，有評論家指出，太宰治的短篇小說〈十二月八日〉，即是在二戰時期屈從和追隨日本軍國主義潮流而寫，弔詭的是，同樣這篇作品又被輯錄在《抵抗文學集》裡，向讀者的認知領域抹上疑惑的光暈。

或許應該說，太宰治很渴望得到徹底的救贖，所以只有增加自毀和自虐的程度了。因此，在〈狂言之神〉中，他藉由「……在沒有月亮的夜裡，只有我一個人逃了出來，其餘五個夥伴，全數失去了性命。我是大地主的兒子。然而，地主就是地主。他就是你的仇敵。它正等待要嚴厲懲罰背叛的人。」「我試圖與某個有夫之婦殉情。我二十二歲。女子十九歲。在臘月嚴寒的深夜，那女子穿著大衣，我也沒有脫下斗篷，就跳入水中了。後來，那女子死了。」既成事實的細節描寫，正是在表露他最深切的愛與怕，那種抓不住的徬徨。

正如前述，這種情況在太宰治「芥川獎」叩關失敗、習慣性嗜藥和欠債等醜態不斷發生後更加劇了起來。他為此變得極端地自我厭惡，始終在自我肯定與否定之中徘徊，不知要走向何處。出於無奈的做法，他的家人只好將他送進精神療養院治療。經過這段安養的日子，他的身體恢復健康，逐漸有了自信的意識，稍微敢於正視萎靡重生的自己。他說，「我不需要對過去再做追悔了。從現在開始，我真的可以重新出發嗎？（苦笑）」。從這個文本看來，他似乎還沒有足夠的自信，對於未來的生活將信半疑。然而，在他第二度結婚，過著踏實的小市民生活，生活和行為與社會取得和解（如微笑的能劇面具），他的創作力也旺盛起來，諸如〈滿願〉、〈富獄百景〉、〈女學生〉、〈葉櫻與魔笛〉、〈新樹的語言〉、〈關於愛與美〉這些呈現女性生理與心理情感，以及為家庭親情獻身的堅忍品質的作品，可以說是他對於這場大病後自覺地做出的精神註記。

日本進入太平洋戰爭期間，太宰治以西方文學或聖經為題材，創作出〈奔跑吧，梅洛斯！〉（此文被選錄在日本國語教科書）、〈新哈姆雷特〉等表現愛與罪、信任與反叛、真實與虛假之間的衝突的作品，這種改寫的內容獲得了西方讀者的青睞。然而，性格反覆的他很快地又退回到矛盾的位置上，在〈蟋蟀〉和〈乞食學生〉中，向已然恢復的現實生活投以懷疑，甚至要放棄理想的追尋。直到二次大戰末期，他才轉而緬懷那消失的日本文化底蘊之美，用〈右大臣實朝〉（他敬仰實朝這位武士與詩人）、〈新釋諸國噺〉、〈津輕〉、〈御伽草紙〉（取材自井原西鶴《諸國噺》短篇集）等作品，改寫成現今的人物藉此回歸傳統的召喚。

在太宰治眾多的作品中，他寫過《斜陽》和《喪失為人資格》（編按：一般譯作《人間失格》）兩部長篇小說，以內容和結局而言，西方讀者較為接受比灰暗悶絕的《喪失為人資格》稍見樂觀氣氛的《斜陽》，無論這是他聲稱的用藝術性來體現當時日本社會的深層變化，安靜地凝視貴族階級的沒落、及其後來淪為道德過渡時期的犧牲者，或者對日本古老文化與理想亦伴隨著戰敗而崩塌的悲嘆。換言之，雖然他在作品裡有些文章顯然是舊文重整，並看得出套語或為擴展篇幅的過場引文，但這兩部作品確實成為探索其精神世界的關鍵之一。太宰治的作品評價向來有兩極化傾向，有些讀者就是熱愛其直率而頹靡放蕩的文風，那種敢於用毀壞自身來控訴時代和社會的壓迫的狂野；但是有些讀者卻看不慣這種無用的墮落，這種分明對於生活無限絕望，卻又惡意拉人下水的作為反感至極。這些評語都顯示出崇尚文學藝術性與道德教化的命題衝突。

那麼日本文學專家又是怎麼看待呢？在日本文學研究取得輝煌成就的唐納德・金（Donald Lawrence Keene 一九二二年生，二〇一一年東日本地震後，歸化為日本國籍，易名為「鬼怒鳴門」）的說法，多少映現出博雅長者的寬容。他說，「……從根本上而言，與太宰治同時代作家的作品之所以缺乏思想深度，很大部分要歸因於時代的局限。」進一步地說，在二戰期間執筆創作的日本作家，尤以在軍部的嚴格控管言論下，很難盡情發揮所長，有些作品只能拐彎繞路地寫，真要硬幹相向，就得付出慘重的代價。反骨的作家敢於正面迎戰，內心軟弱的作家則選擇悔然的附隨，俟二次大戰結束，作品重新出版之時，再做補充改寫。或許，上述的爭論不可能獲得解決，或者根本也不需要解決的。搶讀與拒讀太宰治的小說，同樣適用在這個範圍裡。那些只想跟風追讀的人，就買來翻閱看看，而一開始就覺得不值一讀的人，就忠實於自己的看法，所謂眼不見為淨。畢竟，人云亦云向來只能證明盲從的荒蕪，不能用來證明更多東西。

隔牆有耳——松本清張

近幾年來，自從松本清張的《砂之器》和《黑革記事本》以及《野獸之道》等原著，被改編拍成電視連續劇以後，深獲視聽大眾的好評，許多已經絕版的作品，紛紛重新改版上市，再度掀起閱讀松本清張的熱潮。

或許有讀者感到疑惑，我們現在為什麼要閱讀松本清張？松本清張的小說意義何在？其所影響層面到底有多麼深廣？與我們有何密切相關嗎？

先從當時的關鍵詞說起。

一九六〇年左右，日本的傳播媒體開始流行「清張之前．清張之後」這句話。意思是，松本清張於一九五八年出版《點與線》和《隔牆有耳》（附註：這兩部小說皆由我譯出，臺灣出版社依日文原名《眼の壁》譯書）後，成為暢銷書的金字招牌，還在各雜誌上大量撰寫連載小說，躍升為文壇的重要寵兒。後來，其挖掘各犯罪事件和揭露社會弊端的系列小說，博得「社會派推理小說」的美名，使得之前被視為不登大雅之堂的推理小說，因而擴大並走進大眾讀者的視野。

正如文藝評論家荒正人在光文版《眼之壁》的前言中所說：「在此，我要向長期以來認為推理小說不是正經小說的讀者們，強烈推薦這部長篇小說。小說中展現的犯罪案件，並不只是單純的殺人事件，而是有更深刻的現代意義和歷史脈絡。」確切地說，正因為松本清張其獨具魅力的小說特色，為當時的推理小說開闢了更寬廣的道路，改變諸多日本讀者對推理小說的刻板印象，甚至改變了推理小說的出版形態。

尤為令人注意的是，松本清張在小說中所描寫的五〇年代至六〇年代的日本社會，正值「戰後」和「冷戰」時期。那段期間，正是戰後日本社會內部結構急遽變化的時期。日本國民無不試圖從戰後的廢墟中站起來，努力要擺脫貧困的陰霾，這股時代浪潮亦促成貧富階層的加劇。例如，出身貧苦，備受社會階級歧視，在中年之前始終不得志的松本清張（可參看他的自傳《半生記》），或許是因為他最能感同身受，因此，他總是用悲憫的目光觀照筆下的弱勢者——那些跟不上社會潮流，出身卑微而遭到社會冷漠對待或歧視，找不到人生的出口，最後因而走上極端反社會行為的邊緣人（比如，《砂之器》的主角和田英良為隱藏過去的身份，保住好不容易得到的榮光，出於無奈殺死了救他的恩人三木謙一；或《黑革記事本》中的女銀行員得知銀行內部的諸多弊端，進而向銀行勒索，離職後因開設酒店，輾轉抓住婦產科院長逃稅的弱點，並向和政客勾串收賄的補習班業者敲詐勒索；或《眼之壁》中的在日朝鮮人舟坂英明因成長過程中屢遭歧視，最後成為右翼團體的老大。）

儘管《眼之壁》的成書動機，起因於松本清張受當時的檢察官河井信太郎（現東京地檢署特偵組組長)的建議，何不把偵察二課專辦智慧型犯罪(恐嚇、貪污和詐欺等)的案件寫成推理小說呢？不過，我們仍不得不佩服作者優異的資訊收集和整理能力，以及豐富的想像力。他從一般人的日常生活，擴展到社會事件的隱蔽部分，發揮其獨特的敏銳性，將這些隱匿在社會暗處的醜陋東西，逐一攤在陽光下讓讀者從容檢視，其寫作功力之高，實在令人折服。例如，在小說中，會計課長因被詐騙集團騙走巨額支票而自殺身亡，其同事荻崎龍雄為了伸張正義不惜辭掉工作都要揪出真兇實犯；新聞記者田村滿吉為協助朋友龍雄四處奔走追查的執著精神；黑池健吉最後落得被殺滅口的命運；舟坂英明如何與右翼團體玄洋社勾串，如何與日本軍部互通聲息接受其金援，在經費短缺之下，設局向公司行號詐騙的卑劣行徑；龍雄對地下錢莊的美女秘書上崎繪津子謎樣般的思慕；瀨沼律師被抬到長野縣深山絕壁棄屍的慘狀和山區環境的細緻描繪，無論是在文字呈現或拍成畫面，無不栩栩如生令人心弦震顫。

當然，小說中所描寫的戰後社會現象，在現今的日本已經不存在，犯罪手法推陳出新更為細膩了，但是至今讀來仍歷歷在目。即便時代已進入二十一世紀，在中產階級逐漸消失、貧者越來愈貧、加上十幾年來經濟蕭條，民眾對未來充滿不安的日本社會裡，這部小說依然具有警醒與回顧作用。

在日本諸多推理小說家之中，松本清張其獨樹一幟的歷史觀，特別是其挖掘歷史黑暗面的獨特視野，贏得歷史學家對其「黑幕史觀」的肯定。讀者在閱讀其相關推理小說之餘，若能進而參看他的「挖掘昭和史」系列著作，相信更能體會其黑幕史觀與小說的連結關係。

至於《眼之壁》想呈顯什麼樣的意義，在小說結尾處那段感慨，頗能傳達作者的心聲：「……樓廈、電車、汽車，包括摩肩接踵的人群，都無端映入了他的眼簾。他懷疑它們是不是真實的物景？事實上，現代社會的真實，都存在於我們視界的彼方，而我們只是在眺望這堵被遮蔽的高牆而已。」換句話說，只有拆掉這堵聳立看不見的高牆，就能打破日本這層層封閉的社會，讓新鮮的空氣吹灌進來，讓弱勢族群看見明朗開闊的未來。或許說，松本清張畢生都在為這個使命而努力，為揭發或摧毀這個看不見的黑暗勢力拚命搏鬥。撇開譯者的立場不說，身為臺灣的讀者們，透過松本清張推理小說回顧激盪的昭和史畫卷，是否也激發出重新審視自身社會歷程的熱情呢？

總括地說，透過松本清張的小說生動具體地呈現，讀者得以了解那個時代的思想現況，以及民眾的對社會和時代的疑惑不滿，或其背後的原因所在，但是讀畢其小說，皆能得到啟發性的答案。從這角度來看，閱讀《點與線》和《眼之壁》以及《日本的黑霧》這三部作品，即為讀者清晰勾勒出昭和時代的面貌來。推理小說既發揮娛樂功能，又能彌補正史的不足，松本清張絕對是箇中翹楚。

＊附記：這篇導讀為多年前我為中譯本所寫的舊作，其實我幾乎已忘卻這件往事了。今日重刊拙文有兩個緣由：首先，有熱情的臉友留言回應；其次，日前我造訪秀威出版社時，與宋政坤先生聊談日本思想文學等話題，恰逢該社內的編輯說是鐵桿清張迷，這些留言和談話，讓我懷念起那段為生活拚譯的日子。

波浪上的塔——松本清張

熱愛日本推理小說的臺灣讀者，如果他們編年史系統地閱讀，而且從原文的語境中出發，想必都能發現這種大眾讀物在書寫層面上的特色與變化。不僅日本文壇如此，嚴格說來，每個時代的推理作家所展現的作品即作家與時代的社會關聯，並間接地反映出作者的寫作才華。以日本老派作家而言，松本清張（1909-1992）和土屋隆夫（1917-2011）極具代表性。我從翻譯和閱讀的觀點來看，他們在小說中呈現日本的景物與歷史遺址、或者已經逐漸消失的田園風光，都比為追查犯罪過程的巧妙佈局更強烈地吸引我的關注。我向來把它們當成重要的文本，把它們當成我參與日本風土紀行的起點，有些時候，我甚至認為，這種軟性的閱讀，比官方史料更能直接地回到歷史生活現場，而我喜歡用這種方式來構築自己的歷史想像。此外，這兩位作家用文學性的筆觸，生動躍然般的描景敘情，以及高超的寫實主義本領，同樣值得寫作同行的學習。

一九五九年，松本清張開始在雜誌上連載小說《波浪上的塔》，博得讀者的好評，卻也引起了意外風波。這部長達三十六萬字的長篇小說，主線內容在描寫建設省官員與企業家之間的貪瀆勾結，以及牽涉此案的政界高層人士，最後遭到檢察官追查起訴，女主角因走不出愛情的牢籠而進入林莽樹海中尋短的故事。在這部小說裡，還有個特點，其散文寫得很出色，這是在當今日本推理小說中看不到的時代面影。在第一章「短暫的旅行」中，他藉由輪香子來到木曾福島歇宿所看到的山中景色：「……舊中仙道那段穿山口的杉樹路，馬籠村房頂鋪著石板的驛站，島崎藤村的舊居，還有從妻籠到通往飯田的大平山口途中的茶館，以及在茶館裡眺望到的景象，這一路上飽覽的風光，總算使她充分理解了島崎藤村描寫的這樣一個情景：『木曾路整個都在山裡。有的地方是一路峭壁的懸崖，有的地方是臨著幾十公尺深的木曾川的河岸，有的地方則是盤過山尾的峽谷入口。一條公路橫貫這個茂密的森林地帶。』時令正值五月開初，略呈黑色的杉木森林裡透出了鮮嫩的新綠。在大平山的茶館，她觀賞了木曾峽谷和在初夏陽光下閃亮奔騰的木曾川。」開首的這段山林文學般的描寫，其實已標誌出其推理小說的抒情基調，也就是說，它並非以凶狠的虐殺情節來吸引讀者，而是以描景敘情的無可奈何來回應悲劇的走向。

在最末章「林海之中」，小說女主角賴子在山梨縣的大月車站前，招了一輛計程車，前往富士山河口湖「樹の海」的描寫，更把悲涼的故事推到了極致。她從計程車的車窗望去，富士山始終在左側。天氣晴朗，碧空如洗。她從來沒有在這麼近的地方觀看過富士山。從頂峰到半山腰，全部覆蓋著皚皚白雪。由於陽光照射的角度不同，布滿白雪的溝谷裡，映出複雜多變的陰影。半山腰以下呈現出紅顏色，再往下，便是鬱鬱蔥蔥的樹林。山腳下，原野迤邐，一直伸延到路旁樹林的枯葉之中。在這條路上，中途沒有人家，也不見行人的蹤影，偶爾有公共汽車和計程車駛過。於是，賴子終於抵達到目的地的時候，她佇立在原地眺望西邊的湖泊，正對面便是富士山，但它與以往見慣的富山士不同，是一座保留著太古時期原始狀態的火山。只見褐色的熔斷崖，以及斷崖上面大片暗綠色的茫茫林海，都把倒影映在岸邊的湖水裡。其原始狀態的山脈、森林和湖泊，就是這樣雜亂地交織在一幅畫面裡。最後，他為女主角賴子安排這樣的結局：她的神情顯得茫然，來到這片林海的跟前，而且蒼茫的暮色，已經降臨在這片無邊無際的林海上空了。但是，她卻頭也不回地往林海中走去，一個看到她最後身影的老人說，與此同時，一隻兔子突然奔入了灌林叢裡，只有那灌木枝頭還在晃動。

然而，不知是出於巧合的緣故，或者松本清張的寫實功力過於強大，使得情感細膩的讀者們無從抗拒，據說，自《波浪上的塔》出版以來，他筆下描寫的富士山麓的「青木ヶ原樹海」，卻成了對生活絕望的失意者的自殺勝地了。根據清查發現，每年在該林海中找到的屍體，大約有三十到五十具之多，直到二〇〇三年為止，已發現超過了一百具無名屍體。而這個死亡的效應，也使得地方政府提出抗議，於一九九九年提議把《波浪上的塔》列為像《完全自殺手冊》那樣的「有害圖書」，不得售給未滿十八歲者。但弔詭的是，此部小說出版後，到二〇〇二年為止，銷售數字卻超過一百二十萬冊。這些正反兩面的閱讀奇蹟，應該說都是松本清張生前與死後所始料未及的。對他而言，他只是秉持「與其追求文章的華麗，毋寧寫出真實的文字」的創作信念，至於後續引起的諸種風波，他既不能揮筆再起，也無法做出完善的解釋。

像星光那樣堅定——木下順二

如果我們稍微回顧一下日本軍部於戰爭期間如何鎮壓戲劇活動的簡史，在閱讀木下順二（1914-2005）的劇作所表現的抵抗精神，必定有助於釐清那個時代的輪廓，才不致於掉進歷史模糊的困局，而只把它視為通俗意義上的戲劇作品。相反地，我們若明白同時代諸多作家和藝術家面臨的「嚴寒時代」的成因背景，儘管他們用隱微的和暗喻轉折的語言指涉，我們就能清楚地得到理解，沿著作者樹立的路標，探究那個時代的社會面向。

木下順二的劇作多半與沉重的歷史事件緊密扣連的，其作品即是他思想立場的載體，用來表現他在激盪時代下的愛與憎，這在以和為貴迴避重大衝突議題的日本現代文學生態裡，這樣的精神逆行畢竟需要堅持和勇氣。以他一九四七年三月發表的處女作〈風浪〉為例，故事的舞台設在其故鄉熊本，他透過一個青年在明治維新時期——這種保守與激揚相互拉扯的時代格局，經過思索和彷徨，最後投身於反德川幕府的西鄉隆盛陣營的心路歷程。他在這部作品中，試圖呈現的是在複雜的歷史變革中，個人的熱情和行動，與加速「近代化」的國家政策的不可調和性。在這部作品還表現出其日後創作的基本方向。

一九四九年三月，他於《藝術增刊》上發表了劇作〈山脈〉，該作品以信州的農村為舞台，描寫一個在前方當兵的村上省一的妻子（患有輕度的肺結核），為了躲避戰火帶著婆婆阿玉疏散至農村，後來與有婦之夫山田浩介陷入了情網的悲戀故事。然而，就封閉的社會規範而言，這段不合時宜的情緣，一開始就不可能獲得祝福，以悲劇收場並不奇怪。最後，她的丈夫在戰爭中病亡，而為愛情受挫的山田浩介決定奔向廣島療傷，這時候她拋下了道德的束縛，決然與他同赴廣島共度餘生。不料，命運並沒有為他們吹奏起幸福曲。後來，山田在美軍向廣島投下原子彈的劫滅中死去，而她在信州的深山裡獲救，但是她自豪地告訴自己：「現在，我已經一無所有了，可以更勇敢地追逐著夢想。而且，我終於得以獻身似的愛其所愛了。」這底層人物的女性心聲，其實喚起了許多戰爭寡婦的共鳴。

他於一九五〇年發表的〈暗淡的煙火〉，更把筆尖指向美國占領軍經濟顧問道奇制定的日本經濟重建方針，使得小型工廠陷入困頓，工人沒出路的處境。這種透過寫實批判的手法展現政治的觀點，同樣發揮著藝術感染力。此外，他也嘗試運用意識流和詩劇的手法，描寫政治壓迫個人意志的諷刺劇，〈青蛙升天〉即是其代表作。他虛構一隻青蛙由於被扣在紅青蛙池塘裡，某日回來以後，卻被議會特別會斷定為是紅青蛙，那隻青蛙最後悲憤自殺了。熟悉日本戰後史的人知道，作者所寓意和同情的對象，即因「三一五事件」被關押在府中監獄十八年之久的日本共產黨創立者之一的德田球一。一九六二年，他又推出作品

〈被稱為奧特的日本人〉，就是以受佐爾格事件牽連被以國際間諜罪處死的尾崎秀為藍本的，同樣勾勒出時代悲劇的懾服感。

木下順二的思想主軸還有個特徵，那些被極權政府壓迫的思想者們，都將在他的筆下躍然復出。例如，他於一九六四年出版的作品《嚴寒時代》，便聚焦在明治末年大正初年由社會主義者堺利彥於東京成立的「賣文社」，如何透過翻譯和賣文維生，以此經費來援助革命同志家屬的生活細節。在〈白夜的盛宴〉中，他描寫近代日本社會三代知識人迥異的生活背景，甚至近乎荒誕的衝突，即祖父是內務省高官，曾參與制定「治安維持法」鎮壓共產黨和朝鮮人，積極維護舊秩序。父親參加過社會主義運動，反對過他的父親。後來，他被當局視為思想犯，又由於他意志軟弱，出賣了朝鮮人，脫離了社會主義運動。二戰以後，他經營汽車維修廠，但具諷刺意味的是，其兒子在反對美日安保條約的拚鬥中受挫，卻沒能挺住理想的旗幟，往背離頹廢的方向走去。必須指出，這部戲作是採以古典的三一律手法寫成的，他巧妙地讓他們三者的意識在一個夜晚的宴會上，展開交錯、夾進和回想，全劇的結構極為緊湊。此類的作品還有《神與人之間》（一九七二年）、《關於忘卻》（一九七四年），以及歷史劇《子午線的祭祀》（一九七八年）等。

綜上所論，他在劇作數量上成果豐碩，有《木下順二戲劇選全四卷》（岩波文庫），在文藝評論方面十分活躍，有煌煌巨冊《木下順二評論集全十一卷》、《劇本的世界》以及《莎士比亞隨想》等。在小說方面，他只寫過一部長篇小說《無限軌道》，為自己與日本近現代史中的暗影連結出來的緊張關係，留下了執拗而纏繞的回音。或許，他是有意識地把戲劇作為抗爭的武器，而且堅信這武器的持久性威力，在他作古以後照樣有效。

一個口譯員之死——菅季治

一九九〇年春天，我在精神和物質條件方面尚處於困乏的境地，還無法真正投入日本文學的翻譯和研究，曾經依靠工商貿易的口譯，賺取生活的費用。那時候，從翻譯社轉介而來的案件（包括在極短期限內譯出面相算命的書）很少，扣掉抽成之後，所得不算多，但仍可使飯桌上豐盛幾個星期。就工作屬性而言，口譯是個好差事，它可以像哲學般地認識你自己，又是鍛鍊機智與堅韌的修行場所；亦即口譯員憑藉他的領悟力把他聽到的內容翻譯過來，同時把原先可能揮灑曖昧模糊的語意，轉化為清亮明晰的視野，讓在場的雙方或台下聽眾們享受深刻理解後的愉悅。基於個人情感理由，我格外敬重這個行業所具有的挑戰性與豐富性，因為口譯員的挫敗與榮光都將由它全部揭示出來。當然，我這種說法畢竟是有其局限的，頂多反映我自身所處的時代環境，沒有越俎代庖的資格。簡言之，換個時空與政治場域特有的風暴，即便口譯員秉持客觀中立的態度傳譯，未必就能得到善意的回應，甚至招來污名化的災難而痛不欲生。這個彷若如昨的案例，就出現在二戰後美國占領日本期間的歷史暗影中。

這起悲劇發生在菅季治（1917-1950）這具有哲學家特質的作家身上，控方（英國代表）

強烈地指控道，他在傳譯的過程中有失忠誠，並刻意在措辭和語境上，掩護其日本共產黨總書記德田球一。正是這個不可承受的心理壓力，使得他最終走上了絕路。回顧菅季治的治學經歷，有助於幫我們了解事件的底蘊。他自東京文理科大學科學系畢業，進入京都大學哲學研究所就讀，一九四三年，他被徵召入伍派往滿洲國的奉天（現今瀋陽），日本戰敗之後，他遭到蘇聯軍隊俘虜，被拘禁在蘇聯中央控制的哈薩克共和國卡拉干達市。一九四五年十一月至一九四九年十月，他在卡拉干達戰俘營裡擔任俄語口譯的工作，那些戰俘多半為隸屬太陽梯隊的士兵。在哲學研究方面，他心馳神往於笛卡爾的哲學，並把貫徹哲學邏輯的明晰性為自己的信仰。在太平洋戰爭期間，他寫過《哲學的邏輯》和《人生的法則》兩本書稿。他曾在日記中提及，由於自費出版的緣故，他前往草美社出版社，送交書稿和兩萬日圓，之後又收到田中美知太郎（日本哲學家）老師，為《人生的法則》一書撰寫序文，為此感到無比欣喜等語。

「德田請求」的事件發生於一九五〇年三月一日。英國聯邦代表霍奇森在對日理會上的發言。他說，「根據傳聞，日本共產黨總書記德田球一請求蘇聯當局：由於（西伯利亞的）日本戰俘們，尚未徹底接受共產主義思想，暫時不宜遣返。若此事屬實的話，德田球一的行為，無疑於犯下了叛國的重罪。我在此希望麥克阿瑟總司令要求日本政府，對德田球一做出嚴懲。」在那個時點上，這個指控是否屬實，對於被告相當不利。一九四九年秋天，作為諸多日本戰俘之一的高杉一郎終於返回日本，他在西伯利亞的強制勞改中，度過了刻骨銘心的四年。他在其《在極光的陰影下》一書中，對於是否有「德田請求」一事，如此敘述：「進入勞改營的衛門，正面立著一塊形似紅旗左右翻飛的立牌。某日傍晚，那塊立牌上貼了一封戰俘專用信件。寄件人為日本共產黨總書記德田球一，這是他對於隸屬反法西斯民主委員會成員以明信片詢問做出的回覆。那封信件的主旨在於，他等待大家成為民主主義者返回日本。我閱讀此信之際，總覺得有些不對勁，沒看完此信旁邊委員會寫著檄文似的長文『我們回應這個期待，堅決朝鬥爭之路邁進』便急忙地走進營區了。」有關日軍戰俘在西伯利亞的苦難生活，山崎豐子的長篇小說《不毛之地》，有極為具體細緻的描寫，為好不容易從酷寒極地獲釋歸來的日本戰俘，在很長時間內，因背負被赤色共產思想洗腦的嫌疑，沒能恢復正常生活的困境。從上述的敘事脈絡看來，德田球一回覆西伯利亞戰俘的信件，意外地成了傳聞「德田請求」的導火索。日本眾議院和參議院對於霍奇森在對日理會事上的發言，也開始啟動了調查「德田請求」事件的真相。然而，當時德田球一擔任參議院的議員，對這項傳言嚴加否認。於是，批判的矛頭猛然轉向，指向了曾在西伯利亞勞改營擔任口譯的歸國者菅季治，因為「德田請求」的消息來源，全出自菅季治的口譯。

一九五〇年三月十八日，菅季治以證人身分到參議院特別委員會說明案情經緯，他這樣表述，「我（菅季治）身為證人，在此無法說明『德田請求』一事的存否，我僅能陳述那時擔任口譯員所知的事實。那時是一九四九年九月十五日，我在卡拉干達第九分所。我記得非常清楚，當時蘇聯政治部軍官伊爾瑪耶夫中尉起身說話，我基於口譯的經驗判斷，採取直譯方式為宜，如此傳譯：『各位何時返國，取決你們的表現。在此，你們若能真心悔改付出勞動成為真正的民主主義者的時候，即是返國之日。日本共產黨總書記德田（球一）期待各位以民主主義者的身分回國。』」（參議院特別委員會議事錄）。然而，參眾兩院的自由黨議員認為，菅季治對此之所以沒有譯為「請求」，卻譯為「期待」，有刻意誤譯的嫌疑，原因在於菅季治本身即共產主義者，必須追究其責任。結果，這個指控把菅季治更快地推向了悲劇的斷崖。一九五〇年四月六日，就在菅季治出席眾議員考察委員會的傍晚，他在國營鐵路吉祥寺站和三鷹站之間臥軌自殺了，調查人員到場後發現，在他的口袋裡，有一本岩波文庫版的《蘇格拉底的申辯》。

菅季治自殺的消息，引起了日本社會的廣泛回響，同時如同突然襲向諸多日本知識人和作家的時代寒流。木下順二的劇作《青蛙升天》（青蛙之死），即以此事件為主軸，對以美國為主導日本政府配合演出的「獵共風潮」（red pepper）的政治戲碼，所發出的批判與諷喻。進一步言之，幾乎所有悲劇的發生都有前兆可尋。事實上，在菅季治列席做證之前，曾經在日記中引述過夏目漱石的小說《春分過後》的文字，「……事實在其自身中發生變化，然後逐漸成熟，當它出現在大眾的面前時，它如同進口香蕉般已轉為軟黃了。」此外，他在一封留給好友石塚為雄的遺書中，說明了自殺的原因：「關於那起（德田請求）事件，我沒有偏袒任何政治立場，自始至終努力還原事情真相。然而，政治因素卻不容我求真的信念。我要為自己無能貫徹此信念的軟弱與愚昧感到絕望而死。請相信我，我的死與蘇共同盟和共產黨之間毫無關聯！正如你所說的，我最終將以『危險分子』的命運結束生命——不吸菸、不飲酒、不近女色，不懂及時行樂，只獻身給傾慕的哲學。慚愧的是，我投身哲學的領域，卻沒有半點成果。然而，我堅信，在我追求哲學的愉悅中，哪怕為此削減了生命，它永遠比世俗社會給予我的快樂要來得豐盈。」

從超越意識形態的角度來看，對於一個傑出的口譯員就這樣死於政治風暴的操弄下，我在深切哀悼之餘，或許必須有更多的警醒和自我惕厲。在我看來，當自己的言論行動受到箝制，思想的火苗還沒升得正旺之際，獨裁政權之手很可能悍然撲滅你，我們沒有軟弱自殺的權利，只有起身全力反抗的決然。順便一提，每次到日本尋覓二手書，我都要搭乘中央線電車到國分寺站，探訪待我如父的津野先生，其間會經過吉祥寺站和三鷹站。坦白說，行經這個區間的時候，我偶爾想像太宰治（1909-1948）投身玉川上水自殺的情形，以及住在附近的小說家山本有三（1887-1974），過著優渥的生活，寫出小說《女人的一生》和《路傍石》的心理狀態。當然，我的目光還要越過透明潔淨的車窗，向菅季治這位壯絕的哲學青年默哀，並希望他不介意我這個曾為同行口譯員擅自對他致上的敬意。

以作家為師——水上勉

我尚未能讀懂日文小說以前，曾經零星讀過水上勉（1909-2004）的中文小說譯本。在我的印象中，以他的《五號街夕霧樓》、《泡影．越前竹偶》最為有名。那時候，我對於日本近現代文學小說非常著迷，幾近瘋狂的地步，從書海中發現有其小說中譯本，總是想盡辦法非把它買來不可。我仔細想來，這種求書若渴的心理，某種程度反映出不諳原文卻想閱讀其文的困境，而要擺脫沒透過多年的學習過程，方可或者也無以解決的困境，困難的圍牆真是越來越高。

後來，我多方打聽得知有個絕妙的書店倉庫——古文書店，我心想，那個地方應該是我追書的福地。於是，我立刻前往古文書店尋覓，但是在其龐大的書庫裡，仍很少見到水上勉的小說。試想，這家書店的老闆定期往返中國沿海地區，僱請專人搜購中文舊書，他稍做整理之後，再寄回臺北市的家裡和倉庫堆存，但數量之多讓他為容納空傷腦筋，睡不安穩。他每搬遷移址一次，我都要騰出時間進出其舊書的海洋慢慢划槳。換句話說，我在其茫茫的書海中，都找不到水上勉和日本小說家的中文譯本了，我哪來特殊的管道取得愛讀之書呢？就出版資料顯示，中國的翻譯家翻譯過許多日本著名小說，大部頭的或作家的系列作品，連極其冷門不受市場青睞的長篇小說，他們都有若干的相關譯本。但不知道什麼原因，水上勉的小說譯本數量不多。

不過，無償的努力終究有些回報的。我好歹取得這數冊水上勉的小說譯本，一來滿足之前因我不諳日文的閱讀飢渴，二來也增添了我在介紹和評析其作品時的面向。然而，就更大的層面而言，我若僅以這些譯本作為研讀的文本，自身的文學視野未免太過狹隘了。這豈能說我非常理解水上勉呢？因為我了解與淺陋的見解伴隨而生的危險性，說什麼我都要在有限的認識中，找到啟示自己的光點。說來巧合，當我這個想法如火焰般旺燃起來，我就在西部古本書展的書堆中，發現了水上勉的奇書《宇野浩二傳》。

這本厚實如磚的傳記的出現，著實顛覆了我的閱讀視線。在這之前，我只知道小說家水上勉的身分，可當場翻閱這本為其師宇野浩二作傳的力作，坦白說，學之不足的愧然很快就壓倒我的驚訝了。因為一個頂尖的小說家，既才華橫溢寫出精采的小說，更能以歷史學家的筆觸敘述其景仰的文學導師的文學生涯，這真令我佩服不已。而這種與奇書的相遇，正是日本古舊書讓我狂熱入魅的精神所在。那次，我若沒到那聯合書展中巡禮，等同於與奇書擦身而過，也就失去認識新世界的機會了。

在這本傳記中，水上勉極為詳細地寫出宇野浩二及其同時代作家的交往，有值得紀念的出版界大事，有著名同行作家的生活點滴，有作家在苦悶的時代中，與極權政府與之對抗的精神輝映，有作家如何抵禦孤獨圍困的悲歡喜樂，這些敘述構成和勾勒出宇野浩二整個時代精神的面貌。此外，值得指出的是，水上勉完成其這部巨作，訪談其師和資料調查，總共花費六年時間，才結集出這四十萬字的傳記。就這個意義來看，水上勉為其師作傳的自我意義已經完成，它仍為細心的讀者們提供寬闊的文學史的視野，明確地指出一條通往作家世界的道路。我作為淘書的幸運者，比誰都能體會這受惠其中的溫潤情懷。真的，我如此深切思惟，並樂於演繹這個場景。

高貴的異端——安部公房

安部公房（1924-1993）的小說向來以前衛、晦澀、深奧和抽象概念的構思著稱。在他的作品中，事件發生的時間和地點幾乎是架空出來的，人物多半沒有具體姓名，乍看下情節有些怪誕突兀，當你鼓起勇氣試圖往下讀，他卻倏然在你面前撒落漫天的迷霧和沙塵，這似乎給他的讀者和研究者帶來困難。然而，對某些人而言，這種晦澀卻是不可思議的，又充滿奇妙的魅力，它可以激發研究和工作，亦可增加閱讀的趣味。雖然有些晦澀需要歷經艱苦努力才能揭示出來，但破譯出其精神特有的複雜性即是最大的回饋。從這個意義上說，為了充分探析安部公房的文學底蘊，或許有必要把他同世代的作家三島由紀夫的生涯稍加對照，因為從他們迥然而異的文學風格，我們可以更理解二戰前後日本知識人的精神危機和內在生活。他們在小說呈現出來的愛憎與惶惑不安，都與那個翻天覆地的時代緊密相連著。

以世界文壇的知名度而言，在日本作家中，以三島由紀夫與安部公房的作品（《沙丘裡的女人》、《別人的臉》、《燃盡的地圖》、《第四冰河時期》、《朋友》、《幽靈在此》，有俄語版、捷克語版、羅馬尼亞語版、丹麥語版、比利時語版、芬蘭語版、英語版、墨西哥語版、法語版、德語版、義大利語版、葡萄牙語版等），獲得最多國外讀者的閱讀。他們二人都曾經獲得諾貝爾文學獎的提名。二戰前，三島進入了學習院的初、高等科就讀，之後考上東京帝國大學法律系；安部的生活道路卻轉折得多，父親奔赴當時日本的殖民地「滿洲國」的奉天（今中國東北瀋陽市）當執業醫師，基於這個家庭因素，安部就讀該地的小中學，高中時期才回到東京。是年冬天，他患了肺結核休學，一九四〇年回到奉天的自家休養。一九四二年四月，他的病情已恢復過來，因此返回東京。一九四三年十月，他考上了東京帝國大學醫學系，這時日本可能戰敗的消息甚囂塵上，他出於某種莫名的情感召喚，偽造了「重度肺結核」的診斷書，以此病由返回奉天的家裡。一九四五年，日本和滿洲兩地爆發了嚴重的傷寒。翌年，蘇聯軍隊入侵了中國東北，並接管所有的醫院，其父親被命令製作傷寒的疫苗，不幸受到感染而過世。之後，來了國民黨政府，整個體制改弦易張，但旋即又被八路軍擊退，短短兩三個月內，政策和市容為之改變。這些無疑給安部造成巨大的衝擊。同樣的，三島在入伍前的體檢，由於軍醫的誤診，認為他疑似患有肺結核，得以免除兵役。同年十月，三島的妹妹美津子罹染傷寒死亡。簡單地說，這兩個同世代的作家，三島在「內地」接受傳統教育，安部在「外地」度過青少年時期，但是他們有個共同點：兩人都經歷過「日本帝國的崩解」與時代疾病的威脅，遭遇到前所未有的震盪。而在文學道路上，三島於日本傳統文學中大放異彩，安部則堅決地站在「異端」（反傳統）立場上，持續思索故鄉存在的定義和被荒漠化的靈魂。可以看出，在安部的生命裡，他自始至終直面「作為場所的悲哀」（Realms of Memory）的困境。順便一提，阿爾及利亞出身的法國作家卡謬的《異鄉人》，前總統李登輝在司馬遼太郎《臺灣紀行》的篇末對談，皆為絕佳的例證。換言之，滿洲這個空間上的場域，既是真切的實在，同時還包含場所、位置和身分的認同，卻由於政權的更替，又把它丟入流變的漩渦中，致使日本移民者不知何去何從。而這個二律背反的問題，又成為安部的精神原鄉，從文學上的啟蒙，到小說的場景描繪，都圍繞著滿洲的經驗。

正如他在創作經驗談中提及的：「……滿洲的冬天嚴寒，儘管到了午休時間，同學們仍很少到教室外面走動。我讀完數天前剛買的《愛倫．坡短篇小說集》，把故事內容口述給同學聽，他們大為讚賞。坦白說，我不但擅自加料，還編造了許多情節，而這卻意外地催生出我向壁虛構的才能……。」此外，他在《道路盡頭的路標》描寫的就是「我」與「故鄉」的關係的反思。他這樣寫道：「我的確存在於這個世界。我在忍耐周遭的圍逼，又像物體般的存在著。可是故鄉的存在，以及這種存在之間到底有多大的距離呢？」這個投給讀者的詰問，其背景即是他深切生活過的滿洲。而出現在《道路盡頭的路標》的「我」，以及長篇小說《野獸們尋找故鄉》中，通曉各國語言的中國籍高姓通訊口譯員（當時標榜五族共和），同樣被關入了土牢，這正道出日本戰敗滿洲國解體後的混亂局面：日本移民不但沒有國籍，也無法通過立法保障自身財產與安全，連生活在滿洲的中國人也不例外。或許如同安部自述的那樣：「從本質上來說，我是個沒有故鄉的人，或許正是因為這樣，使得我本能地憎惡故鄉的存在，總是不敢輕易地對它做出定義。」的確，當滿洲國皇帝退位的同時，整個滿洲就告土崩瓦解了。安部居住的城鎮每次遇到沙塵暴的侵襲，便陷入一片灰濛境地。他的隨筆集《沙漠般的思想》，經常提及「荒涼的土地」和「沙漠」，感嘆與日本的田園風景無緣，正是源於這樣的地理環境。他似乎在展示一種基本立場：所有界限都是人劃定出來的。縱然是在半沙漠和沒有界線的地方，終究只是人在自我設限而已。

隨著戰局的結束，安部這個清醒的漫遊者，於一九四六年十一月，被遣返回祖國日本。在那之後的三年間，他發表了幾部小說。此外，他久別的祖國和自己的文學生涯以及文壇亦出現重大的變化：日本國憲法正式實施。東京大審判做出了判決。椎名麟三《深夜的酒宴》、太宰治《斜陽》、田村泰次郎《肉體之門》、原民喜《夏天的花》、大岡昇平《俘虜記》、島尾敏雄《在島嶼盡頭》、木下順二《夕鶴》等，都是這個時期的文學成果。翌年二月，安部在《近代文學》雜誌上，發表了小說《牆壁——S．卡爾瑪的犯行》，他就是以此作品獲頒第二十五屆芥川文學獎。同年六月，他加入了日本共產黨；十一月，在《新潮》文學月刊，刊載中篇小說《闖入者》。從其文學思想來看，這時期確實較沒有出現早期以滿洲的沙漠為背景的描繪，而視域慢慢朝都市的「被封閉的空間」移動，這看似修辭學上的變化，其實仍是這種思想的延續。畢竟，這個曾經讓多達二十餘萬日本僑民既給予希望又使之幻滅的城市——滿洲經驗，早已長驅直入到他的靈魂深處了。而《箱裡的男子》和《密會》以及《櫻花號方舟》所設置的場所與情節，幾乎全是在被封閉在某個空間裡，任憑故事的主角如何尋求脫困，最終只能回到茫然的原點。

沿著這個思想，我們就可更明白，在《沙丘裡的女人》中，那名為了採集日本虎甲標本的學校教師，不慎跌陷在沙丘的圍困中，歷經多次的挫敗，終於逃出了生天，但最後他卻出於某種入魅（enchanted）的回音，選擇了留在把他重重圍困的沙丘，像被封堵出路那樣，繼續日常的生活。然而，這裡有個弔詭的插曲，就在安部發表這部作品的同時，他被日本共產黨開除了黨籍。理由是他與所屬於該黨的「新日本文學會」的作家意見對立，尤其在小說《飢餓同盟》裡，顯露個人主義的傾向，並語帶嘲諷似的要與所屬的共同體訣別。事實上，安部的筆尖批判的不止共同體與個人衝突的問題，還包括了日本的政治體制。這部看似帶有推理色彩的《沙丘裡的女人》，又多了些社會批判與政治寓意的縱深，經過這個轉折，我們或許可更真切看到其桀驁不馴的思想的姿態了。如果說，這些充滿前衛性的作品和劇本反映出安部的思想光芒，那麼《燃盡的地圖》就是其集大成之作了。在這部作品的場景中，同樣出現廣漠無垠的地理空間，同樣使人難以辨認方向，但其宏旨更具普遍性，他呈現的場域已超出滿洲國和日本國界，進而深刻指出人類在現代化社會裡的共同困境。當我們生活在自己不能成為自己的指路明燈的地方，你依靠的地圖又被燒毀，大概沒有比這惶惑不安更沉重的吧？現在，我們有機會走進安部的小說世界，只要你有足夠的勇氣和慧識，必定能找到輕安妙樂的出路。

逃離現實的作品——三島由紀夫

從出版的角度觀察，我們確實可以認為，日本的職業作家每日必定要勤奮書寫，這種因應工作需求，維持生計的動力，連帶地也要求他們必須具備設計主題、開創題材和範疇的能力。他們同樣要日新又日新，慎防自己落入單調而重複的泥沼中，畢竟在任何方面競爭激烈的日本社會裡，你一旦失去堅實的本領，稍微離開原來的座位，當你想回座的時候，就會赫然發現，你的位置已被後居者填滿，不得不另覓出路了。也許，是我少見多怪，但我泛生出這種感慨，又覺得新奇的衝擊，的確來自於《果物の文学誌》(《日本文學作品中的水果》)這本書。

此書的作者塚谷裕一（一九六四年生，著有《夏目漱石不白的「白百合」》，文藝春秋），是植物學及其遺傳學的專家，看得出他新穎的思想。他充分地運用自己的專業長處，把植物與文學連結起來做科學與人文的考察。在這本書中，〈庶民的草莓——三島由紀夫的「草莓」〉一章，談及日本社會經濟的變遷，很大程度為眾多熱愛和憎惡的三島迷，提供了清涼有益的養分。我儘可能準確地將它概括出來，但不擔負力之未逮的責任，因為我喜歡自由寫作，尊重自由人的方式，就顧不上其他的批評了。

言歸正題。題名為〈草莓〉的短篇小說，是三島由紀夫發表於一九六一年的作品，按其文學題裁的分類，這部作品與一九五四年其代表作《潮騷》（海潮聲）較為相似，用如繪畫般的筆觸，寫出樸素情感卻多所轉折的作品。那個時期新幹線高速鐵路尚未開通營運，不過，日本已經進入了高度經濟增長的階段。而這部作品剛好於這時間完成的，小說場景在西伊豆的鄉下。小說的主角龍次，是個愛情的多面俠，他與動輒愛哭的女孩友江交往，另外，還與年輕的寡婦和中年婦女過從甚密。可是，在友江看來，「龍次是個罕見的潔白俊秀的青年，猶如自己的哥哥一樣。」相反，對龍次而言，他之所以與友江交往，是用來安慰「享盡人生逍遙之樂的男人」，亦即他的自我炫耀和虛榮，一種不對等的愛情遊戲。

一天，一個畫家來到友江的家裡過夜，友江熱情地拿出了草莓招待。不料，這名畫家卻對友江調侃起來，還不客氣地把置有草莓的端盤拉近，揀選了一個果色半白的草莓，直盯著友江，微笑地說，「友江啊，你就像是這顆草莓呢。」聽到這話，友江並不以為然，心裡有點不甘心，但對於友江的母親和哥哥來說，這可是個絕美的形容，讓他們笑得快要前仰後合了。而友江遇到這種被嘲弄的場面，自然就更想與龍次見面約會了。換句話說，在這部小說中，三島由紀夫藉由龍次的視點來講述具有關鍵性質的「草莓」，並呈現三島特有的描寫景物的功力。他這樣描寫道：「這顆小小的草莓，果肉幾乎沒有半點紅。看上去，儘管它還是新鮮有光澤，但只有那麼一點微紅，其他到萼片全呈現漸次的蒼白，而那蒼白的毛孔小點上，長著細小的毛，彷彿刺針般的深。」這種描寫，果然符合三島的筆法風格。

總括地說，福羽草莓於大正時期作為皇室專用品種，但是這項限制解除以後，農政機構即陸續研發出適合日本氣候栽植的草莓品種，品種改良快速進展，栽培方式受到重視，這使得草莓這種水果，從高不可攀的皇室專用品，走入民眾的生活中。到了昭和時代，草莓不再是世紀珍品，更不是高價的東西。也許，正因為這個因素，當龍次聽到友江如此抱怨的時候，他立即從友江的手中，搶過那顆草莓，告訴她不需「為這種小事在意」，然後把草莓仍向了大海。對友江而言，龍次用粗暴的動作解決了這件小事，反倒展現出其他男子所沒有的氣概，甚至有著豪氣干雲。不過，這兩件事情終究反映出慘綠青年常有的行為。這件事情結束以後，村子即將舉辦慶典。對年輕情侶們而言，在這慶典的晚上，必定要雨雲交歡的。三島在此作品中，也以於翌日清晨友江這女孩終於不把他當成小孩看待，龍次感到亢奮激動的青春躍動場面結尾。

而這種細膩的變化，三島以畫家之口傳達出來：隔天早上，友江的腳步輕盈歡快起來，再次捧著草莓來到畫家所在的房間。那個畫家竟然稱讚友江變得漂亮出色了。正如前述，在這個時期，草莓已是庶民買得起的水果，友江卻無比珍視，希望畫家多加品嚐。這時候，龍次勉為其難正要拿起一顆草莓，卻發現友江在打量著他，她向畫家說了費解的話：「老師，我就在這（草莓）裡面吧？」。但是最後畫家連說「哎呀，沒這回事呢」，繼續把玩著手中的叉子，友江卻直鬧著說「人家就在裡面嘛。」這可說是一場天真無聊的對話。話說回來，友江對於畫家充滿崇敬之意，他的作為卻與此相反。這次，與之前被扔向大海的青草莓不同，而是鮮紅成熟的，但可能被畫家玩弄得幾近破皮的緣故，這讓他失去品嚐的興致了。可是，友江卻這樣理解，或許因為他的手指全沾染顏料，而不想品嚐草莓。簡言之，三島正是藉由草莓這種小巧、酸甜、水果的特質，來描寫少女懷情總是詩的情境。

那麼，我們作為讀者仍然必須追問下去。為何三島由紀夫的作品偶有出現這樣的作品？我們又如何探知他的寫作動機？眾所周知，他自東大畢業後，就進入了大藏省任職。一年後，他辭掉工作，不斷發表作品，旋即博得了文壇的聲譽。對他而言，要寫就這類題材的小說，應該輕而易舉。據研究三島的專家說，他那些疑似偷工減料的作品，多半在非著名的文藝專刊上連載，也就是那種可讀性較高，思想內容不怎麼深刻的作品，以大量發表為主的作品。然而，這並非說他輕鬆寫成的作品，即表示無法寫出代表性的小說，以他平日大量的閱讀，寫作小說的才華，無論是困難的或輕鬆小品，必然是遊刃有餘的。

不過，從諸多三島由紀夫的傳記中，我們可以確實認為，他潛在的自卑情結，儘管他成名以後，依然發揮著作用。他在幼年時期身體即非常病弱，隨著其作家地位的奠定，便開始鍛鍊身體，使肌肉結實精壯，學習拳擊、劍道，不斷強大起來，超越自己的極限，開創嶄新無限的可能。他進而拍攝專輯、參與電影的演出，徹底改造自己的人生局面。也許，正是這股激揚的意志，如火山爆發般的不可抑止，終至使他迎向了切腹自盡的絕烈演出。而當他走向這條悲絕之路，為了應付這強大的刺激，他必然被無垠的虛無所糾纏，疲乏到了極點。因此，相較於他寫作《潮騷》和〈草莓〉這樣的作品，描寫青年男女的單純之愛，描繪他們對於愛情的渴望，描寫一種稍微離開嚴酷的現實世界，為享樂和放蕩的青春暫獲喘息的位置，在某種意義上，這應該算是三島給精神與肉體的解放。

〈後退青年研究所〉——大江健三郎

進入這個主題之前，我仍要不厭其煩地指出：閱讀大江健三郎的小說，你必須有充足的耐性，並深諳日本語的特性，否則很可能花費很大的心力閱讀，其結果仍是不知所云。在日本大眾文學中，這種情形並不多見，但大江健三郎刻意用西式語句的純文學小說，以其思想內容優先於故事情節的寫法，就如同在我們的視野前面築起了高牆，彷彿在說，你有辦法讀懂是你的本事，若無法讀透小說的奧義，最終只證明自己的淺薄。進一步言之，他對於嚴厲批判日本戰後的親美體制，後來以反對天皇制的言論聞名，但在其初期作品中，他終究善用和依循日本的語言傳統，由歷時社會規定的表述方式。也就是說，他出於自身安危的考量，堅信認定的語言策略，他運用了一種由不直接指涉，或者由此創造出來的話語空間，如此一來，當危險逼近的時候，它就可以進入這個庇護場所，用多重解釋的說法為自己辯護脫身。

例如，〈後退青年研究所〉開篇處，其文句之晦澀冗長難懂，足以嚇得閱讀原文與譯本的讀者，但是我們不能就此打退堂鼓，應該撥開眼前這場刻意營造的濃霧，直搗他的話語深處。這部大約八千字左右的短篇小說，用抽象的隱喻作為起點：「黑暗的深淵在這個世界到處張著大口保持沉默。現實世界向遍布各處的深淵漏斗狀地傾斜，因此對傾斜敏感的人會不知不覺或者有意識地順首傾斜下去，墜入深淵黑暗的沉默之中，從而體驗現實世界的地獄。」在小說中，他用第一人稱的「我」為視點，敘述日本青年的思想荒謬與崩塌的起源。當我們克服了開篇的挑戰，他才願意在接續「我」的主敘中道出大意：「我曾經像地獄守門者站在一個黑暗的深淵邊上，我所體會的對滑入深淵的漏斗狀傾斜的敏感，是指那些在政治上抑或思想上遭受到挫折的青年、心靈受到創傷的青年。當然，在他們多數人當中，其身上亦有傷痕。」

我們按著這個語序閱讀下去，該小說的情節發展就開始緩慢前進了。我們先理解此小說的概要，再回頭探討這個文本的意圖。小說〈後退青年研究所〉中的「我」，在駐點東京大學附近由美國社會學家負責的研究機構裡打工，該公司正確名稱為「戈爾遜咨詢室」，簡稱為GIO，只有三名員工：美籍老闆戈爾遜、一個打字員兼翻譯的女大學生，以及作為敘述者的「我」。這個研究機構主要工作，在於調查和蒐集日本青年於精神心理方面的受創行為，然後將這些訪談的資料彙集，送回美國總部統合分析。該公司的空間不大，而且訪談的對象，以精神受創的青年為主，於是「我」便戲稱它為「後退青年研究所」。確切地說，這裡的「後退」，並非我們習以為常的意思，而是戈爾遜為了降低受訪者的心理衝擊，轉折而刻意模糊的提問。就這個角度來看，當所長詢問青年「你為什麼『後退』了？」

的確比「你為什麼變得『退卻、畏縮』？」來得容易進入話題。換句話說，這名三十歲的美籍社會學家，同樣深諳日本語的奧妙，不採取單刀直入，以多給對方轉圜的餘地，並從中得出他需要的真相。由此我們不得不在文字背後讚許這個美國的日本專家的本領，以致於他者的「我」，有時候在某種層面上，都像那些來此受訪的精神淪喪者一樣，變得憂鬱苦悶起來，暗自舔著自己的傷口消磨時光。

然而，這些被美國社會學家視為精神挫敗者的日本青年，甚至包括在此打工的「我」（可能他沒意識到），其提供給戈爾遜的訊息，無疑是有重要價值的。據戈爾遜所述，這個計畫若進展成功，對於他的前途出路極為助益。他將在這個成功的業績上前進，調往南韓和臺灣繼續從事這方面調查研究。不知道大江是否基於真實材料創作這部小說，或者混摻慣有的編造，在這部小說裡，出現了三次「臺灣」的名詞，這對於我們認知的以左翼作家思想自豪、政治立場傾向中國的大江而言，這個「臺灣」地名的出現，似乎暗藏某種政治玄機。但是我們若往下追問，終究亦不能得到滿意的結果，因為他並未明白具體指出「臺灣」的政治處境，頂多只能推理大江的文脈語境：「在他看來，在二次大戰以後，無論是日本或者臺灣的政治體制全在美國的支配下。」這個隱微而不顯白的政治暗喻，經常被中國官方和臺灣自詡左統的論者所渲染利用。儘管上述的激進主義者，巧用借拿大江的小說文本充當利器，但不損及大江的思想立場，他似乎用沉默作為回答。

正如上述，我們熟知大江健三郎的創作手法，他總是把對於日本現狀的批判和諷喻，隱含在乏味而饒舌的敘述中。儘管如此，最終他仍會不自覺顯露出來，藉由小說主角「我」，間接呈現出那個時代知識青年的閱讀傾向，而這個從虛構中提煉出來的真實，意外地為我們提供了有力線索。在小說中，由於來此機構受訪的大學生人數銳減許多，以致於老闆戈爾遜沒事可做，簡直清閒得發慌，焦灼地在辦公室裡轉來轉去。這時候，只有那個兼職不愛說話，甚至從來徹底保持沉默的女大學生，依然保持冷靜端坐在桌前，閱讀著袖珍本的《矛盾論》和《實踐論》。因為在那個嚮往社會改革的時期，日本的女大學生們對於羅曼羅蘭和毛澤東的理論為之著迷。顯然，這不僅是女大學生的精神食糧，連冷眼旁觀的「我」都不禁對此書目感到興趣。就此推論，大江拐了個折彎，似乎要把一九六〇年代日本知識人的閱讀氛圍，以小說的形式送入我們的視野中。

不過，應該說往下的情節發展才是他的旨趣和意圖：那些理想主義的挫敗者不上門來，不透過敘說自己為何被沮喪退卻擊敗的過程，該機構負責人戈爾遜就如同失去社會科學基礎的支撐，這是多麼不利的處境。在後文中，難怪「我」逆轉立場，形容戈爾遜先生並非深淵的擁有者，而是最早被吸進這個現實世界的深淵裡的墮落者。至此，「我」在精神上似乎占了上風，但是其實不然，「我」仍然把自己推回到自虐的境地，批評在二戰後承平時期裡，「我」竟然不務正業，幹起這種不三不四的差事，內心充滿著苦悶與自我厭惡的情緒。熟悉二戰日本史的讀者都知道，大江所謂「我」幹的不三不四的差事，即那些於美國占領日本時期，為美軍賣力做事的日本人。對大江的「我」而言，那樣的行為絕非是榮光的化身，反而成了一種摩肩壓擔似的無力回擊的受辱感。而他這樣的思想，當然不與站在其對立面擁抱戰敗的日本民眾為之接軌。

可以看出，「我」受制於這種複雜心理，但又很快察覺情勢有利，不如藉此機會懲罰一下，生活在「我」的母國的土地上，但卻有權支配「我」的美國人。「我」開始發揮虛構的本領，虛構受訪人物的精神歷程，運用套招說項的方式，來滿足「後退青年研究所」迫切的需求。進一步言之，在「我」看來，這個做法具有雙重效果。首先，它可應付受訪案件的危機，並為自己的工作權解危；其次，更重要的是，「我」虛構的方法恰巧用來貶抑君臨日本之地的美國勢力。這一石二鳥的巧計，在某種層面上，撫慰了「我」和「日本國」挫折的靈魂。

具諷刺意味的是，以冷靜頭腦研究社會科學的戈爾遜先生，竟然相信「我」的提案，把眼前的「以假為真」，當成基礎研究的範本。他對於「我」拼湊出來的十個受訪者，態度認真地做了訪談。尤其，他對於第七個表演者A君的經歷興趣盎然，並認為這個A君即典型的「後退青年」，其理想受挫的心靈史，即GIO調查的最大收穫。之後，新聞媒體甚至引用了這份受訪資料，報導A君成為「後退青年」的經過。表面看去，「我」的做法取得了勝利，但這個偽假資料，卻給A君帶來了災難，所謂的弄假成真。代號A君的左翼大學生，他原本是日本共產黨東京大學支部的成員，因此被懷疑為政府臥底的特務，遭到監禁和無情拷打，小手指頭第二節關節被切斷，最後甚至遭到開除黨籍，連其女友也離他而去。

雖然，A君後來主動向警方提供學生運動的情報資訊，但是警方認為，A君已經離開學生運動，其情報沒有多大價值，當密告的特務也沒資格。這個弄假成真的經歷，反倒讓A君成了不折不扣的精神挫敗者，只是這非他所願。大江用這巨大的嘲諷做為小說的結尾，頗有向轉向者取笑的意味。大江甚至藉由那個打字員兼口譯的女大學生的突然辭職，即在傳達這種沉重的悲憤——她打從心底瞧不起那些青年，那些充當不正直的偽善者。但在現實上，有文學研究者調查指證說，大江曾經為日本共產黨的黨員，面對這樣的指控，大江在公開場合上卻從未正面回應，沉默依然是他最佳的回答。總括地說，大江詭奇地批判了日本青年的「後退」（精神、心理層面）現象，試圖喚回左翼為上的努力並沒成功，毋寧說，這是以失敗告終。其中很大原因在於，批判者在譴責對手因不堅定而使理想退敗畏縮的同時，儘管自身立於這敘述的主場優勢，但看到無法取勝自己亦臨陣退卻了。從這個角度來看，任何時代的知識人在抵抗內外強權壓制之前，似乎先要戰勝自己的良知。或許良知永遠無法戰勝統治者，但是其正直的影響力，絕不容許任何人輕視或低估。

作家的書齋——尾崎秀樹

文學評論家尾崎秀樹寫過許多擲地有聲的書評，而支撐這些書評的基石，正是來自平日勤讀群書、思考，最後以文字形式呈現出來。我們細究推想，要成就這些豐碩的業績，他的書齋和藏書必定發揮重要作用，吸引著愛書人的好奇。

我依照這個方向搜尋，果真有了發現。尾崎秀樹這篇書話文章，收錄於《我的書齋》（竹井出版，一九七八年）一書中。他在該書中提及的細節，以及讀書生活，使我們進一步了解評論家的日常生活事務。

他在文章中說，他的家是二層樓建築。一樓為家人的生活空間，除了客廳之外，有三個日式房間，其中一個房間，為祕書兼助理使用。他在二樓工作（寫作），兒子使用一個房間，其餘全部被他占領了。他工作的地方，占住六個房間，西側有三個書庫，東側有一半以上為書籍填滿。他在這個房間寫作，既用來接待取稿的編輯，又兼做寢室用途。換言之，這裡就是他最親近的書齋。他的住家原本不大，後來，書籍的數量暴增起來，只好增建了二樓書庫和會客室。然而，考量將來書籍愈積愈多的現實，這房子必須承載書籍的重量，他得仔細計算強化建材的鞏固，只好往地下挖了七十公分以鋼筋鐵條加固。書架採用鐵製品，並量製尺寸組合。這些鐵製品加總起來，足有好幾公噸之重。由於所有房間的牆面全被書籍占滿，騰不出多餘的空間掛上圖畫。

依他自己估計，其家中藏書數量，頂多鄉下小型圖書館的規模，但整理這些書可大費周章。他平時就自購書籍，每日又收到出版社和作者寄來的贈書，約莫二、三十冊之多，以這種速度增加的話，房間裡的書籍自然要愈積愈多。在他看來，報紙和雜誌最難整理。關於新聞剪報，由其祕書負責打理分類。祕書每天的工作，以文藝副刊為主，依作者和項目分類，經常受到介紹的書籍，必須置入特別的檔案夾。在周刊雜誌方面，包括給兒童閱讀的漫畫，必須整年份冊數保存下來。不過，雜誌種類很多，一年份積存下來，其數量很驚人。書庫裝不下，就堆到書庫下方的車庫，使得車子只能往庭院前探出，承受風吹雨淋。

尾崎秀樹通常這樣分類，亦即把單行本依項目和作者分類，然後再細分為四類；其一，當前必須閱讀的書籍；其二，暫且不讀而備存之書；其三，依需要閱讀而作為資料存下，將來執筆所需僅閱讀部分之用。以前，他經常到神田町的古舊書店購書，可是寫作過於忙碌，幾乎很難擠出時間到那裡閒逛。這其中有幾個原因。首先，覓得好書的機會愈來愈少，其次是各出版社給他寄贈甫出版的新書。此外，他平時即很關注刊登在報紙上的書籍廣告，這些新書多半成為他寫作的題材。同樣的，雜誌目次他也看得仔細，需要的話就剪下保留。他想購買新書的時候，就前往書店，至於購買古舊書籍，全國古舊書店定期將圖書目錄寄給他，他選定以後，打電話訂購郵寄過來。他認為，比起集市壯大的神田古舊書店，當時外縣市的古舊書店似乎較有奇書迸現。因此，他得空的時候，就專程到那些書店巡禮一番，所有愛書人都知道這門道，而且視為最大的樂趣。

他在書齋的生活，按部就班如同公司上班族。儘管在自家書房裡寫作，他嚴格規定每天必須三、四千字的文字產出，務必達到這個定額。進入中午以後，他不再熬夜爬格子，而是改為早上寫作。他清晨六點起床，開始瀏覽新聞報紙。這時候家人尚在睡覺，兩隻家貓陪伴他，他拿著紅色鉛筆在報紙的書籍廣告上圈劃記號。最遲到七點半，他就開始進入寫作狀態，一直寫到中午、下午兩點左右。在他執筆過程度中，有時超過午餐時間，他便利用傍晚之前的時間，查閱翌日寫稿和長篇連載所需的資料。這些工作都必須於傍晚前完成，因為之後演講、座談會，以及其他場合，都將使用到這些資料。當然，他也有出門辦事的需求，但忙完這些工作，已經晚上八、九點鐘。那天，若沒喝點小酒的話，他回家以後，立刻倒頭睡覺。他每天都是這樣的生活形態，與受薪階層的上班族無異。

他說，可能是體質因素使然，他之所在早上寫作，是因為頭腦思緒較為清晰。不過，持續寫到中午時分，思路便開始模糊起來。這時，他就隨意看書和查找資料什麼的，再不行的話，就到屋外走動，抑或找朋友聊談。尤其在撰寫長篇文章，有時進行得並不順利，陷入苦思和停頓的困局裡，他當然得盡快擺脫這種狀態。因此，他通常採取這樣的方法，先完成某個段落後，再回到原先的架構和思路上。還有一種情形，他受邀到外縣市演講和採訪，每日規定的寫作計畫就會受到影響，他就得練就在外寫稿的本領。因為每天沒有文字產出，稿債就愈積愈多，趕不上刊登進度。以他的切身經驗而言，出門在外兩天不寫稿，就得花上兩三天時間，方能恢復原本的寫作狀態。若出國旅行一個星期，更要花上四、五天調整，否則成天只能望著稿紙興嘆。

說到尾崎秀樹的成長背景，必須提及他於日本殖民臺灣時期的經歷，這有助於我們進而了解其文學生涯，以及他們父子對臺灣的歷史情感。父親尾崎秀真是一名漢學家，年輕時期有志從事醫務工作，但最後卻走向了筆耕的道路。一九〇一年，尾崎秀真前往臺灣擔任《臺灣日日新報》記者兼漢文版主筆。一九二二年，他自《臺灣日日新報》離職，轉任當時的臺灣總督府史料編纂委員會編纂，直至一九二九年。一九三三年，他出版了《臺灣史料集成——臺灣文化三百年》，接著，一九三五年出版了《臺灣文化史說》，在臺灣生活長達四十餘年，直到二戰結束後，返回日本母國。尾崎秀樹一九二八年在臺灣出生，某種程度上受其父親的影響，家中的兄弟們，除了他考上臺北帝大附屬醫學專門部之外，其他的弟兄都就讀文科學系。然而，他念醫到半途放棄了，轉而投入寫作的世界，直到一九四五年八月日本戰敗，隨同父母返回日本。

據尾崎秀樹回憶，他們家裡閱讀風氣很盛，因此，他從孩童時期就與書籍打交道了。

他的父親熱衷於漢學探研，其同父異母的兄長尾崎秀實（1901-1944，一九二八年十一月至一九三二年二月，擔任《朝日新聞》上海特派員，其間，結織不少中國的左翼文化人士，後來因被捲入德國人佐爾格的間諜案，返回日本期間，遭到日本軍部逮捕，一九四四年十一月，尾崎秀實等人被祕密絞死。）是個不折不扣的讀書狂，而且是自主性的閱讀。在這家庭的讀書氣氛中，尾崎秀樹自然而然養成了讀書的習慣。從那之後，一般書籍已無法滿足他的需求，便開始苦心蒐求奇書珍本了。據他所知，當時日本本土就不乏這樣的蒐書狂，有些蒐書狂還專程來到殖民地臺灣與同好聯繫，相互交換藏書。這些同好蒐集的範圍很多。例如，電影播映場次表、電影海報等等，無論如何就是非得手不可。在購買方面，單行本必須是新書，而且印量稀少，並講究初版、裝幀和整全的書腰。總而言之，他們對於書籍的要求嚴格之至。

然而，他自承可能年紀漸大的緣故，後來他對於奇珍孤本的熱情逐漸消退了，或者有了嶄新的體悟。他認為，書籍並非用來珍藏或擁書自豪的，而是寫作書稿必要的工具，有些時候，甚至只是潛藏在某處應時填補空虛心靈之用，一種摸不著邊際的虛幻之感。他之所有這樣的感悟或創傷，可能來自於二戰後他們像多數日本人必須舉家撤離臺灣時的苦澀經驗有關。在他印象中，日本住民準備撤離臺灣之前，有些惡意的中國人就闖入日本人的家裡，大肆將書籍全搬到外面，然後將之堆疊起來，點了火把它們燒了。此時，日本人不敢阻止，只能默而立看著翻弄騰升的火焰。毋庸置疑的，尾崎秀樹苦心蒐集的書籍，也在這火刑之中。或許可以這麼說，他產生另類的書籍的無常觀，是基於這樣的事實根據：無論你多麼珍愛的書籍，遇到戰爭動亂或地震災害，它們全成了摧毀的對象，有的被烈火燒毀成灰，有的被壓埋在土層泥塊下。

除此之外，尾崎秀樹有過三度愛書盡失而全數歸零的經驗。其一、他因患病療養期間，生活極為拮据，只好賣掉書籍解危。其二、搬家之時急需諸多費用，再怎麼無奈也不得不把愛書割捨出去。或許，對於愛書成痴的人而言，由於一時經濟困境，賣掉珍愛的書籍，日後想必是被痛苦所纏繞的。畢竟，書籍的持有者對於每本書都有其情感和回憶，如今在書主求助無門的情況下，捨棄這些曾經與之相伴的書籍，無可避免地籠罩另類的心理暗影。不過，尾崎秀樹作為職業的文藝評論家，終究得克服這個難題。他每天必須大量閱讀，為順利推展寫作計畫進行鋪墊基礎，更要講究效率和創見。平日勤奮閱讀，寫稿之時就能健筆如新，較為輕鬆地把它寫成評論，或運用在其他的文類題裁上，不致於陷入苦思不轉的境地。

在閱讀層面上，尾崎秀樹看得很廣，但仍然很注重評論的專業性，必須強化自己的領域。他主要著眼於大眾文學的研究，因此，從村上浪六、吉川英治、司馬遼太郎等著名作家，包括始至明治、大正、昭和時期的大眾作家的作品，他都得通讀一遍。然而，有時候約稿的範圍很大，從中國問題、到日本風俗民情、漫畫評介等等，為了有效解決這些雜學般的約稿，他就得購進大批的雜書。這樣一來，一般書店和圖書館顯然不足以應付。相對地，閱讀的需求量愈大，就必支付或投資更多的費用，這幾乎成了以著述維生的作家每日面對的嚴肅課題。當然，有些私人的藏書文庫（文化評論家大宅壯一文庫）仍可借閱，終究是少數案例。換個說法，每個作家的書齋之所以日益膨脹氾濫起來，這似乎是因於不可迴避的宿命，一種有其正當性的自得其樂的毀滅？

伸出禁忌的舌頭——武田泰淳

從歷史考古的維度來看文學發展，往往可發現一些細節和端倪。眾多的文獻顯示，明治天皇敉平國內的反對勢力，便維新積極引進西方的文明，提振滯後已久的技術與知識狀態。這股風潮同樣在知識人與作家的心中帶來強力震撼。他們狂熱地吸納來自西方文學的美鑽與粗石。從那以後，西方現代性的優位佔據著主導地位，以通曉俄羅斯文學的二葉亭四迷（1864-1909）便極力譯介陀思妥耶夫斯基的作品、夏目漱石師法英國作家勞倫斯・斯特恩的風格，芥川龍之介心儀奧斯卡・王爾德的文學，而出生於大正時期的武田泰淳（1912-1976）卻與當時追隨西方主流思潮的前行者作家不同，他的思想源流來自中國的文化底蘊，而且幾乎終其一生都走在這條主線上，並以批判日本保守的民族性和內省的筆觸來構築他的文學世界。與此同時，他作為第二次戰後派的代表作家，其生活經歷和寫作生涯又帶有悖論相容的色彩。

他是個全才型的作家——中國文學研究家，小說家和評論家。他有幾部代表作：《司馬遷》、《審判》、《秘密》、《風媒花》、《蝮蛇的後裔》、《貴族的階梯》（以日本陸軍軍官政變失敗的二・二六事件為題材）、《森林與湖畔的祭典》、《富士》、《上海之螢》（未完成）等等。但詭異的是，他在日本文學界的聲名並不響亮，似乎僅有左派色彩濃厚的論壇和評論家給予較高的評價，在中國的情況亦然，而且是政治上的表彰，多於文學成就上的肯定。中國的編纂和評述著重在突顯他的政治認同，用更寬大的尺度允許他對於毛澤東的詩化和頌揚。為什麼有這麼大的落差？莫非是因為時代的嚴重錯位，不由分說使他成為命運的受難者，把他從祖國日本的地熱谷推向另個中國的極端的火焰山？

事實上，武田泰淳並非他原來的姓名。一九一二年，他出生於東京本鄉的淨土宗潮泉寺，其父親大島泰信為該寺的住持。所以，他幼名為大島覺。不過，這裡出現了改名的機緣。他的父親將他過繼給佛教學者武田芳淳當養子，從此改名為武田泰淳。確切地說，他就讀小學的時候，成績並不佳，作文也不出色。他中學畢業以後，考入舊制浦和高中，只覺得上學索然無味，幾乎不去上課，整天在圖書館裡，閱讀《紅樓夢》和魯迅、胡適的著作。據說，他的動機很單純，認為只需稍微用功學習中國文學即可成名，只是後來他才真正為中國文學所吸引。一九三〇年，他考上了東京帝國大學支那文學系，同時又參加了左翼組織。沒多久，他展現出熱血青年的志向，前往中央郵局發送傳單——煽動軍郵部門總罷工，卻遭到逮捕和被短期拘留。他把這些親身經驗，寫成了自傳體長篇小說《快樂》。自那以後，他成了危險份子，當局經常拿這個罪名逮捕他。他第三次被拘留之際，經由他父親的勸告，而脫離了左翼運動組織。一九三二年，他從東京帝國大學中輟，是年入增上寺的加行道場，取得了僧侶資格。當時，逮捕他的警察喚他為「赤色和尚」，這個貶義十足的稱呼，使他深深感到羞恥，這種意識經常出現在其作品中。他曾在〈我與共產主義〉一文（《中央公論》一九五六年八月臨時增刊）中，坦述了這段秘辛與心境。

他在一九三二年，經由岡崎俊夫的推薦，成為同仁雜誌《明日》和《走向明天》的成員。翌年，他與竹內好（魯迅專家）、岡崎俊夫、增田涉和松枝茂夫等創立了中國文學研究會，從此立志研究中國文學。之後，有個事件又把他推入了牢獄之門。一九三四年，他接待了路過日本的中國女作家謝冰瑩，恰巧那時「滿洲國」的溥儀皇帝也到日本參訪，日本當局認為武田泰淳很可能涉嫌通敵，將他拘禁了一個半月。一九三七年，爆發了中日戰爭，他作為補給隊員被徵召到中國的戰場上。後來，他談到這段經歷：他在上海附近登陸，看見了許多中國百姓被殺害，思想上受到極大震動，這使他深受負罪感的折磨。兩年後的一九三九年，他終於退役回到日本，出於對中國文化的敬慕和熱愛，他於一九四〇年翻譯過茅盾、蕭軍和沈從文等作家的作品。一九四一年，他進入日本出版協會海外科就職，結識了小說家堀田善衛（1918-1998）。翌年，他由山本健吉介紹成為《批判》雜誌的同仁。同年六月，他赴上海在中日文化協會任職，並任國際文化振興會駐上海特派員。一九四五年，日本戰敗以後，隔年他被遣返回國。一九四七年十月，到北海道大學任副教授，講授「中國文學的傳統與革新問題」。正是這個地理環境的機緣，為他日後寫出深切刻劃人性的小說〈光苔〉與長篇小說《森林與湖畔的祭典》提供了靈感與精神養分。

短篇小說〈光苔〉的故事，出自一起駭然的真實事件，採以虛實交融的手法寫出的。該起事件發生在一九四四年十二月，第五清神輪的漁船在北海道知床半島的海岬上嚴重觸礁翻覆，有幾個船員倖存下來，他們只能暫時躲在洞穴裡避寒求生。問題是，在冰天雪地裡，要求取食物是極度困難的。有的船員因為過度飢餓或體弱死亡，沒東西可吃的倖存者，最後演變成分食同伴身上的殘肉的慘劇。或許武田泰淳藉此表達這樣的想法：「文明人」照樣殺人取命，但是並不食人肉。我們的民族和人種，雖然殺人卻不食人肉。人終究是受到道德束縛的生物而已。當這種道德底線遭到破壞，就會顯現出人性的本質。殺人的食肉者，就是回到原始的混沌狀態。所以，他透過遇難倖存的船長說：「我成了幹下那個（＝殺人食人肉）的『光苔』。我不是人類，也不是神。那個東西令人噁心。但正是那樣的東西，才能道出其中的秘密。」換句話說，他向那些處在極度嚴苛環境下，被迫食人肉的落難者投予寬容的目光。

同樣的，乍看下，《森林與湖畔的祭典》這部小說似乎在描寫北海道的原始風光和日常生活，其實它碰觸到的是日本人最不願意面對的禁忌——對於人種與部落的歧視。正如同島崎藤村（1872-1943）的小說《破戒》、《黎明前》，住井末（1902-1997）的大河小說《沒有河川的橋》那樣。《森林與湖畔的祭典》這部小說一九五五年至一九五六年連載於《世界》

雜誌上，曾經引起了讀者的注目。武田泰淳為了撰寫這部意義非凡的小說，親自到北海道很多地方做細緻的考察，參閱龐大的文獻資料，訪談過愛奴族的耆老和專家。他在這部厚實的長篇小說中，透過池博士這個研究北海道原住民愛奴人的民族史，並潛心編纂《愛奴語辭典》的理想主義學者、出身愛奴族為保護族群存亡而奔走的青年風森一太郎、釧路的電影院老闆、醉心於愛奴人儀式祭典的女畫家佐伯雪子等人的自我覺醒，以及池博士的前妻千木鶴子重返良妻角色的心路歷程，勾勒出史詩般的場景。因此，他的行文結構有時候顯得散漫冗長，目的就是為了翔實地呈現這些人物各自承擔著的深層苦惱——革命、解放、愛情、醜陋、性欲和與自然共存的關係。然而，現實上，這樣的苦惱太過沉重了，而且無法得到妥善的解決，以致戰後的日本作家都必須義無反顧挑起這個重負，而這理所當然地成了那個世代的作家的精神姿態，一種獨特的日本式心靈的自虐元素。

談到北國的故事，在此，我想稍微回述〈光苔〉這部小說，因為我與它有過奇妙的文字緣分。一九九一年秋天，我賃居在北投石牌的某街，在當地一家日語補習班擔任日語教師。平時，我即喜歡觀看日本電影，附近恰巧有一家錄影帶出租店。一天，我借回來了一支錄影帶，當初只覺得片名有些奇特，沒有多做細想。但看完這部影片以後，心情很是激昂，極想知道它由哪部作品改編的。於是，我重新倒帶眼睛直盯著緩緩往上移動的螢幕，要看清楚片末出現的文字。最後，我終於找到答案了。原來它出自武田泰淳的短篇小說〈ひかりごけ〉（該片名臺灣譯為：發光苔）。我按捺不住這份激動，立即到紀伊國屋書店查找。很幸運地購得此書，細緻地展讀了起來。彼時，我心想在臺灣既然沒有中譯本，我何不把它翻譯出來？對立志於翻譯事業的我而言，只有恰如其分地把它翻譯出來，才算是真正解讀了這部小說。而這樣的深究讓我意外地獲得了新的問題意識，並為我開啟了進入日本近現代文學的視野。我已經記不得到底花費多久時日才完成了全稿的翻譯。但可惜的是，後來我幾經搬家的緣故，這份手寫的譯稿散佚不見了。直到現在，我有時還在夢中找尋它放置在哪個抽屜裡。

順著這個思緒，我繼續談點翻譯出版的問題。一九八二至一九九五年左右，中國大量翻譯了許多世界文學的經典作品，那可作為中國對外國經典文學的開放態度，啟明與真誠汲取外國精神文化的翻譯的黃金時期。例如，五味川純平的《戰爭與人》（十八卷本）、住井末的《沒有河川的橋》（七卷本）都有合譯本，石川達三的《風雪》、《人牆》，以及上海譯文版的日本文學叢書，但耐人尋味的是，像武田泰淳如此熱愛中國文化，為中國的歷史立場喉舌，中國的出版界卻沒有做出相應的回報。就我查找的出版資料顯示，除了他與竹內實合寫的《詩人毛澤東》（中央文獻出版社，一九九三年）這本中譯本之外，幾篇散見於文學雜誌，或文集的中短篇小說譯文，還有近期出版的一本研究專著，其重要的代表作幾乎都沒有中譯本。比方，他的長篇小說《森林與湖畔的祭典》和晚年之作《富士》。而同樣大量翻譯日本小說為導向的臺灣出版業，通俗讀物仍為首要的考量，因此，找不到其作品的中譯本自是可理解的了。

寫到這裡，我不禁這樣忖想，相較於武田泰淳勇於反思日本社會的封閉性，但對於毛澤東英雄式的獨裁恐怖政權卻選擇視而不見，或許他深知這是個危險的禁區，在那樣的時代氛圍下，當代史和政治不是他能過問的領域。而這個諷刺意味的相似性，同樣適用在臺灣以「左派」自負的統派知識人的身上。因為當中共政權嚴厲箝制言論自由整肅異見份子的時刻，他們便慣性地擺現出故作清高的姿勢，或閃爍其詞或幸災樂禍的偽善體質來。若以此加以對照，我們就很難苛責缺乏政治勇氣的武田泰淳了。總結地說，我們只能從這些歷史條件的局限，借用考古學家的工具挖掘武田泰淳的生平和精神歷程，藉由這線索的指引來廓清和辨識其真正的本色了。它雖然不是最精確的路徑，卻不失為一種有效的方法。一個智識型的作家是否具有普世價值的理想堅持，是否勇於向形式堂皇卻本質暴虐的統治政權伸出禁忌的舌頭？我若沒有記錯的話，已經作古的蘇聯作家索忍尼辛、兩位英國作家——喬治．歐威爾和現今健筆如新的伊恩．麥克尤恩（Ian McEwan）都是這種傲骨精神的體現者。

沉重的肉身——中上健次

日本文壇曾經盛傳這樣的評語：「如果中上健次沒死的話，應該可獲得諾貝爾文學獎。」儘管這些讚譽很大程度是出於哀悼傑出作家的離世，但從其作品本身來看，他得到如此殊榮亦是相符合的。剛開始，中上健次寫了幾篇以故鄉紀州熊野的「路地」（被歧視的部落）為舞台的小說，在雜誌上發表，之後以中篇小說〈岬〉獲頒芥川獎，當時他是個二十幾歲的新銳作家，也是二次大戰後出生獲得芥川獎的作家。作家高橋三千綱把他介紹給了出版界的天王見城徹，這為他的作品傳播起著重大的作用。順便一說，十餘年前，臺灣文學專家下村作次郎教授（與中上健次同為和歌山縣人），極為推崇中上健次的小說，曾鼓勵我翻譯這位作家的作品，讓更多臺灣讀者認識到異端作家所展現的日本當代文學的天空，聆聽一種迥異於日本流行文化的深切的回音。

在我的書架上，有許多中上健次（1946-1992）的長篇中短篇小說，包括他與文壇作家的對談集，一九六八年參與安保鬥爭的發言，以及專業期刊相關的評論解析。事實上，這些資料已足夠完整呈顯出中上健次的文學世界，撰寫一篇文章應當不成問題。不過，接下來才是考驗的重點：撰述者透過文本的解讀能否提出不落俗套而深刻的洞見？我經常在想，對寫作者而言，閱讀過於嚴肅的文本，有時候不容易發現作者最真實切身的生活面影，由於一種善意的輕忽而被遺漏在外，使得讀者與理解其痛苦與歡樂交織的源頭失之交臂。或許出於這個畏懼，我在讀書寫作上，向來與學院派寫作保持距離，生怕趣味盎然的題材，一交到我的手上，卻被我寫成僵硬沉悶的棺木了。因此，我習慣任由隨興漫讀開路，藉由好奇提供的動力前進，最終仍要找到有趣的切入點，我才要進入寫作的狀態。在此，我有個意外的發現，由出版人回憶作家的生平與交往，不失為一種新穎的視角，因為它可提供文本之外更為豐富多姿的作家生活面向，而非那種輕薄氾濫的八卦流言。

例如，根據出版人見城徹的具體描述，中上健次的身材很魁偉，有點像職業摔跤選手，儘管這個面貌可能被認為勞動者的形象，但與之交往仍看得出他散發著細膩的文人氣質。那時候，中上健次在羽田機場當裝貨推卸的工人，幹的是十足的體力苦活，所以他時常自嘲，若不以寫作小說補注財源，實在沒法維持生計。在直覺敏銳的見城徹（可參閱《編輯這種病》）看來，中上健次有寫作的稟賦，而且天生是個作家，也是被神選中的幸運者。他只要激發和督促中上健次全力寫作小說，日後必定能在日本文壇上隆起許多座小說的高山。

中上健次的身世坎坷，他出生於被主流社會歧視的部落（村莊），其成長的家庭背景關係複雜，他與異母異父的兄弟共同生活。他不識字的母親，始終被一種怪誕的想法纏繞，她確信讀書會使人發瘋狂亂，而像躲閃魔頭似的遠離文字；他的哥哥因莫名的緣故，自縊吊死在柿樹上，之後親族間又發生了慘絕的兇殺。中上健次遭逢的人生滄桑與經歷，與美國詩人瓦特·惠特曼有著驚人的相似。惠特曼在八個兄弟姊妹中排行第二，他年輕的時候，就挑起家裡的生活重擔，豈知命運的鐵錘對他的敲擊格外沉重，四個弟妹有的精神錯亂，有的近乎精神失常。面對這種劫厄的撲襲，他總是把豪邁的慷慨敞向他人，但其自我若可能遭受毀滅，他就旋即退縮到安全地帶。由此看來，這些蝕刻已久的家族悲劇，確然把中上健次趕進了精神創傷的陰影中。

根據見城徹的回憶說，他每次找中上健次到新宿的酒吧喝酒，這個壯漢一喝醉就情緒失控了，完全不顧形象便躺倒在路旁大聲吶喊：「我不在這裡！這裡沒有我的立身之處啊！我什麼都沒有，我一無所有，可又怎樣呢？」這種直率的醜態，透露出內心的混沌狀態和虛無，以及找不到彼岸的絕望感。或許中上健次比誰都清楚知道，他必須把體內（內在精神）的瘀膿（各種痛苦）傾倒而出，否則必定會憋塞窒息的。與此同時，為了保住自己的立足之地，不被只准求同排異的日本社會剔除出去，他必須不停地寫作小說發聲，只是其世俗的肉身過於沉重，在現實生活中，他只能依靠酒精與性的紓解，跌跌撞撞尋找救贖之路的微光。因此，在閱讀他的作品中，我們經常看見圍繞著「半島（恥部）」、「父親」、「複雜的血緣」、「近親亂倫」、「性」、「妓女」、「壓抑」、「肉體」、「暴力」、「流浪」、「殺人」、「精神疾患」、「自殺」等沉重的主題，而就是這些痛苦的生命符號壓得邊緣人疲憊的靈魂喘不過氣來。

確切地說，相較於村上春樹的小說帶給日本年輕讀者對於死亡美學的誘發與追慕，中上健次所擁抱的晦澀難解的諸種主題，絕對比漫天紛揚的火山灰壓得令人無法承受，但是我們若暫時捨棄娛樂性的享受，以認真深省的讀者視角看待，回顧其文學涵蘊的思想性，仍然要為其挑戰日本傳統禁忌的膽識與才華熱烈喝采的。首先，我們已看見中上健次拚搏出來的文學成就，在探討和求索「被歧視部落」的問題上，他比島崎藤村的長篇小說《破戒》和野間宏的大河小說《青年之環》前衛得多，更為大膽闖入了日本傳統的危險禁區，展現出無與倫比的文學思想。但弔詭矜奇的是，在極端保守的日本精神風土上，並不包容這種異端者的存在，毋寧是把它從共同體中驅逐出去來得安然。在地理上，臺灣和日本同屬於海島型國家，在歷史文化傳統和社會結構上卻大異其趣，但我們透過中上健次的小說，若能從中得到些許什麼有益線索的話，其實再苦悶的閱讀都值得履行。

影之篇

戰爭與日本文學

戰爭與成名之間

對於所有作家而言，生逢其時不僅是命定的安排，也是無從選擇的必然。從這個方面看來，作家似乎只能直面那樣的時代，而當戰爭向他們發出徵召號角的時候，也形同於考驗著他們的人性底限。他們無論是出於明哲保身的本能反應，抑或是暫時虛應故事，或者概括地說，因於主觀環境壓倒求存的危機中，他們的生存空間與生活視野，從那個時刻開始即宣告土崩瓦解了。他們可能為不可阻擋的戰爭歌功頌德，用雄健的文筆鼓舞其實早已被恐懼包圍的部隊和士兵。然而，這又形成一個矛盾，亦即他們留下各種體裁的文章，卻在砲火化為清冷灰燼的現今，仍然為讀者們提供重新建構歷史面貌的機會。這或許是他們當初沒設想到的，我們才能沿循這意外的造就找到真相的起源。

一九三八年四月，日本政府通過了《國家總動員法》，為方興未艾的戰局調度更多可用的資源。該法第4條規定：「政府於戰爭時期，可根據國家總動員法之需要，依據敕令之規定，徵用帝國臣民，從事總動員業務。」有此法源基礎，日本政府又於一九三九年七月，以敕令頒布《國民徵用令》，為徵召作家入伍奠下法律基礎。因此，太平洋戰爭爆發前夕，一九四一年十一月中旬開始，日本作家就陸續被送往戰場前線，報導和描述他們所看見祖國軍隊的英勇表現。

根據一九四三年八月發行的《文藝年鑑》指出，共有五十三名作家被徵召到軍隊裡，報導和宣傳陸海軍的作戰。在這批作家當中，不乏在當時以及後來聲名很高的作家，中國方面：吉川英治、林芙美子、尾崎士郎、司馬遼太郎、深田久彌……；馬來亞方面：中村地平、井伏鱒二、中島健藏、小栗蟲太郎、海音寺潮五郎……；緬甸方面：倉島竹二郎、清水幾太郎、高見順、小田獄夫……；爪哇、帛琉方面：大宅壯一、阿部知二、北原武夫、武田麟太郎……；菲律賓方面：石坂洋次郎、今日出海、火野葦平、三木清……，海軍方面：小島政二郎、菊池寬、佐藤春夫、石川達三、丹羽文雄、山岡莊八等等，可謂文壇和大眾作家總動員，以及這批筆桿部隊的成果展現。

以女性小說家林芙美子（1903-1905）為例。他於一九二八至一九二九年，在《女人藝術》上連載長篇小說《流浪記》，一九三〇年，改造社把這本部小說列為「新銳作家叢書」之一出版單行本。這本書很快成為暢銷書，共售出五十萬冊，這在戰前是非常罕見的現象。林芙美子因暢銷書的加持下，從此告別其半自傳性的《流浪記》中描寫的赤貧生活，徹底告別女傭、陪酒女郎、女工等社會底層的屈辱，擺脫飢餓與絕望的糾纏。一九三七年十二月，她作為《每日新聞社》特派員第一個進入了南京，從那以後，備受軍部和新聞界的抬愛。一九三八年，她從軍參加了漢口戰役，成為「入城漢口第一人」，經常以此自豪。此外，她又是「筆桿部隊」堅實的成員。就寫作出版方面而言，她很幸運地得到回報。一九三八年十二月二十五日，她出版《戰線》這本宣稱戰爭報導文學的作品，並在書中配上自己拍攝的照片，以及親筆素描，頗能發揮編輯行銷的才華。在這本書裡，她極力強調日本士兵的和藹、威風凜凜在戰場上的英勇事蹟，對於戰爭的殘酷本質和暴虐場面，卻幾乎或不予著墨，甚至技巧性的迴避。按照反戰的日本評論家的看法，對此寫作的姿態極為反感。

然而，這種尖銳的批判並沒能阻擋其發表作品的勢頭。一九三九年，她於《婦人公論》一月號，發表《北岸部隊》這部作品，主要描寫其以《東京朝日新聞》特派員親赴戰地，並以女性的觀點，記錄日本第六師團（九州最精銳的部隊）進攻漢口後，揮軍長江北岸的歷史性的光景。然而，就林芙美子整個文學層面而言，想要簡單概括是困難的，儘管我們從林芙美子從軍見聞的作品中，可以感受到其在那個時代和戰地留下的諸多文字，但想詳盡知道的話，仍然需要親自閱讀文本，多加參考該領域研究者的論文，如此方能避免評價失之武斷的危險。

反過來說，我們換個角度來探討，不以圍繞其作品，而是以其人際關係作為焦點的話，亦即由事情展現出來的結果，也許能補充說明林芙美子的人格特質，因為文人相輕或者恩將仇報的陰暗面，是任何國家都有的現象，無從扼阻也無法預防，正如與林芙美子同年代有交往的女作家始終想不透的，她為什麼對於提攜有加的前輩作家長谷川時雨（1879-

1941）忘恩寡義？和田芳惠（1906-1977）是與林芙美子同時代的文藝評論家，十分了解林芙美子的交友情形，根據她的回憶，林芙美子在文壇闖出名號以前，與同行作家爭得水火不容，還打壓過嶄露頭角的文學新秀。如她表面上說，要幫忙對方介紹出書什麼的，但背地裡卻向出版社說反話，某某人的小說無聊透頂，不值得出版云云。不僅如此，為了擠進知名作家的俱樂部，早日揚名文壇，她故意隱瞞和虛報年齡，改成一九〇四年出生，屬龍，並提議成立由知名作家組成的「龍之會」。她以所以這麼做，是因為許多聲名顯赫的作家都出生於一九〇四年，如丹羽文雄、石川達三、武田麟太郎、佐多稻子、永井龍男、堀辰雄，等等。

不過，儘管有這些恩怨，林芙美子去世之後，和田芳惠仍然到場守夜致哀。在告別會上，她對於後來獲頒諾貝爾獎文學獎的川端康成的致辭，最為深感震撼。當時，川端康成擔任該治喪委員會主委，他極其誠摯地說：「故人（林芙美子）為了保有自己的文學生命，生前好像對其他作家做過落井下石的事。然而，再過二、三個小時，她就將化成骨灰了。死亡就帶走所有的罪惡，請大家原諒她的過錯。」這番話感動在場的弔唁者，同時也展現出一個作家的偉大與寬容。當多數日本作家被納入筆桿部隊之時，川端康成並沒有趁此潮流為強大的軍部搖旗吶喊，寧願保持沉默，關閉激越的大門，沉浸於日本美學的微觀世界裡。但正因為他這種保守和非愛國精神，在迎向戰後的年代，使他不必面對隨之轉向而來的尷尬和錯愕。這是他的先知呢，抑或出於稟性的堅持呢？戰爭改變普通人的命運，作家也難逃這個改變。有的作家從流浪的生活起點，經由自己的努力，登上聲名的高峰，但最終仍得在歷史的審視下，面對自己打造過的光明與黑暗。這樣看來，歷史的鏡子有時候似乎顯得慈悲為懷，有時候卻帶有殘忍的況味。

戒嚴下的笑聲

收視率長紅的日本連續劇系列，其情節和表現手法，總能緊緊地扣住觀眾們的心弦，讓他們欣然守在電視機前收看。當然，並非每部電視劇都精采可期的，模仿改編和刻板套用的仍不在少數。姑且不論這些戲劇帶來多少效應，就歷史愛好者來說，有時候劇中稍微觸及歷史黑暗的片段，卻能意外地喚醒觀劇者回到歷史的現場。至於回到歷史現場有何好處，我一時還真說不上來，只能說重溫歷史的過程中，絕對可預防痴呆與健忘的惡化。

目前，還在播映的日劇《大姊當家》，故事情節演到小橋常子在出版社遇見的言論風波。時值一九四一年，日本帝國在中國的戰火方興未艾，整個國內的經濟越加吃緊，社會瀰漫著低迷的氣氛和絕望情緒。若依同行的眼光來看，當時任職於甲東出版社的小橋常子，是個傑出的編輯。她富有創意和熱情，希望在苦悶的日常生活中，為日本國民們提振精神，注入些小小的樂趣。這是個立意良善的做法。於是，她提案在自家雜誌社刊登幽默的文章，向以撰寫趣味橫生見長的作家邀稿。結果，雜誌確然順利出刊了，社長卻突然遭到了警察的拘捕。其罪名簡單明瞭：當局正為國外的戰爭疲於奔命，需要的是，恪守國家政策和提振軍隊士氣的文宣品，而不是這種不合時宜的東西。在國家主義者看來，在國家危難的時刻，這些不識時務的幽默趣味，即是對國家政令最嚴重的牴觸與挑釁，自是要給予嚴厲的懲罰。

之後，社長被釋放回來，平安回到了辦公室裡，但仔細端視，他臉頰上有紅腫瘀青的傷痕，這種含蓄的拍攝手法，暗示他在警局裡被羞辱和毆打，甚至受到軟硬程度的刑求。確切地說，世界上所有極權國家體制下的特務和思想警察，他們向來都精通和熟悉酷刑逼供的技術，在日本軍部的統治下，地方警察和憲兵也不例外。在那以後，該出版社還必須主動收回雜誌，把雜誌裡有違官方政策的不妥篇頁統統撕掉，這樣才能正式發行流通，合法地進入閱讀大眾的視野。這種雷厲手段的查禁，確實成功地造成了寒蟬效應。正如佛洛伊德使用過的著名比喻：「每個人的心中，都有一個審查官。」對官方而言，一旦有了自我的審查機制，自然能有效地牽制言論敵人的逆襲。

這是那個時期普通民眾或出版人面臨的風暴，而在軍部高壓統治的時代裡，歷任內閣總理——弊原喜重郎、吉田茂、片山哲、芦田均，以及新聞記者同樣無法倖免，都吃過他們的強悍鐵拳。例如，原本傾向軍部的《東京日日新聞》，於一九三六年三月十五日，在其社會版上刊登了右翼健將北一輝（1883-1937）的頭像，卻惹怒了陸軍省的軍官們，該報社社會組召集人伊藤金次郎立即被喚至軍部說明事情原由。軍部新聞組主管松村秀逸少校用不耐煩的表情，向伊藤怒吼道，還在伊藤的周圍轉來轉去，訓斥他刊登這樣的內容簡直太不像話了。面對這場唐突的訓話，伊藤無意間笑了一聲，這使得松村更怒火攻心了。他向伊藤威嚇道：「你笑什麼？現下，都已經戒嚴時期了，你還笑得出來呀！」這段出自作者的回述，充分顯現出言論空間如何受到限縮。他在文章中含蓄地說，「事實上，《東京日日新聞》社會版還是富有批判性的。對於這前所未有的（皇道派軍官）的二二六政變，我們盡可能保持冷靜客觀的報導立場，但是松村少校卻引以為忤……。然而，即便在戒嚴令下，國民微笑的自由也不該遭到剝奪……」

面臨這樣的言論箝制，尤其批判軍部和議論國家體制成為禁忌以後，新聞媒體仍想方設法抵抗，改由刊登幽默和笑話，開闢新的言論道路。後來，《東京日日新聞》開設了「謊話俱樂部」的投稿欄目，這讓許多對時局不滿的民眾，有了紓解鬱憤的管道。在一則投稿的笑話中，這樣形容二二六事件：「那天晚上，高橋是清（1854-1936，時任岡田內閣的經濟部長，極力主張把軍部的預算砍掉大半，而招致皇道派軍官闖入官邸，被刺殺身亡）好像是光著身子睡覺的。這時候，叛亂軍官卻闖了進來。他只能赤裸地逃到細雪紛飛的院子裡。於是，他的妻子一邊拿著睡衣，大聲喊道：『是清啊，是清』（這名字與日語中的「これ着よ——把衣服穿上」發音相同），一邊追趕他。」對軍部而言，當然比誰都看懂這些拐彎抹角的笑話，它們便施以禁刊的壓力，報社只好改變其他方式再戰。新聞自由與言論統制的對峙，原本即不可調和的矛盾，但是有獨立風骨的新聞人，向來勇敢為此奮戰到底。

日本和臺灣都經歷過戒嚴時期的統制與殺戮，傷痕文學和諷刺批判性的文章，就是這樣被催生出來的。在這樣的環境下，每個作家和新聞記者都做出自己的選擇。有些人不想成為國家的「御用文人」，那他就只有銷聲退隱了，或者孤獨地站在自己的廢墟中。還有一種說法，很耐人尋味：「在極權主義的天空下，自我審查是作家們保存自我一種方式，這也是文學用巧妙的方式贏取勝利的合法來源。」更有甚者，將文學視為是隨著國家意識形態號角而起舞的舞蹈。若就此而言，尼采似乎說的更妙，他說：「帶著鎖鏈跳舞是最高的藝術。」

如今，這樣因言惹禍的劫難已經遠去，殘暴的統治者成了過往的灰燼，又換上了新一批的統治者。就此看來，現代的作家應可擺脫害怕死亡和牢獄的纏繞，不必再用假音哼唱可保全自身的愛國歌曲，不必昧著良知說瞎話，這自然是值得慶幸的大事。每個時代都有其時代的災難，與此同時，它們還大量製造體制的受害者與加害者。問題在於，有些情況是已盡了最大努力，卻未必能順利地繞過去。我不禁這樣揣想：現下，我們可以為自己的時代寫些什麼呢？為自己贏得文學獎而寫嗎？或為自己僅存的思想餘溫留點位置？有一點可以確定的是，統治者向來有足夠的槍砲與彈藥去恫嚇作家與讀者，但是作家也有超級武器，他們可以用微笑溫暖讀者的心靈。而且，這種政治學上的軟實力，應該是所有統治者們始料未及的恐懼。

書在天涯

在水口春喜《建國大學的幻影》一書中，有一段寫實的記述，讀來很耐人尋味，我再次感受到書籍在戰爭中的社會位置，以及它就此流浪或覓得主人的命運。作者在書中回憶，滿洲事變以後，日本在中國東北建立的「滿洲國」隨之崩塌瓦解，當時，權傾一時協助創設「滿洲國」的甘粕正彥（1891-1945），在滿洲之外已經沒有安身之地。這位鐵漢強人於一九二三年擔任憲兵隊長時期趁著關東大地震之際，殺害無政府主義者大杉榮及其妻子伊藤野枝、姪子橘宗一，包括將小說家小林多喜二刑求致死。後來，他被判十年徒刑，一九二六年獲得假釋，於一九二〇年代末期前往中國尋求政治發展。但在那以後，日本軍在戰爭中的潰敗比預期發展的更快。

八月二十日，蘇聯軍隊大舉進駐新京，甘粕正彥自知難逃被送上敵國的法庭審判，便做出斷然的決定。據滿洲電影（甘粕曾任滿洲電影的理事長）職員說，他是飲下氰化鉀自殺身亡的。果真，進入九月以後，「滿洲國」的政府高官及其幹部相繼遭到蘇軍的逮捕。作者的朋友田中君亦被逮捕押走，但很快就被釋放。彼時，他認識的工藤老師亦被送往西伯西利羈押，直到數年以後才平安回國。然而，對於那時離開日本到滿洲尋求新天地的日本人而言，他們立身與生活的「滿洲國」已經分崩離析了，他面臨被遣送回國的嚴峻事實。有關日本移民在中國東北流散的悲慘境地，安部公房的小說《野獸尋求故鄉》、山崎豐子的長篇小說《大地之子》和電影《紅色月亮》，都有對此時代背景做深刻的描繪與精采的呈顯，引起很大的共鳴。

因此，就作者回憶，他在回日本母國之前，同樣必須做點什麼以活下去，至少得籌出每天的飯錢來。於是他們幾個同伴再三商量，終於決定把湊來的書籍拿到街頭擺攤出售。他們蒐集的書籍中，有森鷗外、夏目漱石、德田秋聲、島崎藤村、志賀直哉、有島武郎、武者小路實篤、芥川龍之介等等。據作者說，他們把這些日本近代著名作家的全集擺列出來，看上去頗為壯觀。然後，他們用背包背著，來到吉野町的路邊，將書籍鋪在布塊上，等候愛書人前來。一次，有個看似學者的人向他探問，這些文學全集若能帶回日本，他願意全部買下。聽到這個佳訊，作者不禁思忖著，或許這些文學書籍可以治療日本人在戰敗後的精神創傷，文學全集竟然比他預想的賣得好。而這樣的幸運，或許可謂來自廢墟深處的奇蹟吧。

我作為易於移情作用的讀者而言，讀到這裡，我依然忍不住要向這些流落異國的書籍致敬。我心想，它們的精神高度其實已經超越劃地自限的國境了，甚至慷慨地撫慰每個孤獨漂流的心靈，哪怕無情的戰火隨時就要撲襲而來。不過，它們就是逃難者和流亡者的大後方，它們有足夠的自信和底氣，以此作為抵禦時間與空間撕裂的後盾。這豈能不讓我由衷讚嘆書籍的力量嗎？

戰火下的細雪

在近現代日本文學的光譜中，谷崎潤一郎（1886-1965）的相關研究專著、作品評述，考證翔實的傳記等等，向來豐富多姿，為好奇的讀者提供不少方便。不過，這其中仍有個遺憾，而這個局限是在特殊條件下造成的——亦即谷崎與其小說《細雪》為模型的女主角——第三任妻子森田松子之間的通信。簡要地說，這些多達兩百八十八封的書簡，在未得到揭示之前，它一直置放在時間的最底層。

這些重要的私信，原本由谷崎的家屬交由中央公論社保管，並囑附必須於谷崎歿後五十年方能公諸於世。二〇一五年，恰逢解封時刻的到來，讀者終於有機會窺得谷崎的情感世界的側面，回顧他在那個年代的光明與陰暗。我們若沿著這個方向探看，可以約略知道生活在日本舊威權體制下的作家，如何以寫作小說來與時代對抗的精神歷程。

根據研究谷崎潤一郎的專家千葉俊一教授指出：「這大量的書簡，其字裡行間透顯出他們之間的孺慕情愫，讀來如親臨其境，令人印象深刻。」必須指出，迸現出這文學情緣的舞台，並不在是谷崎的故鄉東京，而是在溫情滿溢的大阪如焰火般躍然出來的。

從地緣關係來看，一九二三年關東大地震以後，谷崎潤一郎對於地震非常敏感恐懼，一家從東京移居到京都，後來又搬遷至兵庫縣，同年發表了短篇小說〈肉團〉。一九二七年，谷崎受邀前往大阪演講，他是在那時候與森田松子認識的。當時谷崎四十歲，松子二十四歲。不過，彼時松子已嫁為大阪的棉布批發商少爺——根津清太郎的妻子，是生活優裕的「少夫人」，而谷崎與第二任妻子古川丁未子還維持婚姻關係。不消說，他們即使互有情意，終究無法繞開這堵矗立的障壁。在谷崎眼中，松子是個氣質高雅的女子，儘管彼此尚不是自由之身，卻未能阻擋他對松子的慕求。於此，他們相互吸引著開始魚雁往返。

一九二八年，谷崎用濃烈的文字在信中寫道：「我一直守望著您打開夢想，我有千言萬語要向您傾訴。」或許愛神一開始就較為眷顧谷崎，在他們通信的前年，日本爆發了金融大恐荒，民眾擔心領不到存款，紛紛湧至銀行擠兌，松子其夫的事業已出現了危機，直到一九三二年，終於以倒閉收場。但這不影響谷崎對松子的迷戀，他決定把松子高尚的倩影烙印在心中，開始構思著撰寫長篇小說《細雪》。一九三三年，谷崎再度寫信向松子表明心跡：「我衷心希望您能記得，如果我的作品足以流傳後世的話，那都是為您而寫的。」之後，他在信中的誓約更為直白，宛如在向松子求婚：「我願意奉獻出自己的生命、身體、家人、兄弟及其所有的收入，全歸夫人您所用，祈願成為您的忠僕隨侍在側任供差遣。」

一九三四年，根津清太郎與松子離婚，谷崎也跟第二任妻子古川丁未子結束婚姻關係。從那以後，谷崎與松子在兵庫東南部的蘆屋同居。一九三五年，這兩個歷經苦戀的人，終於修成正果成為名正言順的夫妻了。然而，這時期他正著手於《源氏物語》的現代語翻譯，他們未能像尋常的夫妻那樣，多半是分隔兩地生活。一九四一年，太平洋戰爭轟聲而起，松子在這非常時期仍不停地給谷崎寫信述懷。一九四二年，谷崎似乎在與當時的政府對抗，終於動筆撰寫《細雪》了。隔年，《細雪》開始於《中央公論》雜誌上連載，不料，卻惹來軍事當局的不滿，認為小說的場景過於奢華，不宜刊登云云，只連載兩期便被迫喊停了。對於這個禁令，谷崎曾經在〈回顧細雪〉一文中提及：「我自由創作的活動遭到威權方面的嚴厲箝制，這股既沒有仗義直言又毫無質疑的風潮，就這麼猛烈地向我撲來。」

然而，谷崎並沒有因此頓挫擱筆，戰爭期間仍暗自繼續寫作，雖然高血壓的疾病深深侵擾著他。一九四四年，他們一家疏散到靜岡縣的熱海躲避戰火。這年，他自費出版了《細雪》上卷，付梓之前，由於當時紙張嚴重匱乏，幾經波折才付印出來的。作家三島由紀夫在其自傳中也提及在戰爭時期書籍出版的艱難。到了一九四七年左右，谷崎幾近完成《細雪》下卷，隔年，上下卷終於完整出版了，這部作品從此更奠定了谷崎的文學地位。一九四九年，他獲頒朝日文化獎、文化勳章（第八屆）；一九五一年，榮獲文化貢獻獎。一九五八年，他因為右手麻痺，以口述方式代替執筆，再次展現出至死方休的作家精神。

順便一提，谷崎在關東大地震以前，以大眾通俗的文風著稱，可是他移居關西之後，文學風格出現很大的轉變，他難掩後悔地表示：「我對自己早期的作品不甚滿意……」，而文壇上亦遵循作者的看法，對前後期作品給予順應的評價。其實，作家不必這樣定位自己的作品，哪怕對早期作品不以為然，對讀者而言，卻可看到作家生涯的發展軌跡。況且作家在完成作品的同時，它即以個體的生命之姿獨立出來，就與作家毫無關係了。你總不能倒轉歲月年華，硬是將猶帶寒意的春風，說成是金色的秋風。另外，還有個趣味的插曲，谷崎寫過著名的《陰翳禮讚》一書，幾乎被視為古典美學的典範之一，但在實際的生活裡，據說他喜歡住在燈光明亮、有椅子的西洋建築。這的確是個奇特的悖論，作品有時候未必真實地映現作家的生活態度。

綜觀谷崎潤一郎的人生際遇，他的幸運名聲似乎多於波折磨難，不像同時代有些作家命運多舛，晚年缺乏親人的照料，寂寂無名地孤獨死去。至少谷崎與松子三十年的夫妻關係是穩定而溫厚的，而這份愛妻賜予的福報絕對足以安撫這遊蕩不安的小說家，能夠慰藉這個東京出生最後如願皈依於京都法然院的老靈魂。

在文字的晴空下

一九四五年八月十五日，對於這個日子有深刻體驗的日本國民而言，內心遭逢到兩種極端力量的撕扯，而且情感上的震撼多於悲泣的纏繞——昭和天皇宣詔戰爭結束。這一天，日本的各大報紙上，紛紛以醒目的版面篇幅，並以崇高的悲劇性的詞語，又不失莊嚴立場來呈示這個嚴酷的歷史事實。每次讀到這段歷史，我益發覺得日本語的修辭真是深奧，它宛如迷宮般的曲折難測，若沒有全面掌握真正的歷史狀況，以此作為辯證的基礎，僅依憑字面的意思去理解，有些時候往往看不清實相，最後順乎自然地被帶往沒有價值判斷色彩的中性詞義的地帶了。相較於「終戰」和「戰敗」這兩個名詞，對於語言機敏的人都看得出，前者在努力維持著敗者的尊嚴形象，而一旦明確承認戰敗，等於對全體國民的心理給予更大的打擊，還必須肩負起更龐大的道德責任。因此，基於日本傳統的語法習慣，這樣的措辭自然能獲得正當性的身分，留給眾多的敗者們自我療傷的空間。而即使在最私密的領域裡，這個中性的修辭在日本作家的日記裡，同樣沒有逾越這個界限。儘管如此，當我們努力走出那片由修辭構築出來的密林曲徑，我們仍可看見日本戰敗後的社會場景，尤其是日本作家的讀書狀態，他們在艱困危險的戰爭時期，如何歡快地煮字療飢，如何用文字溫潤苦悶的靈魂。

日本戰敗那天，日本作家高見順的日記向認真閱讀的我們透露了這則訊息。在這套七卷本的《高見順日記》第五卷中，他真切感性地寫道：「戦争終結の聖断・大詔渙発さる……放眼看去，幾乎每個報攤亭前都大排長龍。這些等著買報紙的人群，情狀顯得有些激昂，但沒有人敢於表露自己的真實心聲，全都保持著沉默。平常民眾們對於軍人是反感至極的。當我看到士兵和軍官默然地買著報紙。或許是我心理因素使然，那些軍人垂頭喪氣的神情，使我不禁暗自為他們抱以同情。」其中，他還描述在鎌倉車站前目睹神情茫然的新入伍的海軍士兵，身穿髒污皺巴巴軍服的情景，在他看來簡直與戰俘營的俘虜沒有兩樣，令他不忍直視。

然而，對於愛書人而說，他來到鎌倉文庫探望圖書這段記載更吸引我們的關注。他說：「今天，鎌倉文庫沒有營業。在裡面的房間，堆疊著品相如新的《世界文學全集》和《西洋大眾文學全集》。我打量了一下，果然是剛剛送抵的新書。在此以前，要租借《世界文學全集》需要二十圓押金，可是即使這樣，也幾乎全被愛書的同行迅速帶走，只留下戲劇集而已。直到現在，我不知道到底有多少圖書上架出租，但它們很快地就被搬走了。剛開始，《世界大眾文學全集》只需五圓的押金，後來我留了字條，說要提高圖書的押金。有些時候，我心想售價一圓的書籍，卻需付二十圓的保證金，實在有點過意不去，但租書者似乎全不放在心上。最先提供圖書出租的是作家林房雄。這些全是他在牢獄中所讀的書籍，已經被他翻閱得舊污斑斑，因此我認為五圓保證金即可。後來，作家大佛次郎帶來了一本嶄新的書籍，我心想這本書的售價，原本只有五十錢，若以五圓押金計之，未免有失公平，但幾番思量，最後仍維持原來的打算。大佛次郎也說，租金五圓也無不可。於是，那天所有的租書全被搬空，之後我又把押金調高到七圓，同樣地悉數被愛書人接引到謐靜的晴空下繼續閱讀。

上述這種特殊的人文風景，確實引起我們對鎌倉文庫的好奇，這是怎樣的民間書店和組織？據出版史料指出，鎌倉文庫是於第二次世界大戰晚期，由居住在鎌倉的文人雅士們設立的圖書出租店。他們考量戰事的日益逼近嚴重影響到出版業的發展，許多作家的生活因此陷入困難，連一般讀者都跌入了無書可讀的陰霾廢墟中，為了挽救這種精神與物質的雙層困境，一九四五年五月一日，住在神奈川縣鎌倉市的文學家們，率先募集到數千冊的藏書，置放在鎌倉八幡宮的鳥居（牌坊）附近，開始啟動圖書的出租業務。這項計畫最初是由久米正雄和川端康成提案，小林秀雄、高見順、久米正雄、里見弴、中山義秀等作家協助，由漫畫家横山隆一繪製讀書券，小島政二郎、大佛次郎、永井龍男、林房雄捐出自己的藏書響應。平時，川端康成、久米正雄、中山義秀和高見順及其妻子們輪流照料店內的業務，這吸引許多渴望閱讀的民眾前往租書，除了遇到空襲之外，幾乎每日開門營業，為困頓的戰爭時期注入了溫暖的人性光輝。

在此，我要援引一個相似的場景。在那個時期，同樣因戰火席捲而無法繼續安靜閱讀的不止日本作家或知識人，生活在戰爭時期的德意志帝國的大學教授和學生們，同樣面臨聚散無常的死亡威脅。一九四三年十二月，從法蘭克福大學來到萊比錫大學哲學系任教的古典語文學家萊因哈特，在其〈我與古典學〉一文中，對這場時代劫難有詳細的描述。據他回憶，當時許多研究所和教學大樓以及圖書館都遭到了英國空軍的炸毀，他們為此感到無限的惋惜，因此，只能在空襲警報一解除，到附近的舊貴族學校散步，藉此紓解緊張的情緒。依我看來，他們到郊外透透氣，還有個感傷的目的，亦就是向葬身烈焰中的圖書的哀悼。在面對圖書的無辜消亡，全世界的愛書人所發出的嘆息都是同樣的沉重。

高見順在這天的日記裡，還提及他看到的歷史性的奇特景象。他打算前往大佛次郎的家裡，然後順便到佐藤君家閒坐半晌。他在半路上看見了人聲鼎沸，有許多人駐足圍觀。他趨前一看，有個中年的醉漢，正與一名身材高瘦的男子猛力拉扯。只見那高個子直喊：「我們到警局去，找警察評評理！」從他濃重的口音聽來，他應當是在日本的朝鮮人。路人詢問他們為什麼爭吵。原來是醉漢故意向這名年輕的朝鮮人找碴，於是他盛氣凌人地高喊著到警局請警察主持公道云云。事實上，真正的原因在於，根據今天的消息報導，朝鮮就要從日本的手中獲得解放了。不過，他對於那個無端惹事的醉漢和氣勢洶洶的朝鮮青年的反應，同樣不能認同。他覺得今天遇到許多不愉快的事情。他回到家裡看了報紙，決定把這天的報紙保存下來。最後，他在文末寫道：「嗚呼、八月十五日。」

如今，二戰期間響徹東京天空的戰爭恐怖已然結束，以美國為首的占領軍，為戰敗國日本所建構新的政治秩序，在歷經五年八個月間接統治結束後，日本慢慢從精神廢墟中站了起來。其後，日本跟隨美國的腳步往現代化的道路前進，戰爭期間受盡軍部政府言論壓制的出版業亦隨之蓬勃發展起來。換句話說，七〇年代的日本讀者，比他們的前行者幸運多了，他們不必躲避可怖的空襲，就可在文字的晴空下，盡情享受閱讀樂趣。至於二戰以後，日本知識人爭論不休的命題──「近代的超克」＝克服現代性，超越西方的挑戰，似乎尚未得出結論。這相似的困難在於，如持「戰後時期尚未終結」的觀點那樣，只要日本政府仍然附隨美國的亞洲戰略格局，這個問題就不會劃下句點。但是，如果我們想暫時離開劍拔弩張的政治生活，卻可以藉由快樂閱讀，讓文字消除我們深沉的疲乏。

失敗者的精神史

何謂終戰？

日本的教科書習慣把他們在二次大戰中打了敗仗的事實，用「終戰」或者「戰後」的字眼來表現。這個詞彙的使用，剛好給原本具有模糊性格的日本人得到隱蔽的空間，以及他們不願面對「戰敗」的殘酷景象。但是，每個日本人都抱持這種態度嗎？先從兩則日記說起。

一九四五年八月十五日那天，除了北海道和東北地區之外，從本州到鹿兒島都是晴朗的天氣。有個叫井上彌生的家庭主婦這樣回憶：「我只聽到嗡嗡鳴叫的蟬聲。當我從濃綠的枝椏間看到瀨戶內海波平浪靜的美景，不禁為這大自然讚嘆不已，與此同時卻也突然領悟到我們被捲入這場戰爭的愚昧！」

同一天，日本作家高見順，在日記中這樣寫道：「十二點，報時。奏國歌君之代。朗讀投降詔書。戰爭果真結束了。——（日本）終於打敗了。終於輸掉這場戰爭了。夏日的艷陽高掛天空，砭得人眼睛刺痛。在烈日下，我得知日本戰敗的消息。蟬聲嗡嗡作響。只有蟬鳴而已，一片靜寂。」的確，正因為破壞性的戰爭和狂躁已經結束，才出現蟬鳴嗡嗡和天空湛藍的和平景象。此外，也託戰敗之賜，在東久邇組閣那天，睽違三年八個月，收音機終於恢復天氣預報了，因為戰爭期間基於國防需要，播報氣象是被禁止的。但是燈火管制仍未解除，直到八月二十日，才在裕仁天皇的「御仁慈」之下予以解禁。

寫信給麥克阿瑟將軍

日本正式投降後，盟軍開始進行占領，新的統治者美國來了。

隔年九月，麥克阿瑟訪問日本，天真無邪的兒童夾道歡迎，每個人的手中還高興地揮動美國國旗，宛如迎接救世主的到來。他們稚氣興奮的表情，跟他們身後被B-29轟炸機炸得幾乎夷為廢墟的殘破景象形成強烈對比。裕仁天皇到赤坂的美國大使館會見麥克阿瑟。隔天報紙頭版刊出麥克阿瑟和裕仁天皇的黑白合影。身材魁梧的麥克阿瑟輕鬆自若，高高在上，裕仁天皇個頭矮小，表情尷尬，顯得很不自在的樣子。任何人都看得出誰是勝利者？誰是失敗者？

在戰後清算的時期，評論裕仁天皇的功過仍是在很不公開的情況下進行的，很多民眾把未來的希望寄託在同盟國最高統帥麥克阿瑟的身上。據資料統計，到美軍撤離日本，麥克阿瑟總共收到五十萬封來信，有些人僅僅是對戰爭的結束表示欣喜，向他致意；有些人因沒飯可吃或兒女失蹤請他協助；有些人抱怨物資短缺，黑市橫行生活困苦；有些人則要求天皇下台並把他當戰犯進行審判。更有民眾在信中表示，感謝美國軍隊駐紮日本，推行政體改革，給失業者提供食物，他願意永遠效忠麥克阿瑟政府，並期待由此產生一個全新的日本，一個文明的日本……。當然，這裡面還是有天皇的擁護者。他們蘸著血書請求麥克阿瑟不要追究天皇的戰爭責任，強調他們對天皇的效忠就近似於宗教信仰，已深植在日本的歷史和傳統之中，如果天皇受到審判，很多日本人將會對所有美國人恨之入骨……。

後來，天皇是逃過審判了。但是日本人找到精神出口了嗎？

打開肉體之門

美軍占領日本期間，對媒體言論的審查和箝制非常嚴厲，所有對麥克阿瑟政策的指責或是影射戰後社會亂象的書籍、小冊子、定期刊物，都難逃被查禁沒收和被刪改的命運。

一九四七年三月，有個叫做田村泰次郎的作家，在雜誌上發表了一部中篇小說《肉體之門》。這篇小說描寫美軍進駐日本之後，有群日本女性為了求生存，每天濃妝豔抹站在破敗的街角拉客賣淫。她們之間有個不成文的規定，決不能愛上買春的男人。但其中有個妓女卻觸犯這個規定，不但愛上嫖客還不收費，後來被她們集體凌遲後趕了出去。有一天，有個退伍軍人來到她們的住處共同生活，跟其中一名妓女發生了肉體關係。這名妓女因為他的關係初次體驗到肉體的歡愉。儘管她也遭受同伴們的凌虐，但她說什麼也不願放棄好不容易得到的性愛之樂，甚至打從心底嘲笑施虐者的漠然。

《肉體之門》發表後不久，被拍成電影，給觀眾們很大的震撼。NHK也以《天橋下的女人》為題做了街頭訪問，報導阻街女郎的生活實況。這時候，色情文學開始大行其道，形成一股強大的風潮。不過，日本當局很快便以違反善良風俗和公然猥褻的罪名進行取締。有識者看不慣指出，政府不應該蔑視色情書籍，因為民眾需要從戰敗的廢墟中找到活下去的力量。黑市和妓女都是戰後混沌時期的象徵，「色情書刊」正為他們苦悶的心靈吹入新鮮的氣息。日本民眾用這種方式為自己打開被拘禁的肉體之門，左派知識份子則為日本人的精神文化被美國閹割、同化，為身份和人格的喪失而痛苦不已，直到現在仍把批判的矛頭指向美國的新殖民主義。

公園裡的日本軍歌

時間拉回戰後六十年的今天。曾做為日本殖民地的臺灣又是怎樣的情況？

在臺灣，走過公園的時候，從濃蔭或涼亭下傳來卡拉OK的唱歌聲不是什麼新鮮事，但聽到慷慨激昂的日本軍歌卻是很特殊的風景。一群七八十歲的老人，手拿麥克風，神情專注地唱著《同期的櫻花》，唱著「……跨過大海，屍浮海面；跨過高山，屍橫遍野。為天皇捐軀，視死如歸。」的著名軍歌，往往給人一種彷彿時光倒流的錯覺。他們曾經是戰爭的體驗者，見識過戰爭與殺戮的恐怖，應該最瞭解戰爭的本質。他們說，唱日本軍歌並不是要緬懷奮勇殺敵的光榮史，並不是非成為日本人不可，而是「日語」給他們一種親近而安定的感覺，透過日語這個奇妙的轉轍器，他們可以輕而易舉回到青春的年代，重新喚起喜悅的或悲傷的往事。他們需要依靠記憶來拼湊過去的歷史。

懼怕速度的人

然而，所有為日本帝國打過仗的台藉日本兵都是這種看法嗎？有個當過神風特攻隊的台藉飛行員，他的際遇就是另類的歷史闡釋。他現年已經八十幾歲，打從年輕起出門不開車，甚至連簡便的腳踏車都不敢騎。若不是強行問起，沒有人知道這個原因。

說到大西瀧治郎中將（神風特攻隊創建者之一），他可以馬上背出其所寫的俳句〈神風〉「生命，如鮮花般脆弱，今日怒放，轉瞬凋零。怎能希望花兒的芬芳，長留不散？」他一度信奉過這種精神，時刻準備壯烈犧牲，宛若櫻花般隨風輕吹就飄落地上。他做過各種飛行訓練，為的是希望在戰役中擊落敵機，在半強迫半集體意志的命令下，尤其在戰爭局勢惡化的最後十八個月，包括他在內的全體神風特攻隊的隊員，都有打算駕機撞軍艦自殺的念頭。

奇妙的是，命運似乎只是故意捉弄他而已。還沒輪到他駕機飛往戰區做殊死戰之前，日本宣佈戰敗了。他不必飛上青天犧牲生命了，事後也沒有像其他效忠天皇的軍官那樣切腹自殺銘志。他只希望恢復平凡的生活，做個普通的尋常百姓，跟情人相戀相愛，然後共組家庭，養兒育女，直到終老一生。不過，就在他回到地上準備迎接新的人生時，他卻成了懼怕速度的人！舉凡所有掠風而過產生速度的東西都讓他感到害怕，因為這種速度感會引來殉死的召喚，直接把他推向死亡的黑洞。從此，他出門只能緩步而行，只能慢慢地走向目的地。

戰後已經六十年，無論是戰勝國或戰敗國都在闡述有利於自己的歷史，都在戰爭倖存者和見證者身上做記憶編碼，而這些文化記憶是正確的、偽造的、扭曲的、誇張的或省略的，似乎都無所謂，因為歷史的傳述難免失真。但問題是，失敗者是否從「八月十五日」這天，得到真正意義的解放？不再藉由高唱日本軍歌回到過去，而是勇敢地直視未來，用自己的方式呈現生命的價值？

擁抱戰敗自由

就考察日本文學發展史的研究者而言，相關史料及其研究論著，可謂非常豐富，甚至多到眼花撩亂的地步，面對這種由龐大資料構成的絕對優勢，對於功力不夠紮實深厚，缺乏史識和洞見的雙重支撐，卻又想以文表述的人，他們能夠完成的範疇極為有限。論者最穩當而安全的策略在於，要不遵循既有權威的論述，要不就依照定版的教科書做簡單複述。這種做法為自己開啟方便之門，卻也不得不留下平凡乏味的印記。鑑於類似前者的經驗，所幸我不夠資格為學界中人，而不具備這種身份規範，反而讓我得以避開這種範式，完全依照自由的意志，任我盡情地發揮，我也將在這樣的論述中，可能進而建構出有別於學院派的觀點，為讀者提供不同的面向，但同樣要打上作家的印痕。

關於二次大戰後日本文學發展的論述文本，依我的閱讀經驗，我較為傾向於親歷者的說法，以此為基點出發，特別是長期以來在這方面深耕有建樹的論者回憶評述。因為他們有著與時代脈動的共感經驗，具體而微的真實，往往超越歷史教科書的範例。著名文學評論家中村光夫（1911-1988）對於日本戰後文學的回憶與點評，在某種程度上，為我促發寫作和啟迪的契機。

中村光夫在其《明治・大正・昭和》（新潮選書，一九七二年）一書中提及，二戰甫結束後，日本戰敗這個嚴峻事實帶給作家和知識人的精神衝擊。首先，他們直面整個東京破敗的景象，物資十分匱乏，生活極度艱困，除了家境優渥的人外，閱讀幾乎是難得的奢侈行為。進一步地說，所有日本人都處於這樣的物質困境中，努力拚鬥地生存下去。然而，歷史命運有時並不願摘下神祕面紗，故意向受其困境裡的人，投予詭譎的問題，似乎藉此機會要那些善於深思自省的作家提出答案來。以中村光夫的親歷為例，當年，他目睹到日本慘敗的人間苦相，卻也在這種極度的狀態中，深切體會或發現到隱含在歷史深處新的側面。乍看下，這個側面並不提供現成答案，不直接呈顯哲學式的追問，正因為他經歷過不同的時代，使他得以拿前後政治體制的相異，在比較的基礎上，得出顯著的感受來。對此強烈反差的情境，中村形容得很有意思。他說，戰爭突然結束，意謂著這樣的事實，迄今為止來自日本國家體制的權力，其以發動戰爭為由所伴隨的加諸在人民身上的壓迫、一種稱之為合法的任務，亦將隨之土崩瓦解了。依照他當時的處境，他的確為這種壓迫性的解放感到慶幸和寬慰。我想，不止中村覺得欣慰興奮，所有崇尚自由的人，厭惡以國家機器藉機宰制思想文化的反對者，毋寧說，無不欣喜地擁抱日本的戰敗，儘管戰後初期作家要表述這種心情，仍然必須善用修辭的語法。不過，深受此語言文化傳統浸淫的日本人，似乎不需要和盤托出，都能神妙地理解這種多重轉折的涵意。

簡要地說，隨著日本的戰敗由美國為首的占領軍，進而合法接管日本，開始了化敵為友建立政治同盟的序幕。或許至今為止，在反美的左派（偽左）人士看來，依然嚴厲地批判美國將近六年時間對日本的占領統治，將它視為這無異於日本民族的奇恥大辱。然而，這種類似隔岸觀火的批評，終究無法扭轉當時的現狀。對於身歷其境的人，他們提出與此不同的見解，反倒可以意味十足地上升到政治哲學的經典問題，要大家參與這個歷史困境的思考。中村指出，毋庸置疑，美國正式托管戰敗後的日本，必然帶來嶄新的「壓迫」。但是他同時認為，與二戰之前的政治體制相比，與其說這是由美國軍政主導下的壓迫，毋寧說它亦給日本知識人帶來具體的「解放」，一種新時代的自由氛圍，就這樣奔湧至他們的面前。之前，日本作家在戰爭體制下，其言論文字受到日本軍部嚴格管控，精神思想在其壓迫威脅下，改以隱匿迴避的方式另謀活路。然而，進入美軍的管轄之下，日本作家視為痛苦源頭的壓迫戛然而止了。作家想寫什麼題材都行，幾乎不再受到限制，美國這突然降臨日本國土的自由，一舉驅散了日本戰前專制壓迫的迷霧。而正是這個交雜矛盾情結的時代之風，讓日本作家深切地感到戰後社會的到來，雖然他們有時懷疑眼前所見的是否屬實。

為了避免上述語義可能受到曲解，或者由此被扣上親美派的高帽，我們必須進而補全即將提及的內容。類似中村光夫這樣經歷戰前言論壓制的作家，他們對於二戰後言論空間的開放，正是因為這種歷史經驗反差的結果。詩意地說，他們原有的光明因為被關押得太久，但猛然自黑暗中獲釋出來，霎時還無法適應正常的亮光。美國占領日本的期間，當然有其言論審查制度，只是做法稍有不同。美方在管控言論空間上，採取不予顯白的方式。他們大費周章地透過事先書刊的審查，認為不妥或避諱的地方，就予以刪掉，決不把這自曝其短的行狀，顯露在出版的書刊雜誌上。在某種層面上，這似乎反映著為逃離納粹迫害流亡到美國任教的列奧·斯特勞斯的政治哲學的影響。二戰前，日本的書報審查形態，更直接展現國家機器的暴力特質，對於作家的撰文是否潛藏危險的思想，全由他們的審查官決定，這讓許多日本作家很不服氣。因此，我們有機會閱讀昭和初期的雜誌，經常可看到其中幾行被塗黑，長達數頁被刪掉，有時候整個頁面，很大部分被打上×××的符號，亦即在印刷品上留出空白，用×和○表示缺字，並以此證實這些文字的非法性與反體制性質。更有甚者，儘管被審查官刪除的文字殘缺地逃得生天，雜誌最終還可能遭到查禁不得發售。

具體地說，美軍審查後把該刪的徹底刪掉，寧願費心考慮前後文的脈絡，使其維持意思的通達，絕對不在書刊雜誌上，以塗黑或打×印記。就此而論，與其說美軍處理的手法較為細膩，不如說他們深切地認為，公開給書刊雜誌抹黑或剜字的行為，無異於將自己綁在恥辱柱上。尤其，美國占領軍向日本民眾大力宣稱，他們將給戰敗的日本國度帶來全新的民主主義，雖說政治是最高明的騙術，但能夠細緻考量到言論政策的表裡如一，終究是統治者不可忽略的細節。或許美國這種做法，較不傷其日本作家的自尊，又能維護統治者自身的高度，而作為與此情境對照的他者——日本作家，必然以此作為比較的基礎。必須指出，美國結束日本的占領後，出版審查制度即告結束，這段二戰後言論出版史的風波，就直接留待文史工作者處理評價了。

正如中村光夫前述，日本二戰以後，作家表現的思想空間，遠超過二戰前的諸多限制，這在日本近代文學史上，是絕無僅有的現象。例如，在自由民主主義的保護傘下，作家可以暢意發揮，要描寫色情的場面，沒有審查官向你制止，要批判日本皇室的秘辛，質疑天皇制度的必要性，都比之前寬容得多，至少沒有像「大逆事件」這種因言獲罪的政治謀殺，沒有幸德秋水的悲劇，所有的反體制者都能睡個好眠，不必擔憂半夜被抄走丟入牢獄裡。從這個意義上說，日本作家在精神生活上，可謂處於充分的自由狀態中，仍難免出現些惶惑的遲疑。事實上，這已成為二戰後日本作家的現象特色，同時也為他們的文學道路往前推進。

正如前述，日本經歷美國占領軍的實質托管之後，在文學表現上，言論尺度空間上，的確來得寬鬆自由，社會地位也提升不少，這比起前世代的作家，有著時代賦予的幸運色彩。在二戰以前，由國家和社會所強力形成的價值觀，把作家擺在社會邊緣的位置上，或者被排除的局外人。因為在當時的軍人、官員及其企業家看來，作家對於國家根本沒什麼助益，無疑是多餘的人，他們甚至公開點名批評作家的無所作為，反而只會傷害國民的道德觀念。而這樣的時代格局，都反映在本國國語教科書上。當時，學校的國語教科書，並未選錄現代作家的作品，明顯偏重編選當時著名的作家——幸田露伴和尾崎紅葉的文章。自然主義的領軍人物島崎藤村，其作品在教科書上亮相，也是罕見的例證。進一步言之，只有獲得高度定評和名聲鼎盛的作家，才可能享受教科書上的榮光。不止如此，小說這種類別很快被逐出了教育的領域。因此，在這種狀態下，作家要消解精神苦悶和壓力，似乎就得更謹小慎微了，進行一種不辯自明的自我審查。相反地，若逆勢而為，作家本身很可能被視為危險的思想，整個社會便予以抵制，輕蔑他們的文學成果。然而，每個時代有其光明與黑暗，譬如明治時期的日本作家都很窮困，而無法逃離貧窮的糾纏意味著面臨更多的磨難。

二戰結束以後，這種情況和作家身份大為改觀了。或者稍具諷刺地說，有些作家小說寫得精妙，即能逆轉自己的社會地位，從原先社會的邊緣走向核心，得以暢談人性與社會變遷的見解。在民眾的心目中，他們躍升為社會良知的典範，成為被仰慕的對象。或許讀者心生疑問，為何這觀念史般的改變如此巨大，很大原因在於，西方式的思惟滲透入日本人的日常生活裡。例如，日本傳統觀念中的「家」（大家庭），在現代生活的衝擊下幾乎已然瓦解了。在那以之後，更多出現的是核心家庭，以夫妻為單位的小家庭。他們追求現代性的生活方式，很自然就催生出個人主義的想法，作家的重要性因此提高，在那種社會氛圍中，民眾開始崇尚文學藝術的成就。就這情勢條件而言，二戰後的日本作家可謂時來運轉，「文學」不再是無用之物，而成為高尚的職業受到社會群體的認同。

在此，突顯日本作家於二戰後社會地位的提升，並非表示他們不需克服伴隨而來的問題，以及應有的矛盾。首先，在文學內涵和精神上，他們較缺乏先行者作家的純真本性，較沒能體現出價值理性的色彩，文學作品朝向世俗化急速前進，陷入思想淺薄的困境，陷入以文換錢的生產境況，這使文學本身的理想性受到質疑，亦是研究者用來考察其文學價值上升或下降的基準。

必須指出，文學評論家正宗白鳥，在昭和初年，撰寫「點評文壇人物」一文，其批評觀點可說極為精細周到。那個時期，恰巧為「圓本（壹圓書）」蔚為風潮，用現今的出版行話，它們是文學全集的開端。換言之，明治、大正時期的經典作品，正式進入了中產階級的閱讀視野，受眾並藉此機遇重新回顧那個時代的精神思想。正宗白鳥正是閱讀全集的文章，深有感觸而寫就這篇文章的。他在文中說，明治時期的作家多半都很短命，幾乎來不及累積各種人生經驗，即走向了人生終點。有的四十歲即死亡，有的作家只活到二十歲。

以尾崎紅葉為例，他只活了三十六歲，算是早逝的作家。國木田獨步也很早死。為什麼他們英年早逝呢？究其原因，貧窮為主要原因，有的作家原本生活困難，又沒能得到穩定的物資來源，早逝成了他們必然的生命終點。乍看下，這裡似乎存在著悖論：短命的作家因其生活困苦，受盡物質匱乏的折磨，所以其精神品質來得卓絕高遠？相對於生活優渥的作家（例如白樺派作家們），又有長命基因的庇佑，其文學品質就容易滑向庸常的深淵？這種說法，當然並非定論。但是有個特質，卻是不容爭辯的事實。任何時代的短命作家，無論貧窮和疾病如何消磨他們的生命，他們的內心多半為寫作的使命感所充滿，並帶著這樣的自豪辛勤地筆耕。以這樣的精神姿態寫作，必然顯現其生命特質的印記，包括他們所處時代的氣息。在此，我們不妨用形而上學的說法，他們與磨難搏鬥不屈的精神性，既光耀並激勵了那個時代的生命。

權力與日本文學

禁書的理由

世界上所有極權統治的國家都有共同的特質，或說其為了維持社會秩序的正常運作，對於言論自由和出版品的控制，只有加強力道而沒有寬鬆放行的道理，凡是違反國家政策的思想和書籍，即成為他們認定的「不安之書」，自應施以鐵腕展開掃蕩和查禁。日本自江戶時代起，以及進入明治維新全盤西化的時期，在禁書方面即著力甚深，即使爆發太平洋戰爭期間，軍事力量日漸吃緊的同時，對於查禁書刊是從來不曾心慈手軟的。

日本作家丹羽文雄（1904-2005）出版了小說《初會》（一九三七年）和《中年》（一九四一年），遭到了悍然查禁。這兩部言情小說，在故事情節和內容上，很普通和含蓄的，更沒有露骨的性愛方面的描寫。儘管如此，在戰局越發嚴峻的情況下，在日本軍部看來，諸如描寫刻劃酒館女人和小妾的作品，都是不合時宜的；而且，若要嚴格追究的話，不乏反面的證據。例如，作者描寫這種風花雪月的閒情，即反映出其不配合現行國家體制的思想，存在某種程度的危險性，光是這個理由，就應當把它打入禁書目錄裡。回顧歷史可發現，在太平洋戰爭開戰前後，日本許多的小說刊物，無故遭到類似的理由查禁可說是不勝枚舉。此外，林芙美子（1903-1951）的短篇小說集《初旅》（一九四一年），遭致查禁也是典型的事例之一。當年《出版警察報》的禁書目錄中，就是以此作為查禁的事由：「本書〈初旅〉，收錄了十一個短篇小說，書中描寫身為人妻、寡婦，以及妻子與男人外遇的情事頗多，整體觀之，於身心負面影響，有敗壞善良風俗之虞，特予查禁。」

嚴格說來，查禁書刊的機構單位，並非只針對著名作家的小說，有些作者自認寫得克制、不踩到禁忌紅線的作品，照樣難逃查禁的處分。例如，有一部題為〈依戀〉的愛情小說，就沒能安全過關。小說的情節很簡單，描寫某對男女於學生時期相識，後來女子嫁到京都某富有的綢緞店家，並生下一個兒子後，丈夫卻驟然亡故了。這時候，夫家卻強勢作為，要把這媳婦匹配給年長自己二十歲的丈夫的堂兄。女子實在不知所措，只好求助於青春時期認識的男子。男子得知這消息，立刻奔向了京都，央求這女人嫁給他，一起逃出這關係複雜的夫家。不料，夫家終於發現了男子跑來京都密會守寡女子的情事，於是將這年輕的寡婦關在綢緞店裡。儘管如此，她依然很想與男子共赴天涯，最後拉著四歲的兒子，躲入了男子下榻的旅店，充分展現女子尋求新生活的渴望。

事實上，該篇小說的作者並非忽略戰爭時局的尺度，他在男女情愛部分的描繪上，顯得相當的謹慎克制，不敢藉此機會大肆渲染。然而，這部小說的題材，終究涉及到通姦的事實，自然難逃筆禍之火撲來。當然，有人發出不平的聲音，未婚男子與喪夫寡婦相惜愛戀有何不可？不過，這看似通情合理的說法，依查禁單位看來，這是不折不扣的小偷竊物的邏輯，決不可能放行！另外，有一部題為〈追憶〉的短篇小說也碰觸到紅線。在小說中，他描寫一名畫家到某遺孀的房間，看見該女子鋪就棉被的動作十分麻利，讓他感到和聯想起那床棉被彷彿正向他散發出誘人的體香。之後，那女子向他坦承，她失去了一個乳房，並揭開自己的胸襟說：「你看，我的乳房一大一小，很奇怪是吧？」雖然畫家忐忑不安地注視著，但在他看來，女子的乳房一點也不怪異，他反而覺得黑色的乳頭，就像發出聲音似的鈴鐺。不用說，依照禁書的嚴格標準，這個情節絕對構成了「傷風敗俗」的要件。但更關鍵的原因在於，這名寡婦還是帝國海軍的遺孀，他們決不容許這種侮辱性的挑釁，哪怕僅止於視覺所及的誘惑。

說到海軍士兵遺孀的外遇事件，這是不容輕易影射的禁區，作家深田久彌（1903-1971，就讀東京帝國大學文學部哲學科時期，因正值「壹日圓書風潮」進入改造社就職）在報上發表的連載小說期間，就遭遇到海軍高層透過管道施壓，其理由很簡單，即「海軍軍官不可能與公車小姐談情說愛」，這惹得反對者訕笑反諷：「若按照這個邏輯，軍人的遺孀根本不可能做愛的……。」與此相似的案例還有〈黯爾〉這部短篇小說。其主要內容描寫在國防婦女會某高官當差的女傭，因於愛上有婦之夫，最後把雇主家庭弄得雞飛狗跳的故事。試想而知，這種與愛國主義和強調社會和諧相牴觸的小說，必然與前述的丹羽文雄的《中年》和林芙美子的《初旅》一樣，注定被打入禁書的名單中。有趣的是，據林芙美子的丈夫事後回憶，當初《初旅》遭到查禁，主因是在書中某篇小說裡，出現了少年自殺的描繪，因為這種情節既不合時宜，又違反善良的社會價值。之後，他不服氣，找來《出版警察報》查閱比對，結果並非這個原因。但話說回來，在言論嚴格管控的年代裡，其實不需任何具體事由，只要認為內容不妥，就逕行查禁抄走了。從這個角度來看，在戰爭時期的日本軍部，他們在認定「不安之書」的尺度，竟然與長期實施戒嚴的臺灣警備總部和調查局政風單位，其禁書目錄的製作有著驚人的相似。這實在不得不令人嘆為觀止。

《細雪》查禁始末

在世界歷史發展的進程中，與其說「禁書」作為烈火聲討和摧毀的對象，毋寧說或許它不合時宜的現身，而且直面地挑戰那個時代威權統治的敏感神經，這恰巧也給自己引來了劫難。因為那種由絕對權力所劃下的紅線，絕不容許有任何人跨越，哪怕作品內容與政治思想批判無關，而僅止於寫些風花雪月，或者對美好生活的追求，在他們看來，這些文字依然具有長久而潛在性的危險，能查禁的斷然查禁，能燒毀的就燒個精光。這個歷史的怪圈卻理所當然地成為「禁書」不可迴避的命運。

谷崎潤一郎的盛名之作《細雪》，於一九四三年《中央公論》新春號開始連載，其後的三月號刊出第二回，以隔月的方式陸續連載這部小說。然而，在第三回文稿清樣完成之時，由於日本陸軍省報導部強行干涉，小說連載就此戛然而止。依照雜誌社的企劃，這部小說原本預定於六月號刊出，卻遭到軍方悍然喊停，使得他們在該期做出編輯部「聲明」來表明出版立場。這份聲明很簡短，「本期預定刊出谷崎潤一郎的長篇小說《細雪》，但審視當前戰局方酣與相關部門要求，其抑或可能帶來某些負面影響，對此敝社殊為遺憾，鑑於自慎自戒之立場，今後決定停止刊載，尚祈諸位讀者諒解！」有關這起風波，時任《中央公論》總編輯畑中繁雄在其《昭和出版鎮壓小史備忘錄》一書中，對這個事件的經緯有詳細說明。他說，與其說《細雪》的內容惹來軍方不悅，原因在於其矛頭是衝著中央公論社和《中央公論》而來的。

自美國與日本開戰以來，陸軍報導部對於新聞媒體的管控更為嚴緊，每個月召集各家雜誌社的總編輯討論戰爭期間雜誌編輯方針和內容，這樣定期會議通稱為「六日會」。一九四四年四月，一名負責雜誌月評職務的陸軍少校，在會議上對《細雪》嚴厲批評道，「目前，正逢戰局嚴峻的時刻，我們更應該自我警惕，但是這小說盡寫些軟弱無能，偏向兒女私情的閒散生活，就我們而言，絕不容許這種小說的出現，而雜誌社加以刊載態度亦不夠謹慎，簡直如漠視戰局袖手旁觀一樣。」翌月的「六日會」，這名少校使出強烈的手段，把四月號刊載的文章和編輯態度視為「反軍行為」，再次就已遭停刊的《細雪》說出重話。他說，「我認為像本期雜誌的文章和小說應當立即停止刊載！」對面這樣的斥令，總編輯畑中繁雄認為，這完全是軍部的施壓手段，知名新聞記者細川嘉六在《改造》月刊發表「世界史的動向與日本」一文，最後卻導致該編輯部所有職員搬風調動，連編輯的方針都被迫「一八〇度轉變」。

確切說來，軍部當局原本即對於《中央公論》的立場甚為反感，這次剛好被逮到見縫插針的機會，又在以國家興亡奉為最高綱領的戰爭時期，他們更有正當理由施以壓迫。谷崎潤一郎在執筆寫作《細雪》之初，從未想過自己會遇上這種事情，但是這並非表示他沒有嗅出彼時特殊的政治氛圍，置身在唯美主義的封閉世界裡。他決定小說在其刊物連載時，曾經對編輯部叮嚀道：「你們確定我這樣寫可以過關嗎？」結果，他不祥的預感果真迎面撲來。看得出他為此禁令的粗暴蠻橫，感到不平與憤懣。後來，他在〈回顧「細雪」〉的文章中，這樣談及當初寫作《細雪》的構想：「……自始至終我盡其所能地寫出《細雪》第一卷，但並非完全不關注那暴風雨般的時代，只悠遊在自己的天地裡。儘管如此，我的小說終究無法倖免於外而遭到（當局）掣肘與波及。例如，那時我只是單純真實地描寫關西地區上流社會和中產階層的日常生活，有些時候難免觸及到『外遇』與『不道德』的場景，但這都沒有違背我寫作這部小說的初衷。」

谷崎潤一郎在這裡提及的「外遇」與「不道德」，類似他於一九二八年發表的小說〈卍〉中那種涉及情色醜聞的內容。然而，在軍國主義風潮正盛的年代，這些享受生活的情愛故事，當然被視為「頹廢的題材」，不但違反軍國時期的主旋律，而且有損害廣大讀者的心靈。在敏感的軍部看來，小說中提及時岡家的生活之所以沒落變調，很大程度是在影射受到「戰爭局勢」的影響。此外，這部小說寫作的時點也大有問題。谷崎潤一郎的《細雪》，執筆始於一九三七年秋天，亦即爆發中日戰爭的那一年，之後，又在一九四一年太平洋戰爭期間，安排小說人物「雪子結婚」的情節，簡直是刻意而為的手法。或許這只是時空上的敏感疊合，正如他在文章中表示，他完全依照原先的情節架構而寫的。不過，在戰事吃緊而草木皆兵的精神幻影下，不只溫雅風流的《細雪》被拿來祭旗，《時尚》雜誌同樣被迫轉向，不可能自外於戰局的邊緣，而必須擔負起報效國家的任務。

《時尚》雜誌創刊於一九三三年十二月，發行地點為多數富豪居住的蘆屋。這份雜誌先在大阪和神戶之間打響名聲，但很快地就奠定了日本全國性的知名度。兩年後，在東京都能買到這份月刊。正如其創刊號的編輯後記指出：「他們的宗旨是將外國的流行服飾資訊介紹給日本國民，若符合時代所需的話，希望大家一起共享時尚的樂趣。」以出版屬性來說，這是一份為時尚同好者創辦的雜誌。它以大阪神戶地區的貴婦和美容師等為主，每個月繳交壹日圓會費，即可收到這份雜誌。該雜誌的特色在於，除了報導流行服飾和各種穿衣姿儀之外，還介紹布爾喬亞階級的享樂趣味。此外，若有舉辦座談會，他們會在內頁刊載與會會員的姓名，以及貴婦丈夫的職業和頭銜。每期在卷頭上都會刊登貴婦和名媛閨秀的照片，這等於直接在宣傳「有閒貴婦們」的品位，她們一直走在時尚的最前端。

然而，隨著日本戰局的惡化，《時尚》雜誌不得不退卻華麗的風光，轉而配合政府當局的政策，每期內容改以報導制定國民服裝的優劣，並提出具體的建言。在那以後，隨著編輯方針的調整，一九三九年十月，改名為《婦女評論》，進而在一九四一年一月，正式納入右翼團體「大政翼贊會」的傘下，又改名為《日本的女性》，徹底扮演起戰爭時期愛國女性的角色，那種揭櫫和守護日本大後方的女性理想形象。換言之，創刊之初以共享時尚摩登的《時尚》趣味，就此明確無誤地退出貴婦們的生活圈了。而在谷崎潤一郎的《細雪》中，藉由時岡姊妹的體態之美與服飾搭配來表現她們的性格，在某種意義上，這種描寫亦是對彼時流行時尚的美學呼應，一種憧憬理想生活形態的鄉愁。

歷經查禁風波以後，谷崎潤一郎仍盼望著《細雪》早日問世。一九四四年七月十五日，在紙張嚴重匱乏的情況下，他自費印製了兩百冊《細雪》上卷，卻碰觸警方的禁忌，等於向取締機構發出挑釁。據谷崎潤一郎回憶，有個自稱兵庫縣的刑警來還上門查訪，那時他剛好有事前往熱海，刑警則威脅家屬說：今後不得再出版這類書籍云云，並要求家屬呈寫交代他外出的經過。事實上，谷崎潤一郎平時即自嘲「要盡可能地與文壇保持距離」，但最後他還是把私家版的《細雪》分贈給親朋好友們，為自己和知己故交留住時代細雪中的歷史註記。這是谷崎潤一郎的堅持，哪怕情勢如何險惡，都要出版自己的作品。不用說，這些私家版的《細雪》已成為研究者必藏的重要版本，哪天它出現在古書拍賣會上，想必是價格不菲。如同我一九九五年在神保町古書店看見三島由紀夫的手稿一樣，一枚有很多塗改字跡的四百字稿紙，售價竟然要二十五萬日圓呢。

話說回來，對收藏家而言，只要他付得起這個價錢，又有欣然擁抱的機會，他應該要行所當行義無反顧的。或許他比任何人都清楚，既然寫作才能很少來自祖先的遺傳，而是老天贈給作家的最佳禮物，自己又無緣領受主宰者的贈禮，那麼透過收藏和閱讀作家的作品，應可以更親近這種寫作精神的。最近，我突然想起上次到東京古舊書展扛書，塞滿了兩只大皮箱，險些超過航空公司的重量限制，回家整理書籍的時候，發現我沒買到十五卷本的《志賀直哉全集》（岩波書店）。在我印象中，依出版年分不同，這套全集售價在一萬五千到三萬五千日圓左右。下次，只要我體力足夠的話，應該把它迎回來的。我的日本文學智庫三國大介說，志賀直哉在其日記的字裡行間流露出的反戰精神，很值得我這個文字礦工業好好挖掘。

出版戰犯與哲學飢渴

研究歷史有很許多方法，藉由文本所承載的時代光影，只要你有足夠的耐性，沒有失去探求真相的好奇，同樣可得到意外的震撼與收穫，我從二戰以後日本的出版史，找到了百家爭鳴和生猛喧囂又歸於精神飢渴的發展軌跡。

根據福島鑄郎的《新版 挖掘戰後雜誌》（洋泉社）一書指出，日本於一九四六至一九四八年，這時期所刊行的雜誌共計七百九十五種，幾乎多到令人眼花撩亂的地步，而且這些大眾性的刊物，多半為色情產業、社會各種犯罪實錄，以及通俗小說的內容。例如：《美貌》、《獵奇》、《犯罪讀物》、《奇譚》、《真實小說》、《真情羅曼史》、《近代讀物》《大眾俱樂部》、《趣味說書》、《娛樂小說》、《浪漫春秋》等等。上述這些雜誌的內頁紙張使用的是再生紙，在品質方面很粗糙，或許因為粗製濫造的緣故，一九四九年以後，出版業極為低迷，這些紛繁而出的雜誌，在這波蕭條的浪潮中被吞沒了。不僅眾多雜誌刊物就此滅亡，出版社也沒法倖免於外。光是一九四八年，就有將近四千六百家出版社宣布倒閉或解散，到了一九五一年，還有大約一九〇〇家出版社黯然倒下。雜誌與出版社的生態，在這短暫的幾年來，出現了如此巨大的變遷。

此外，還有一個重要的政治因素，值得我們考察這段歷史的詭異。一九四六年一月四日，占領日本的聯軍總司令部下達了一道指令：凡具有軍國主義思想、國家主義者，不得在公部門任職，亦即在美國駐軍看來，這些潛在的危險分子都得徹底清除出去。總司令部發言人說得直白，「凡是於戰爭期間煽動軍國主義思想、協助戰爭的出版社，都應當徹底從出版界被驅逐出去。」在這種情況下，隸屬於日本出版協會的左派出版社，他們自組的民主主義出版同志會認為，有必要「肅清出版界」，更指名大日本雄辯會、講談社、主婦之友等七家出版社為戰犯出版社。據當年擔任主婦之友社的女記者土井益子指出，是年一月二十一日，她與該社總編輯本鄉保雄被傳喚到聯軍總司令部。在應訊中，本鄉總編輯情感真摯地說，「如果在戰爭期間協助祖國有罪的話，那麼我們有斷然停刊的打算。」話畢，擔任民間情報局長的達克准將，向他伸出友善之手說，「在這場戰爭的行動中，日本人都試圖在回避責任，但是在這當中，只有《主婦之友》正面坦認錯誤。而要把日本重建起來，正需要像你們這樣的有識之士。所以你們不必考慮停刊的問題，並希望助我們一臂之力。」

然而，出版界內部肅清「戰犯出版社」的風暴並未停歇，追究戰爭責任反而愈演愈烈起來。日本出版協會內的「出版界肅清委員會」把調查訊問的矛頭指向了「A級戰犯出版社——講談社、主婦之友社、家之光協會、旺文社、第一公論社、山海堂、日本社。對此尖銳的詰問，講談社總編輯萱原宏在《我的大眾文壇史》一書回憶道：「末弘嚴太郎擔任委員長，亦即所謂的審判長，各種委員都兼具法官與檢察官的職權。不斷地傳喚新增名單的出版社，儼然一場人民公審的樣子。他們有些判決如同殘酷的死刑。」比方，講談社「必須限縮出版的資本，野間家（社長）的持股比例，限制在百分之三十以內。出版社內務必徹底地民主化，革新編輯機構，出版部門僅能出版幼年、少年、少女、婦女、大眾、娛樂的刊物，不得出版思想類的書籍。」對於這樣的規範，菅原宏在書中提及，「此命令限制出版部門，等同於奪走講談社所有刊行雜誌與單行本的命脈！」主婦之友社被要求「停掉《主婦之友》雜誌，徹底推動出版社內部的民主化。」旺文社則必須停止所有的出版事業，社長赤尾好夫從此退出出版界。肅清出版社的禁令並未就此結束，他們還列舉出「B級戰犯」的名單，包括文藝春秋、新潮社、博文館、雄雞社、養德社、誠文堂新光社等十一家出版社。面對這樣的限縮，講談社、主婦之友社、旺文社等出版同業，便退出日本出版協會，成立了日本自由出版協會。然而，這種不配合的作為，要付出慘重的代價。儘管二次大戰以前，用紙配給制已經實施，在戰後仍然沿續下來。首先，這幾家出版社自一九四六年四月起，有半年時間，即沒能獲准配得印刷紙張，懲罰性的意味自不待言。

對於出版業而言，紙張非常重要，若沒有紙張可印，再好的出版計畫都只能空轉白費，而這也正是戰後日本出版業界遇到的最大難題，如何在用紙缺乏的環境中，突破重圍並綻放出自己的花朵。以出版屬性來說，岩波書店在追究戰爭責任的潮流中，沒有被列在黑名單上，他們出版的一萬種出版書籍，只有三本涉及戰爭的內容。順便指出，雖然用紙情況如此困難，岩波書店仍陸續企劃各種全集出版，其中內文所需的「紙型」扮演著重要功能。據創辦人岩波茂雄其女婿——當時代理社長的小林勇《一本の道》指出：二戰即將結束前夕，一個自家女兒任職於岩波書店的海軍文官，不斷來勸說將「紙型」盡快疏散到鄉下以策安全。「紙型」名符其實是用耐高溫的特殊用紙做的，在書再版之時，將鉛水注入紙型，而製成鉛板印刷。這種製版方式，不用重新排字，還有輕便和易於存放等優點。此外，用紙型複製鉛版，能輕減輕直接用活版印刷對活字的磨損，而且有了紙型，每粒活字就不需要為了印一本書而被長期占住，流動性比較高。小林勇聽從土居的建議，便選定其岳父岩波茂雄的家鄉長野縣諏訪的中洲村。不過，彼時很難找到火車運輸，直到七月十六日，好不容易才得到九節貨車車廂。幾名留守的職員立刻奮力將紙型抬裝上車，到了上諏訪車站，連中學生都出來幫忙，中洲的村民們也前來相助，紙型被存放到禮堂和農戶的倉庫裡。而這些保存完好的紙型，對戰後的岩波書店而言，可以說是難以估量的優勢。

雖然物質艱困的烏雲還籠罩著日本的天空，讀書人對於知識的渴求非但沒有減弱，毋寧說更為旺燃熾熱了起來。一九四七年七月十九日，岩波書店發行《西田幾多郎全集》第一卷，大學生們得知這消息欣喜若狂，於三天前的傍晚開始，自備布毯漏夜排隊要購買「西田幾多郎的哲學著作」。正如上述，由於那時紙張極度匱乏，能夠印刷的冊數有限。小林勇回憶說，「那時只印製了七千冊，已發貨到全國的各書店，無法讓所有來此求購的學生買到。」於是，他事先聲明，岩波書店僅能提供兩百五十冊販售，他們卻依然徹夜排隊沒有退走的意思。他估計現場大約有一千五百百名學生，可說是餐風露宿，卻沒能買到慕求的書籍，他心裡很過意不去。在那以後，岩波書店推出評價甚高的書籍，其店前總是出現大排長龍，惹得附近的消防隊數度給予口頭警告。

其實，這些大學生徹夜排隊買書的現象，在某種程度上正反映出日本知識人的幽微情結——日本戰敗以後，整個社會如天地倒轉了過來，但他們必須從絕望情緒的深淵中掙脫出來，這時西田幾多郎的無的哲學彷彿溫潤的光芒一般，以一種特殊的魅力強烈吸引著他們的閱讀。這是精神世界的探求，而在學生們求購西田哲學的同時，在東京街頭的書店，田村泰次郎的小說《肉體之門》亦賣得暢銷，各種充滿色情和獵奇的雜誌大量湧現，有的多次出創刊號，每次只更換封面和名稱，隨即倒閉停刊的屢見不鮮。以現在的標準看來，這些雜誌的品質確實低劣，但它卻是了解二戰日本社會風俗的重要資料，它提供的面向至今仍具有社會史的意義。而透過這些尋求精神解脫與肉體愉悅的書籍的探索，就我而言，我已幸運地獲得了新穎的視角，以後我將沿著這個線索前進豐富自己的歷史眼光。

抵抗者的光明

前些日子，與詩人何郡閒聊，他說退休後有個夢想，到住家附近的寺院宮廟當廟祝，這種走入普羅群眾的生活，實在很有意思，可某種程度消解民眾的心理障礙，日子簡單樸素踏實，不需像現在的生活，必須穿梭於勞務糾紛與酒宴間的喧囂。更重要的是，這樣的生活方式，更貼近他詩歌創作的位置，他才得以從支離破碎的時間中脫逸出來。能夠在安靜自適的心境中，就是完成對詩歌的承諾。然而，老天對他似乎另有重用，現今還沒有同意放行，繼續用人世間的各種羈絆，試煉他的文學之愛。這是他主觀性的期望，遇上災厄多於幸運的時代，即使你如願投身到佛門淨地，也未必能安然活到終年。因為統治者的心智向來最難以預測，什麼時候掀起政治整肅風暴，連威猛的神明也猜不準，莫名的劫煞隨時強行闖入，輕易地就把受難者送上死亡和苦厄之路。而且同樣在歷史事件的劫難中，名聲較大的受難者，尚有歷史紀錄為其支撐平反，名不見經傳的受難者，只能悲憤鬱結死去，若沒有史學家為其伸張，最後只能求助於沉默的土石來回敘他的生涯了。

一九一〇年五月，日本發生了撼動社會的「大逆事件」，其中最著名的人士，即社會主義運動的先驅者幸德秋水（1871-1911）了。依照當時日本《刑法》七十三條解釋，凡是民眾意圖危害天皇、太皇太后、皇太后、皇后、皇太子、皇太孫，等等作為，即實質構成了「大逆罪」，若是如此，警察和憲兵可逕自舉發或做出裁罰。就統治手段而言，明治政府在撲滅反對陣營方面，很擅長於順風縱火的特別效果。他們捏造罪名指控以幸德秋水為首的激進分子，試圖要暗殺明治天皇云云，其實真正的目的是，藉此機會掃蕩異見動亂，於是展開全國性的逮捕行動，把數百名社會主義者和無政府主義者扔進絞刑台或牢獄，予以一網打盡。在刑度上，其中有二十六人，判以大逆罪，二十四人判處死刑，次日，又改判十二人無期徒刑，兩人有期徒刑。

出於統治者獨裁的基因作崇，他們急於將日本國內的反體制勢力全部剷除，甚至為防犯於未然，成立了「特別高等警察（思想警察）」部門，進而強化對社會主義者及其反體制分子的鎮壓。開篇提及的「大逆事件」的歷史舞台，亦波及到位於紀州（現今和歌山縣）的被歧視的賤民部落，同案被連累的高木顯明的淨泉寺就在那裡，而與著名人士相比，不論生前死後，他的命運荒涼得多，很少人認識他，不記得這個平民和尚的經歷。對我們而言，很難知道那些被貶抑的部落居民的真實處境，或許中上健次的小說作品中的生活圖景與細節，足以彌補這個沒有親臨歷史現場缺憾。

當時，高木顯明擔任和歌山縣新宮的淨土宗淨泉寺的住持，某日，卻無端被指控參與暗殺事件而判處死刑。在他方丈期間，共約有一百八十名信眾，其中一百二十人，為該部落居民。這些居民從事艱苦的活計——開溝挖土或換木屐帶，所得非常的少，但他們仍將這些微薄收入捐獻給了淨泉寺。高木顯明為此感到過意不去，每個月例行為村民們念佛頌經，並協助葬禮事宜。此外，他覺得這樣做還不夠，自行學習按摩的技能，為來到殿內拜佛的老年信眾們按摩舒緩筋骨。諷刺的是，那些遠離世俗權力的佛教信仰，依然無法阻擋國家意識形態的壓境滲透，尤其在日俄戰爭方興未艾之際，位於新宮的各宗派寺院紛紛表態，幾乎全面地祈望日本帝國戰勝，只有高木顯明的淨泉寺清醒自持，以「我佛門聖地不為任何權力祈禱」不予響應，但這等同於與極權主義公然叫板了。簡言之，他所展現的精神姿勢，旋即遭到各宗派的聯合圍剿，從此被視為可惡的賣國賊。

在此之前，有段巧合的插曲，幸德秋水和醫生大石誠之助到過高木顯明所在的部落，並為其信眾們精神講話，嶄新的時代即將到來。大石誠之助是一名有良知的醫生，他經常免費為貧窮的村民治病，高木顯明對他非常感佩，於是，在〈我的社會主義〉一文中，這樣提及：「諸位，我們要誦念南無阿彌陀佛，捨棄貴族般的習氣，不可輕蔑平民，要斬斷生存競爭的妄念，為共同生活奮發努力。如此，誦念南無阿彌陀佛之人，必登上極樂世界。」高木顯明住持如此高遠的胸襟，無怪乎得到部落居民們的敬重。因為居民們知道，他所指的「我們」，並非幸德秋水或大石誠之助二人，而是指「部落共同體」，在貧苦的生活中，只有持誦阿彌陀佛號，才能登上西方淨土。

然而，在思想封閉和極權主義支配的社會裡，人性很容易受到扭曲，高木顯明被捕之後，其妻立即被趕出了淨泉寺，甚至遭到非部落的村民追攆和丟擲石塊，只好避居到名古屋。不過，可想而知她的生活過得艱辛。之後，幾個貧苦的部落居民知道這情況，仍然慷慨解囊為她寄去生活費。在高木顯明住持被捕以後，他的信眾們沒有改變立場，從九一八事變到中日戰爭以及太平洋戰爭，日本全國各地都在宣揚國家體制，家家戶戶設置神龕改奉神道，將以天皇為代表的極權主義推到巔峰的時候，只有這些信眾們堅決抗拒到底。這樣的作為，的確讓日本政府頗為頭疼，儘管他們對這反抗的事實早有所聞。在思想警察發行的機密文件中，一九四〇年六月份《特高月報》即有詳細的記錄：「新宮市永山區亦即需改善地區，共同七十三戶，人口約有三百三十餘名。整個區民全為（淨土）真宗的信徒，堅定信仰阿彌陀佛，因此絕不祭祀其他神佛，目前，確然未見各戶家中置有神龕。」此外，有部落內的日本主義青年同盟的成員指出，正當設置神龕運動如火如荼，這些信眾們不改其志，向他明白表示「我們受教，信仰不可存有二心，專心只念阿彌陀佛，正因為如此，如今要我們改奉其他神明，恐怕無法贊同！」再次展現出不屈服的姿勢。確切地說，《特高月報》作為內務省警保局保安課的內部機密文件，他們監控的對象當然不只淨土宗的組織和信眾，如天理教、大本教等新興宗教團體，基督教色彩濃厚的救世軍，都在其管控之下。換句話說，在本質上，日本內務省的《特高月報》扮演思想統制和擬定對策的功能，堪與前東德的秘密檔案相互輝映。

「大逆事件」審判以後，高木顯明判處死刑並沒有立即執行，而是拘禁在秋田縣監獄的獨居房，經過數年的痛苦折磨，精神狀況每況愈下，一九一四年六月，其妻子大老遠從名古屋來探監，卻告訴他一個壞消息，女兒被賣身到藝妓館了。或許他承受不住這雙重的打擊，當天夜裡，用布塊搓成細條綁在獨居房的鐵條上自縊身亡了。一名平凡篤實與政治意識形態無緣的住持，就這樣被體制的暴力碾成人間的荒煙蔓草了。後來，世俗的律法終於做出判決，雖然它帶有遲至而走味的正義，證明高木顯明確實是冤獄入罪的，直至一九九六年，淨土宗大谷派才給予恢復了名譽。

對於這種歷史災難，我想借用詩人的修辭總結高木顯明的生命際遇：不管是在獲得平反之前或之後，這八十五年來，前淨泉寺的住持高木顯明始終沒有屈服，持續體現抵抗者的精神。他困坐在東北寒冷徹骨的黑牢裡，照樣慷慨地放光，並為當初羞辱和損害過他的同胞們祈福，或許他更堅定相信，光明普照的力量與時間同在，而且永遠有效。令人惋惜的是，他用決絕的自死化為無言的大光明，卻來不及照耀自己。

身為職業作家

高等遊民

在任何時代，立志成為作家和詩人，幾乎都繞不開經濟問題的糾纏。有豐富的物質基礎支撐，就不必為日常三餐奔波，就可以態度從容伏案寫作，若能持之以恆創作，自然有文學成果收穫。這麼說，並非仇商反富，也不是在歧視有錢子弟的作家。有時候，這是命運的安排，順從接受如此挑戰，反而測試出自己有能耐。例如，出身青森的暢銷書新聞記者和作家佐藤紅綠（其女兒即著名作家佐藤愛子，其子音樂家佐藤八郎幼時痛恨其父的慷慨作為，但自己成名後亦繼承父志熱心助友），向來古道熱腸，樂於向生活困乏的作家伸出援手。當時，許多窮苦的文士或詩人，都來到其門下受其照料。詩人福崎士郎夫妻，就是受其溫潤的受惠者。一次黃昏，福崎士郎仰望冬日的夕陽，發出詩意般的感嘆：「啊，貧窮真好啊！」按他這句話來理解，看似簡單卻很深致，亦即由於「窮得一無所有」，「新生的詩歌」才能萌發出來。一種屬於現代版的奇蹟，一種文窮而後工的生命凜然。

當然，如此美談奇事可遇不可求，有其時代的局限性，端看你如何逆轉生活的轉折。極端地說，你要抱怨也行，或者擲出輕蔑的眼神也無妨，重要的是，既然成為一名作家，就必須寫出有價值的作品來，否則最終無助於作家生涯的發展。日本白樺派作家志賀直哉，可能是最常被同時代作家挖苦的對象，拿他出身富貴家庭的背景，作為取笑的談資。一八九〇（明治23）年，志賀直哉就讀學習院初等科二年級，據說家裡擁有五、六萬圓的資產。彼時，成年人每月若有十圓，生活就可過著舒適歡愉。小說家幸田露伴（作家幸田文的父親）擔任報紙的「國會」記者，月薪六十圓。一八九四（明治27）年，夏目金之助（漱石），自東京帝國大學畢業，到高等師範學校擔任教授，年薪四百五十圓，換算下來，每月不到四十圓。翌年，他到位於四國的松山中學任教，其時月薪八十圓，比該校校長的月薪還高，屬於特別的待遇。由此看來，志賀直哉的家裡的確資產富有。

後來，由志賀直哉等青年作家組成的文學團體——白樺派作家，這些出身自貴族學院的文學青年，理所當然被視為「貴公子」俱樂部。出於類似的啟發，夏目漱石在其小說《從此之後》中，藉由主角長井代助的無需為生活苦惱，整日悠閒度日的情狀，創造了一個新詞——高等遊民，來諷刺這好命的閒人。看來夏目漱石很懂得小說家的優勢武器，自創新詞來發宣洩內在的憤懣。但話說回來，儘管這是白樺派作家的真實情況，他們並非軟弱無能的文痞，而是有自己的文學見解。為此，他們隆重宣言「看我們十年後的成果」，這簡短的宣言，無疑在展現他們的文學抱負。順便一提，在白樺派團體中，岸田劉生（1891-1929）是個傑出的畫家，在《日本近代美術史》中，經常引用一幅「麗子像」，正是自出其畫筆。他的女兒麗子五歲開始，即是其畫室中的模特兒，因此他留下許多麗子像。如果讀者對於白樺派作家之外畫家好奇的話，翻閱《岸田劉生全集》，應該可以發現與此相關的線索。畢竟，在文藝思潮風起雲湧的時代，文學及其繪畫的互生關係，似乎是密不可分的。

文學獎這種病

去年十月末，我得空特地到神保町古舊書展參與書蟲們搶書的盛會。那次，運氣真好，發現了一本奇書，而且售價不貴，完全符合愛書人的經濟條件。確切說來，這是一本研究日本文學獎成因背景的專書，內容紮實、立論清晰，資料出處和索引做得完備。從這書的體例來看，即證明作者是學界中人，雖然內容與書腰上頗為生動的文案形成了強烈對比。不過，我仍然要指出，這書籍的行銷很有特點，正因為它吸引眼球的作用，讓我得以從茫茫的書海中快速地發現它的存在。在書中，作者坦承自己是個文學獎狂，很想獲得文學獎來滿足對於名利的欲望，用典雅的修辭說，文學獎的光環可以莊重其社會地位。不料，他多次投稿參加文學獎，卻都鎩羽而歸，經常陷入懷才不遇的苦悶，因此，自嘲似的質疑文學獎評選的公正性。有趣的是，這個負面的心理陰影，卻奇妙地成為催出生這本專書的動力。

雖然，作者在日本各文學獎屢次落選，他畢竟是實力堅強的學者和作家，文學獎最終仍向他發出了微笑，沒有把他完全摒棄門外，至少主辦單位可以說，二〇〇二年，作者以《聖母不在的國度》獲得山多利學藝獎；二〇一〇年，他以小說〈母子寮前〉入圍仰之彌高的芥川文學獎。在日本，某作家的作品只要入圍芥川獎或直木獎，就足以被操作成熱門的話題，順水推舟地為自家的出版品奠定銷暢的利基。我們從文學獎作品作為商品的角度來看，日本出版社的商業操作技術，遠遠比臺灣出版社自視文學獎作品聖地捍衛者的做法來得成熟高超。

我們若接受這個邏輯的話，就必須回答這樣的追問：「那些得到文學獎的作品，果真都是卓越出色之作？在這當中，不存在布局精巧的商業操作嗎？」作者在前言中，翔實地寫出芥川獎與直木獎的正反面向。然而，他終究是不折不扣的日本人，用「文學獎的光與影」的委婉修辭，展開溫和卻較為安全的攻防策略。他說，二〇一二年一月，芥川獎和直木獎評審發布新聞：田中慎彌的《同類相食》和円城塔的《滑稽的蝴蝶》為芥川獎得主；葉室麟的《日本夜蟬記》獲得直木獎。發表這項消息，約莫一個小時後，在東京會館舉行記者會。円城塔的致詞恭謹，田中慎彌的舉止卻有些反常。他身材瘦小穿著西裝領帶，如同普通的公司職員，但當他上台致詞的時候，似乎因醉意醺然站不穩，整個身體左右搖擺。但這並非最受矚目的，而是他這段發言，他說：「我參加了四次全都落選（他第五次入圍），這次本以為拒絕（領獎），其實，我應該說點禮貌性的場面話，可是我不懂拿捏禮節分寸……。我心想，如果氣量狹小的評審委員知道我拒絕領獎，恐怕會當場昏倒，搞得東京都政府雞飛狗跳的話就不妙了。因此，為了都知事閣下和東京都廣大的民眾著想，我願意接受這次頒獎。」毋庸置疑，他這種尖銳的發言，自然成了各方媒體的話題。

記者會結束後，該屆芥川獎評審之一的石原慎太郎，立即宣布辭去了該獎的評審一職。記者追問他，他辭去評審，是否因為田中慎彌發言所致，只見石原慎太郎微笑回答，「這諷刺的說法沒什麼不好。這就是作家的本色呀。」結果，這場醉後掀起的發言餘波，很快地使得主角田中慎彌由集英社出版的得獎作品《同類相食》被推上暢銷書排行榜，據說售出了二十萬餘冊。與此屆芥川獎相比，二〇一一年上半年度芥川獎得主西村賢太的發言也引起了騷動。西村賢太只有中學畢業，體型肥胖，在記者會上微笑地說：「我原本以為沒有得獎可能，心想應該到性產業找個差事……」。同樣的，這般發言旋即在網路上引來熱烈討論，許多外型「不受青睞」的群體，將西村賢太視為英雄，順著這股浪潮推湧，西村賢太的得獎作品《苦役列車》成了當紅的暢銷售。

事實上，在此之前許多芥川獎得獎作品都曾經登上暢銷書的金榜。石原慎太郎《太陽的季節》（一九五六年二十五萬冊）、庄司薫《注意紅頭巾》（一九六九年一百六十萬冊）、村上龍《近似無限透明的藍》（一九七六年一百萬冊）、唐十郎《佐川君來信》（一九八三年四十五萬冊）、平野啟一郎《日蝕》（一九九九年四十萬冊）、綿矢莉莎《欠踹的背影》（二〇〇四年一百一十萬冊）等等。這些書籍的暢銷數字的確引來矚目，而且還沒包括在那以後改由文庫本繼續熱銷的數字，累計的銷售冊數可能更多。但話說回來，這些轟轟烈烈的銷售數字，畢竟是我們從新聞廣告得知的，出版社很可能浮報誇大，藉這機會刺激買氣，真正知道實銷數量的恐怕只有作者和出版業界了。

直木獎的得獎作品並非與暢銷書無緣，但銷售數量不及芥川獎得獎作品來得暢銷。這樣看來，只有青島幸男《塞翁失馬》是個例外。其中很大原因在於，青島幸男當時為電視演員和國會議員的身分，這些顯要的社會位置同樣有促進書籍銷售的作用。例如，佐藤得二《女人戰役》一書，一度登上暢銷書排行榜，據說頂多一萬冊左右。姑且不提芥川獎與直木獎的文學表現，它們在銷售數字上出現如此落差，作品內容的新奇或聳動性或話題操作亦是關鍵因素。例如，唐十郎《佐川君來信》這部小說的內容足以震撼社會底盤，他取材自日本男子佐川一政在巴黎犯下分屍荷蘭女子食其肉的變態凶案。另外，芥川獎得主的年齡亦是可操作的話題。一九九六年芥川獎的得主丸山健二，當時只二十三歲，他的得獎為日漸低迷的芥川獎作品市場提振不少新的活力。其後，芥川獎又出現了比丸山健二更年輕的作家，也就是前述的女作家綿矢莉莎。當年，她以十九歲的才華青春之姿，得到諸多日本作家極其渴慕的芥川獎，不用說立即引起了各方報導。

回到人性的立場來看，不論在日本和臺灣的情況相同，每個作家都希望取得各種文學獎的殊榮，大多數的讀者都很敬仰各種文學獎作家，衷心認為凡是得到文學獎的作家，其作品必是超凡絕頂，他們摘得文學桂冠即是最佳的證明。不過，善良的讀者或許不敢想像，有些得獎作家的文章寫得不高明，有時要寫出一篇通達流暢的文章都有困難，甚至需要出版社編輯的巧妙潤改，這向來是不可言說的秘密。依我的理解，追求文學獎既不是壞事，也不是絕對的好事。它就是一個寫作者投稿參加比賽，勝出者的作品順理成章地成為書市的文學商品，然後看其往後的銷售數字起伏而已。它一旦作為商品進入市場流通，就與銷售服飾、家庭用品和甜點麵包無異，差別在於品項的歸類而已。

對於走到極端的渴求者而言，文學獎就是一種病，一種不斷向他心靈侵蝕的疾病。據熟悉文壇內情的人士透露，某成名的臺灣作家已經得到許多文學獎了，可他依然繼續投稿各大文學獎，似乎樂此不疲。好吧，上次他不幸被刷掉，下次他就更改篇名再投，弄得認知這位作家征戰經歷的評審們，只看到其大名就如同地雷擺在桌前似的。話說回來，有些作家得到文學獎以後，便寫不出更好的作品來，隨著時間的推移，文學史還沒有抹掉其位置，其就因荒廢筆耕自行消失文壇荒原上了。但如果我們換個角度，重新定義文學獎這種病症，或許是有起死回生的機會。直白地說，文學獎的取得並非寫作上的峰頂，它似乎只作為前進方向的起點，而且沒有路標指示終點，若能這樣看待的話，體證者至少不致於被名利的犯罪集團惡意綁架，還能從容地享受寫作時原有的愉悅狀態，而真正地超越和克服文學獎這種不斷變種的疾病。

大眾作家的本領

每個時代的作家在刻苦練就出寫作的技能以前，一旦被投入書籍出版的市場，無論是否充分意識到其自身在資本主義社會中的位置，他們都繞不開這樣的共榮共生關係——作家（生產者）、讀者（消費者）、評論家（推廣者）和出版社（仲介者）。從文學作為商品的角度而言，普通讀者多半還沒能自信地選購圖書，找到自己的閱讀回味，而這個任務便落在評論家的肩上。他們透過書評精采的導引，自然更能強化欲讀為快的原始動力。正因為如此，書評的專業化成為時代所需並發揮著重要的作用。

當然，有書評家的鼎力促銷，應可帶動買氣，改善作家的版稅收入，但是，這並非萬靈丹，大眾作家若想以賣文謀生，還必須有卓越的能耐做後盾，與時俱進地研發新的寫作題材，隨時讓讀者感受閱讀的樂趣，並提供嶄新廣闊的面向才行。換句話說，那種幼稚單調而同義反複的出版品，很容易掉入自己挖掘的深坑，倘若曾經造成搶讀的現象，也只是一時幸運而已。毋寧說，這種故步自封的作品，原本就注定壽命短促，尤其在書市每況愈下讀者遠離紙質書的時代，更沒有僥倖的生存空間，因而遭到淘汰，不稀奇也不可惜。

我們回顧早期日本大眾作家以筆桿奮戰的歷史，雖然有年代上的距離，但同樣可感受到他們為獲取稿費所展現的精神姿態。根據日本出版史資料顯示，直到一八一〇年以後，日本作家總算有稿費的收入。當時，以《南總里見八犬傳》享譽文壇的曲亭馬琴（1768-1848）和以通俗小說與浮世繪畫師聞名的山東京傳（1761-1816）二人，最先打開了時代的大門。依照文學評論家荒正人（1913-1979，著有《第二青春》及《夏目漱石研究年表》）的說法，換算成一九六五年左右的薪資標準，他們的年收入約莫四十萬日圓，亦即不做其他副業亦可維持生計。顯然，這樣的所得雖然以糊口，但是還不夠豐厚，難怪彼時與森鷗外（1862-1922）、幸田露伴（1867-1947）齊名的小說家和評論家齊藤綠雨（1867-1904），不禁要慼嘆「筷子成雙，筆桿孤支，終究寡不敵眾啊！」甚至連著名小說家和翻譯家二葉亭四迷（1864-1909），在〈我半生的懺悔〉一文中，也用自虐似的措辭說，「……我絕不可淪為啃老族，必須自立自強，不可仰仗別人施恩。然而，這種境況使我更想得到更多金錢，問題是，我愈是需錢孔急，就非得編寫小說不可，但這樣做有損於對藝術的忠誠。嚴格地說，這如同掛羊頭賣狗肉的勾當，是不折不扣的詐騙行為。這的確讓我們作家進退兩難。」

然而，在基督教思想家內村鑑三（1861-1930）看來，他並不如此悲觀負面，反而堅持認為「那些貌似視金錢如糞土的人，才是粗俗的貪財之輩。」當初，進入《朝日新聞》工作的夏目漱石，不像二葉亭四迷那樣自我責難，倒是留下了暢懷自得的名言。他說，「如果報社是營生的行當，那麼興辦大學也與做生意無異。而沒有這些行當的話，就不需要教授和博士這些職位頭銜了。……事實上，它們之間的差別，只在於個人或店家的營業性質而已。」此外，夏目漱石與《朝日新聞》簽下合約，除了每個月領取二百圓的薪酬之外，還必須每年在該報上執筆連載一百篇次左右的長篇小說。他的意思是，自己既為報社的員工，就有義務在自家報紙上連載長篇小說，報社若是營利機構的話，他這個小說家亦是憑藉筆桿在討生活。

另外，我們從作家的日記或信件往來、書籍以及文人互訪等貴重的資料，有時可以窺見他們真實生活的面向，進而探知到他們每日的生活開支。例如，慶應大學的創立者及其思想家福澤諭吉（1834-1901），在其岩波版的全集中，就收錄了其記載詳細的賬目。或許日本作家的情況較為特殊的緣故，他們往往在書信裡意外留下借貸或還款展延的記錄。有的作家由於被錢逼得走投無路，因而性情丕變，用嚴厲的措辭向對方催款。在明治時代以後，憑藉寫作維生的作家，幾乎都未能成功地擺脫為錢所苦的糾纏。必須指出，日本近代作家的待遇獲得真正的改善，尾崎紅葉（1867-1903）和菊池寬（1888-1948）這兩位作家貢獻最大。比方，尾崎紅葉自主性地推動文化媒介活動，於一八八五年，與山田美妙、石橋思案、丸岡九華等作家，組成了「硯友社」文學團體。同年五月，刊行「我樂多文庫」文藝雜誌，這使得其同好和門生有發表作品的園地。一八八九年末，尾崎紅葉任職於《讀賣新聞》報社，月薪一百圓，儘管如此，那是他在該報文藝副刊最輝煌的時期。而他這些實質的做法，確然改善其他作家的待遇。只是，當時他頂著文學大師的光環，使其文學活動蒙上些倚老稱王的封建色彩，不同於夏目漱石和內村鑑三等作家，字裡行間洋溢著近代的市民精神。

確切說來，直到日俄戰爭以後，日本小說家才得以依靠手中的筆桿維持生計。這與當時的社會情境有緊密關聯，那時日本出版業在全力清除舊時代的包袱，奮力迎頭趕上近代化的進程，這相對推進了作家的寫作潛能。一九〇〇年三月，日本制定了劃時代的著作權法，六家大規模的經銷商整備完成，此外，隨著印刷技術日新月異提升、交通運輸便捷、紙張供應充足、廣告細緻到位，無不呈現出資本主義的蓬勃朝氣來。這些不可忽視的重要影響，使得作家的職業道路比以前更為寬廣，亦是大時代慷慨賜予的機遇。一九二六年，菊池寛（1888-1948）率領《文藝春秋》雜誌的作家群，開始大放異彩，並在媒體業界占有重要位置。那時約莫與改造社出版《現代日本文學全集》同個時期。在那個年代，家庭擁有自用車的比率非常少。不過，對多產作家而言，卻是好處多於壞處，他們有辦法以寫作「商品化的文藝作品」換取自用汽車，進而享受現代化的舒適生活。一九二七年，大眾作家白井喬二（1889-1980）就有財力購置自用車，之後，小說家直木三十五（1891-1934）也跟進買車，他逝世以後，自用車才轉由菊池寛保管。按照當時的行情，小說家里見弴（1888-1983）在《東京日日新聞》上連載《多情佛心》，每次稿費大約四十日圓，以四百字稿紙三枚計之，每枚稿費就值十餘日圓。這些稿費在昭和元年以後，是其他作家望塵莫及的高額。直到一九二八年，日本文藝作家協會和出版社共同決定出每枚稿紙的最低稿費，《國王》雜誌仍維持每枚稿費十日圓，而或許有些大眾作家也拿這樣的稿費。

不過，這種狀況只持續到太平洋戰爭結束，原因在於國家文化統制的直接干預，重挫了文學商品化的發展。所有的文學活動全被納進了政府部門的管控之下，歌功頌德的文本得到更多的刊載，相反地，那些批判和嘲謔時局的小說或文章，經過審查之後，依內容情況有的直接用筆塗黑劃線不給讀出，要不就是刪減或查禁。有趣的是，遇到封鎖前路的文藝作品，亦像在絕地求生般的諸多物種一樣，在美國結束占領期以後，大眾文學立即乘上媒體當道的浪潮，朝商品化的閱讀汪洋中加速前進。而經過這樣的衝撞和反抗，大眾文學與純文學已經分道揚鑣，為各自贏得更多的讀者努力，良性的競爭自然結出文化善果，日本現代文學的基本路線，便是這樣茁壯形成的。今天，當我們閱讀日本大眾文學所展現的豐富特性，有必要再次把目光投向這大眾文化史演變的歷程。從這個意義上說，大眾作家不再成為商品的奴隸了，而是生產商品的主人。在這時代潮流之下，作家是否能成功解決作品通俗化的問題，並期許自己的作品兼具思想性與藝術性，幾乎全取決於他的稟賦和奮戰不懈。借用知識社會學的說法：一個堅忍不拔的人，奇蹟自然會發生。與此同時，這也宛如一種嚴峻的測試，就是要嚴謹地測驗大眾作家的真正本領。

作家的條件

日前，隨興翻閱日本文壇發展史，發現福士幸次郎（1899-1946）的生平經歷很有意思。這個出身日本青森縣的詩人，其志願和文學抱負果真與眾不同，因為他從小就立志成為「詩人」，我心想，在現今世俗的社會裡，如果把詩人列為一種行業的話，那麼它必定屬於顯在的而高風險的失業者，儘管只有文學共和國的成員才認同這是崇高的志業！然而，立志和宏願串聯起來，力量不可輕忽。後來，他發揮著聰穎的稟賦，成為一名傑出的詩人，出版過詩集《太陽之子》，同時，他亦是日本口語體詩的先驅詩人。此外，他還翻譯過法國作家維克多．雨果的長詩和戲劇，徹底地把寫詩和譯詩完全融入自己的文學生命裡。

我之所以引述這個事例，是因為我也有過類似的想法。在我九歲那年，我突然興起了將來成為作家的念頭。那種感覺很奇妙，具體地說，如果擁有作家的筆力，即能盡情地寫出自己所建構的世界，那是一種極其解放的自由態度，因為透過思考與書寫就能享受莫大的喜悅。儘管有些時候我亦追問自己：「為什麼要成為作家呢？當上作家又能做什麼？與各種文學獎的輝煌背道而馳，你真能在寫作狀態中圓滿自己嗎？」過了中年以後，我已經能從容自信地看待這個問題了，它不再構成我的心理障礙，反而使我洞察某些道理，我如何在有限的時間裡，戮力完成此生所肩負的任務。雖然我很快地發現要實現這個理想，比想像中還困難百倍。於我而言，嚴肅的寫作是一種不確定的創作，而要練就用自己的語言，恰如其分地描述我所體會的經驗世界，若沒有堅韌的意志和長期努力做支撐，這些自以為是自視甚高的美麗新世界，最後結局都將淪為空想主義者的范特西（Fantasy）了。相反地，作家寫作若只是不斷的自我重複，自始至終在淺薄和空泛的層面徘徊，照樣能獲得出書的機會，我寧可睡覺也不寫作，無法違心地把過眼輕煙偽裝成昨日的青雲。

舉例而言，日本著名文學評論家安岡章太郎（1920-2013），在隨筆集《戰後文學放浪記》中，就談到這個無法輕易擺脫的困境。他於一九五三年夏天，以〈壞朋友〉和〈半喜半憂〉兩篇小說摘下第二十九屆芥川獎。當時，對於過著清貧生活的他，這筆五萬日圓獎金頗為可觀，又獲贈一只奧米茄鑲金的懷錶。然而，這筆獎金一個月內即告用罄了，他頓時覺得這只金錶放在賃租的兩坪半房間，似乎與自己的身分不符，尤其每次聽見其滴嗒滴嗒的響聲，宛如不分晝夜在責備他似的，於是，某日他索性將它送給從家鄉來東京探訪的父親。

根據他的回憶，他提不起精神寫稿，並非困頓於獎金和金錶的壓力，而是他想寫的東西幾近油盡燈枯了。當時，許多文藝雜誌每年都推出若干新銳作家的特輯，在這股風潮的激勵下，他總能寫出些作品來，例如，他獲頒芥川獎之前，勤奮地寫了十部短篇小說，但嚴格說來，此時他的文思已如被擰乾的抹布，很難再擠出丁點水來。而且，他只有這樣的產能即感到筋疲力竭，絕對無法成為頂尖的職業作家。想到這裡，他便自我惕厲起來，要求自己每個月寫個一萬多字的短篇小說，可是實在想不出有什麼東西可寫。他反省並自承寫不出來的原因，很可能是受限於同樣的敘述模式，使得僵化到沒有新意的湧現。他試著突破這個困境，嘗試向長篇小說挑戰。然而，真要創作長篇小說，他又不知要寫什麼內容。

直到一九五四至一九五六年左右，他時常在腦海中聽見有個聲音對他說：「你要出人頭地，就要寫長篇小說！」剛好，那時候新潮社有個企劃案，想把中堅和新銳作家剛完成的長篇小說以叢書系列出版，他幸運地被列入這份名單中，出版社還給他十萬日圓預付款。以當時的物質水準，十萬日圓算是巨款了，問題是，他在兩三個月內即全部花光了。所謂在商言商，新潮社既然預付版稅邀請作家寫稿，責任編輯理所當然要徹底執行，沒有半點曖昧和模糊的空間，頂多在於催稿技巧的差異而已。一天，責任編輯上門探查，他一如往常使出這樣的伎倆：每次，他總是佯裝全神貫注在構思長篇小說，然後當場告知編輯撰寫的小說內容，編輯聽完後即轉身走人。後來，這個招術也不見效了，他連當場憑空瞎編的靈感一併枯竭了，他實在想不出脫身之策，只好將手伸向火缽取暖，望著窗外若無其事地說：「哎呀，今天天氣真好啊！」只見責任編輯沒有半絲笑容，而是神情嚴肅地回答：「是啊，好天氣最適合寫稿了。」也許這個後遺症使然，從那以後，他只要聽見「長篇小說」

四字就覺得壓力山大了。他感嘆著說，要紮紮實實地創作出十幾萬字的長篇小說，委實不容易，他甚至懷疑自己原本就缺乏創作長篇小說的才能。當時，與他同為第三新人世代的作家——吉行淳之介、庄野潤三、小島信夫、遠藤周作、近藤啟太郎等作家，最先都是以短篇小說作家登上文壇的，後來除了小島信夫和遠藤周作，其他同世代的作家似乎都不擅長寫作長篇小說。

在他有感於寫作小說的種種困難，想起了文壇前輩作家的真言：「寫作有如每日步行一樣，每天不寫稿精進的話，就會愈覺筆枯寫不出來。」的確，在日本，有些作家得到芥川獎以後，卻寫不出作品來。從實力原則來看，曇花一現的芥川獎作家，與常有新作出版的直木獎作家相比似乎遜色得多。此外，在該書中，他提到向前輩作家借鑒，如永井荷風在「小說技法」中提及：「讀書在於閑暇，有志成為小說家者，應先自知有無稟賦，考量自身之境遇。若需扶養家眷的不幸之人，即使自視天縱英才，亦切勿圖想成為職業小說家。小說乃卑俗之物，可視為遊戲雜技。」事實上，熟知永井荷風的讀者都知道，他勤於筆耕和深入生活底層，與當時的文友交誼甚篤，留下豐富多姿的作品，正反映其持續以志的寫作精神。就我對後文脈絡的理解，永井荷風其略顯自嘲意味的重點在於，讀書對於作家很重要，但若沒有這個環境和條件，應當從深刻的社會觀察中獲得寫作的材料，或說介入生活中來獲取創作的源泉。當然，更關鍵的是，必須具有不畏繁瑣的毅力，以滴水穿石的耐性面對漫長苦鬥的文字生涯。

在這方面，推理小說泰斗松本清張（1909-1992）亦有同感，或者說其實這即是職業作家的底氣與品質。在一次受訪中，編輯問他如何方能成為稱職的作家時，他如此說道：「所謂作家即面對桌前的稿紙，他能堅定到什麼程度持續寫作……」我接續並演繹這句話：「所謂作家必須有坐扁屁股的覺悟，寫到下肢血液循環不良都在所不辭。」由此，我欣然想起二〇〇〇年左右，沖繩作家大城立裕（1925-）和又吉榮喜（1947-）兩位芥川獎得主來臺北參加研究會的情景。大城立裕經歷高中教師後，轉任沖繩縣政府公務員。他於一九六七年以《雞尾酒會》獲得芥川獎，之後同樣地勤奮寫作，尤其在琉球歷史小說方面成績斐然。那次，我好奇探問他：「您如何在朝九晚五的公務員生活中，持續保有豐沛的創作量？」他的譬喻很有意思：「總結地說，零加零等於零，再怎樣亦無法累加出更多。我沒什麼特別的能力，可是我每天持續寫著，從來不嫌少，哪怕那天只寫出兩三百個字來，順利的話還能寫個五六百字。三十年來，我這樣持續不停地寫作。」正因為他終生貫徹這樣的寫作信念，二〇〇二年東京的勉誠出版社刊印《大城立裕全集》（全十三卷），可說是對此作家著作生涯的肯定。那一次，我還直言詢問同行的小說家又吉榮喜的寫作狀態。據他表示，在他得到芥川獎數年後，辭掉原先圖書館館員的工作全力成為職業小說家。他說，要求自己每年必須寫出三部小說，以之後版稅所得來說，仍少於公務員時代的年度所得。但是，他仍朝著這個方向努力前進。由此看來，在日本想牢靠而優雅地捧住職業作家的飯碗，真是不容易！

十餘年前，在一個場合上，與旅日作家黃文雄（1938-）聊談，他的臺灣歷史寫作成果豐多，在日本享受很高的知名度，他亦是大量閱讀和勤奮寫作的作家。或許那次他有感於年紀漸多，但他仍不減豪情地對我說：「邱君啊，（咱們）作家可沒資格談退休的呀。」我深知並領會他的話意，但我更願意把這句金言推到極致的巔峰：「是啊，咱們臺灣作家不但不能退休，還必須寫到至死方休（用骨頭打鼓）。」我這樣提醒自己的同時，突然卻被這擅自激越的比興喚起，因為倒臥在血泊中的臺灣作家鍾理和正體現出這種高貴的生命姿態，亦是這種典範精神的最高體現。我又想，實際上，現今想成為出書產能的作家不難，但是那種為寫作志業而九死不悔的作家，並非具備既成通才的條件可實現的了，它是一種無法度量的價值。我深深認為，那種由價值理性映照出來的輝煌特別透遠，至少我已經依循它的耀然照亮了我心中的幽谷。

夏目漱石與志賀直哉

有志於寫作的小說家，幾乎都有個美好夢想，不僅要寫得出精采的短篇小說，哪天若能完成夙願的長篇小說，將是寫作生涯中最值得記念的路標之一。這是一種由深切期許所散發出來的誘惑，正如熱帶叢林裡臨近熟爛的果實一樣，用無從抗拒的氣味吸引你來採摘。然而，要獲致這樣的果實，有些時候看似容易，即使你已練就了爬樹技巧，但是能否順利摘得，又是個未知數，因為最終很可能以眼高手低的嘆息收場。

在日本文壇中，評論家把文風簡練的志賀直哉（1883-1971）封為小說之神，其獨特的寫實主義筆觸，為後代作家及其追隨者很多啟發。然而，在他寫出著名長篇小說《暗夜行路》以前，在小說寫作上，並非一帆風順。一九一四年，他發表了短篇小說〈清兵衛與葫蘆〉，同年，其小說門師夏目漱石，開始於《東京朝日新聞》連載小說《心》。出於業師的提攜之情，夏目漱石邀請志賀直哉在該報紙撰寫連載小說，志賀直哉一度應允，不過後來拒絕了。他之所以做出辭退是有其原因的。根據他的回述，儘管他之前寫過幾部「珠璣般的短篇小說」，尚得到些好評，但他再三考慮擔心自己恐怕無法勝任新聞連載小說的重任。確切地說，他並不擅長寫作長篇小說，所以直接向業師坦承自己的局限，反而來得坦然與釋懷。以他的寫作歷程而言，只寫過一部長篇小說《暗夜行路》，在那以後，很想再寫出這樣的長篇小說來，結果卻沒能雄風再起。

從爭取世俗名利的立場來看，任何一個小說家，若能夠在《東京朝日新聞》上撰寫連載小說，無疑是鯉躍龍門的最佳跳板。試想每天有成千上萬的讀者，捧著報紙閱讀自己的小說，那種成就感決非詞語所能表達的。不止如此，作者的名聲很快就會紅遍所有公眾的視野，在大眾讀物尚不發達的年代，誰要是站在這媒新聞傳媒的高峰上，等同於橫空出世的高手。當年，自然主義的小說健將島崎藤村（1872-1943）與志賀直哉的做法相反，他透過各種關係運作，終於成功上壘，其小說《春》正式取得在《東京朝日新聞》連載的機會，有了這廣大舞台的披露，他果真迅即成為文壇的紅人了。

然而，畢竟是夏目漱石最能理解志賀直哉的寫作信念。夏目漱石在〈有關直哉的作品風格〉一文中說，「他是個忠於藝術至上的作家，自己若沒能寫出滿意的作品，絕對不公開於世。」這個評言應該相當客觀。進一步地說，志賀直哉拒絕出名的機會需要很大的勇氣，其實亦反映出他淡泊名利的性格，比起在文壇上博得美名，他更在乎的是如何寫出滿意的作品來。當然，並非每個作家都抱持這種想法。頹廢派作家太宰治（1909-1948）就非常渴望獲致文學獎的光環。他投稿小說參加《芥川獎》甄選，第一次和第三次，僅僅登上入圍名單，最後卻未能奪得桂冠，因此他強烈地認為，擔任此獎評審的川端康成和佐藤春夫並不公允，使得他後來寫信措辭嚴厲地批評他們，又添了一筆文人相輕的事例。但反過來說，這並非在完全否定名聲的積極作用，有些小說家採取逆向思考來看待寫作的事情：為了寫出更好的作品，獲取名聲就是最佳原動力。不過，這個因文學獎項的升落起伏，的確在當時的文壇上掀起了一陣波瀾。

根據文學評論家指出，夏目漱石向志賀直哉發出邀請撰寫連載小說之時，他的《心》連載即將結束，他沒有事先告知志賀直哉，接下來要由他接棒續寫，並希望其門生能夠「回心轉意」。然而，志賀直哉還是於翌日捎信給業師婉拒了，深深覺得這將給業師造成困擾和辜負提拔的情份。或許這件事情的緣故，志賀直哉寫出短篇小說〈在城崎〉之前，整整三年時間，沒有寫出任何作品。他始終認為，寫不出來的時候，就擱筆下來，這樣沒什麼不好。正如他在〈在沓掛——答芥川君〉一文中，回應芥川龍之介的「我們何不像動物冬眠那樣停筆一兩年如何？」。然而，對於為生活壓得喘不過氣來、深受時代不安所折磨的芥川龍之介，卻不敢苟同，他回答說：「我可沒像你這麼好身命呢！」由此看來，小說家堅持寫出最佳的作品，除了上天特贈給他的寫作才華之外，還必須有穩固的經濟基礎做支撐，這樣在小說創作的路上，應該可以走得更遠些。

順帶一提，山崎豐子的小說連載很厲害。臺灣作家的大河小說——鍾肇政的《臺灣人三部曲》李喬的《寒夜三部曲》、東方白的《浪滔沙》，亦無不在見證和重現臺灣人和臺灣歷史的精神印跡。

作家與市場

在美國本土開花

如果說，歷史的命運向來是不可預測的，那麼對業餘的讀者而言，歷史中的出其不意，或者主體話語權的逆轉和易位，可能是最能震醒閱讀睡魔的清涼劑了。

一九五一年，道格拉斯．麥克阿瑟從日本的聯軍總司令部（GHQ）被召回美國，九月八日，代表美國政府在舊金山簽訂了《美日安保條約與和平協定》，為二次大戰後美國與日本的政治同盟關係，打下了更穩固的基礎。簡單地說，美國結束對日本的占領的同時，作為戰敗國的日本，也在此時從挫敗的陰影中走了出來，之前那些具有代表性的日本傳統文化和藝術，隨著日本社會和平穩定時期的到來，以一種神奇的力量，進入了美國人的閱讀視野，蔚為流行的風潮。例如，同年，日本電影《羅生門》在法國坎城獲頒大獎之後，美國人更為之注目。早在一九四八年，美國記者馬克．蓋恩（Mark Gayn）詳細記載美國對日政策秘辛的名著《日本日記》（*Japan Diary*）出版後，不但在美國廣為流傳，又在日本成為暢銷書。就在這一年，小說家諾曼．梅勒（Norman Mailer）創作了兩部有關占領軍在日本的小說《紙屋》（*Paper House*）、《人的語言》（*The Language of Men*），引起了很大的轟動。維恩．J．斯奈德（Vern J．Sneider）寫出美國駐軍與沖繩居民交往的奇特故事《秋月茶室》

（*Tea House Of August Moon*），被改編成劇本後頗為流行。這部劇作被選為一九五三至一九五四年度最佳劇本。兩年以後，又出現了電影劇本。此外，由詹姆士・米切納（James Michener）描寫美國士兵與日本女性的愛情小說《再見》（*Sayonara*），受到讀者的青睞。

在這些年當中，雷克羅斯、金斯堡、史耐德以及後來被稱為「垮掉的一代」的詩人們，聚集在舊金山城內外，使得這國際性的城市更具文化特色。日本的情況也活躍起來，許多軍用和商用船隻停泊和進出橫濱、神戶、佐世堡、橫須賀等港口，Reginald Blyth 的四卷本《俳句》，如同商品似的運抵了美國。這套書發揮著積極作用，並給諸如金斯堡、理查・賴特等美國詩人很大的啟迪。之後，由美國的日本學專家論述日本茶道、插花、禪宗、能樂和民俗的著作，也陸續出版刊行，可以視為美國專家已經從較為客觀的立場上，來表達和加深對日本文化底蘊的闡釋。如賴孝和（Edwin O Reischauer）的《日本：過去與現在》（*Japan: Past and Present*）、《美國與日本》（*The United States and Japan*）、約翰・霍爾（John Hall）的《日本歷史：日史研究和參考資料指南》（*Japanese History: A Guide to Japanese Reference and Research Materials*）和唐納德・金（Donald Keene）的《日本文學導論——寫給西方的讀者》（*Japanese Literature: An Introduction For Western Readers*），在某些大學裡開設介紹日本文化的課程，語言學家編寫日語教學的新教材。然而，這些探討日本文化藝術的現象，多半局限在美國專家和大學院校的範圍，並未成為大眾廣泛關注的焦點。

因此，對日本而言，一九五六年十二月十二日，或許是其歷史命運的轉折點。這一年，日本正式成為聯合國會員國，作為國際政治社會的成員，並恢復正常國家的地位，它不再是個戰敗廢墟中的三等國家。在這股國際潮流的趨勢下，日本文化的特色逐漸受到了重視，熱衷引介日本文學的美國人和英國人，包括日本人，他們開始翻譯日本文學向世界各國傳播。以塞登斯蒂克為例，他（Seidensticker）翻譯川端康成的《雪國》（*Snow Country*），發表於一九五六年，夏目漱石的《心》（*Kokoro*）一九五七年出版了新譯本。日本文學翻譯家二宮尊道和恩萊特（D. J. Enright）所譯的《當代日本詩歌》（*The Poetry of Living Japan*）也於一九五七年出版。以後，二十年來對美國詩人影響最深的兩部論述俳句的專著正式登場，亦即由日裔美國人安田健一郎所寫的《日本俳句：其基本特質和歷史及英文示例》（*Japanese Haiku.: Its Essential Nature,and Possibility in English with Examples*；注：這亦是他於一九五六年取得東京大學文學博士學位的論文「俳句の本質とその詩的意図」）和哈羅德·漢德森的《俳句導論》（*Introduction to Haiku*）。必須指出，以在美國出生的安田健一郎的學術背景，頗具文化傳遞的意義了。二戰結束之後，他到日本留學，與作家久米正雄和川端康成等鎌倉文庫的文士們，互有深切的友誼。古典詩集《萬葉集》的英譯本，正是出自安田健一郎的譯筆。換句話說，擁抱戰敗的日本的文藝之樹，經由愛好日本歷史文化的專家和學者不知疲勞的付出與傳播，這次終於越過浩瀚而沒有砲聲和煙硝的太平洋，以文化的高度進入美國大眾的精神領域上，伸出自由的枝葉而且開花了。就這意義層面來看，這些譯本作為獨立的生命體，自己的意志已然確立，它們不但越境到了美國本土，而且似乎也在回應日本國歌《君之代》後半段的歌詞那樣：「……直到小石變巨岩，直到巨岩長青苔」的韌性。

日本暢銷書社會學

從任何時代來看，暢銷書是如何煉成的，永遠是個熱門探求的話題。具體地說，暢銷書是經濟交換的物，觀念之舟的載體，並作為匠人的產品——經歷出版商、編輯、紙張、油墨、印刷、裁刀、裝訂、書籍流通等等過程，其實，在某種程度上，亦在揭示那個時代的社會狀況。只是，這種現象是很弔詭的，有時令人無法預測，有時就算砸下大把宣傳費用，藉此賣力拉抬炒作，最終未必都能以成功收場，因為這其中還包括各種偶然性和不確定因素。然而，不可否認的是，有些作家成為時代的寵兒，就是時代潮流造就出來的。

眾所周知，日本於一九二〇年代中期新聞媒體和大眾文化開始興盛起來，電影、聽賞唱片和收音機等娛樂活動，快速而深刻改變了日本人的生活形態。例如，當時，電視上宣布昭和天皇即位大典將在京都舉行，他已於早上八時離開皇宮……，這些畫面和消息，當日下午即已出現在淺草的電影院裡，由此可見速度之快。換句話說，大正天皇的逝亡與昭和天皇的即位，都是同時在大眾媒體的傳播下完成的。因此，在左翼的知識人看來，這就是大眾化社會的明顯特徵，它宣告大量複製和消費時代的來臨，小林秀雄的《意匠紛呈》這本評論集，正是對於這現代主義及其廣泛現象的見解，透過其文字的敘述，看得到那時代的各種精神側面。

幾乎所有暢銷書的誕生都有相似的條件，亦即隨著現代化社會結構的改變，其影響的範圍很快遍及整個日本，小家庭的戶數相對激增起來，他們不得不搬往郊區買房或租屋生活，但是，日本的住居空間向來受到限制。在這種條件下，有些以閱讀為樂的家庭面臨一個問題：如何在有限的空間裡添置新書，而且冊數又不能過多，否則它們將擠壓和侵擾到生活空間。從這個角度而言，作家和出版商的社會觀察力，都比平庸的大學教授們敏銳得多。他們發現了這反而是個好機會，有利於打破出版業經常面臨的困境。根據日本出版史資料指出，小說家和劇作家藤森成吉（1892-1977）當時建議改造社社長山本實彥（1885-1952）不妨印製壹日圓的文學書投石問路。山本實彥的反應很快，立即認同了這個出版策略，決然推出了每分冊售價壹日圓的日本文學全集。沒多久，這套煌煌巨卷果真成了日本民眾熱買的暢銷書。事實上，以當時生活物價來說，大學畢業生人數不多，大學畢業生的月薪大約五十日圓，代課教員月薪二十五日圓，這分冊售價壹日圓並不便宜。儘管如此，它依然強勢售出了八十萬冊，足以讓出版研究者為之亮眼的數字。此外，這也反映出小說家藤森成吉不愧是出身社會運動的健將，山本實彥在出版方面所展現的膽識，這個因素的結合形成了更大的力量。

當我們回顧大正時期的文學和批評活動時，都可發現有趣的現象，有些哲學家和思想家寫了很多文學論述，顯見這時期的青年是熱衷於思想探索的，因此思想全集之所以暢銷，正是植根於這個精神土壤。而說到哪個日本作家最具時代的特徵，甚至帶給社會莫大震撼的，就數芥川龍之介的自殺事件了。芥川龍之介自殺身亡後，各報紙旋即大肆報導，《朝日新聞》還刊載其遺書，但正是這機緣的促動，讀者們才重新閱讀他的作品。姑且不論芥川龍之介為何在大眾文化社會蓬勃發展的大正時期，為何沒能承受住隨著時代而來的惶惑不安，於一九二七（昭和2）年結束了自己的生命。在那樣的報導中，他的照片被大幅披露出來，文學家的影像如此經由新聞媒體廣泛傳播，的確是首開先例之風。與其同時代的作家有島武郎（1878-1923）亦走上了自殺之路，不過他是因殉情自殺的，其性質不大相同，但他們的自殺都有著迥異的戲劇性變化。也就是說，報社甫接獲芥川龍之介自殺的消息，新聞記者立刻趕赴了現場，然後把它以轟動的社會事件做處理，充分運用了大眾傳媒的渲染手法。

順便指出，確切地說當時的書價很高，有能力的購書者不多，所以書籍還未能普及到大眾讀者的手上。以明治和大正時期的文學書籍為例，都是在壹日圓書暢售以後，而慢慢進入大眾的閱讀生活。所以，那時日本讀書界流行這樣的俏皮話：「哎呀，都是馬克思主義惹的禍，讓明治大正時期的大作家們全丟了飯碗。」其實並非如此，真正的原因在於壹日圓書的威力。依照文化評論家大宅壯一的說法，許多作家因為趕上了這時代，突然拿到豐厚的版稅，作家正宗白鳥就是受其版稅的潤澤，到世界環遊旅行的。現今，出版社刊行某某全集不是什麼驚天之舉了，但大正時期作家的作品頓時成了經典作品，亦是幸運和事實交織的結果。尤其彼時在全集光環的照耀下，作家和作品的身價自然更為不凡了。在這可喜的事實中，出版商和作家並非只靠幸運之神的眷顧，他們付出很大的心力，同樣值得我們喝采。例如，芥川龍之介生前還乘坐火車到苦寒的東北地區推銷壹日圓書，他的作品就收錄在這套全集裡，自己的著作自己推銷，看到其誠懇專致推廣的神情，很難不受到感動的，而改造社的老闆山本實彥也是，他不辭辛勞到日本各地巡迴演講，為推銷自家的出版品鞠躬盡瘁，這種精神至今看來仍然具有暢銷書社會學的意義。而且就勵志的立場來看，他們那些積極樂觀的作為，越過時間和空間的海峽，對於臺灣諸多自我感覺良好，抑或因短期挫敗而萎靡不振的作家們，應該是一帖奇效的強心劑。

真實之聲

我始終有個好奇，許多日本著名作家和暢銷書作家，為什麼能高居「經典地位」的寶座上，其作品是否真正達到「經典」境界，有待解疑和深入探討。然而，不可否認的是，他們享受這般世俗成就，絕對要歸功於文壇和出版界的推波助瀾，沒有文學評論權威和媒體的強勢傳播，他們的偉大形象便無法順利創造出來。確切地說，在如此有力條件的促成下，有些作家獲致幸運戴上經典作家的光環，就這樣愈加隆重地進入讀者的公眾視野，其崇高的地位就更不容易受到外部力量的挑戰了。

從這個角度來看，自然會得出這樣的結果。如果我們換個角度，捨棄已然確立的崇拜的視野，而是把它託付給肉體凡胎的普羅大眾，藉由他們樸實的眼光，來看待這樣的文本，其結果是往往使我們瞠乎其後，甚至得到全新的負面發現。

例如，二次大戰以後，日本文學的頹廢與虛無色彩格外濃重，作家以這種徹底的自我沉淪映照於對那個廢墟時代的絕望，在某種程度上，這是可理解的，至少從這些文字的描述中，或多或少可找到那個時代特有的生活氣息。當然，這其中亦包含頗具諷刺意味的現象。在二戰之前，許多享有聲譽的作家或新銳作家，曾經為日本軍部和發動戰爭的行為塗抹脂粉，為陷入苦戰的前線部隊撰文鼓舞士氣。可是戰敗後，他們卻搖身成為愛好和平的人士，決然忘卻這段不光榮的經歷。寬容地說，或許在極權主義的風暴下，他們很難有其他的選擇，只能恰如其分地扮演體制受害者的角色。相較於前者的精神屈從，太宰治與情婦投水殉情的社會事件，雖然引起了軒然大波，有的讀者卻對此坦率的失控給予同情，這種接受的態度，又折射出另種社會境況的反制力量。

當時，的確有些民眾對於太宰治的荒唐做法多所同情，不過，有家庭主婦就投書報紙（《朝日新聞》言論廣場）大加撻伐，批評這是荒謬透頂的行為。因為太宰治並非獨身男子，而是有家室和三個孩子的父親，據說，他當初每月有二十萬日圓的收入，有遮風避雨的房舍可安身，就算他患有肺結核，只要妥善的休養，仍有存活的可能。相反，他卻整天與酒友酗酒，揚言不跟女人廝混相好，就寫不出小說來，寧願外出放蕩，也不想待在家裡。此外，他還嚷著真想早死以尋得解脫，這種幼稚的想法，有失成年人的正常作為，甚至不禁使人合理懷疑，真正的原因是，他在小說創作上遇到了瓶頸，寫不出東西來，才拿這個當藉口，以逃避自己的無能。若是如此，自殺的意義也可被置換，亦即從原本置身於江郎才盡的深淵中，轉化成為愛情奔向死亡的光明。說到底，這全然是極端的自私疾病作祟，一個無賴和廢人的行徑。最後，投書報紙的主婦更氣憤難平地說，太宰治的殉情自殺充滿惡意，什麼地方不去，卻選在提供東京市民飲水之用的「玉川上水」（大溝渠），死後還要污染他們的飲用水，簡直不道德到了極點。

對於太宰治作品的仰慕者來說，想必無法接受這措辭嚴厲的批評，雖然那些憤懣站得住腳，而且來自於生活真實聲音的反映，但是崇拜者似乎不這麼看待，因為自外於嚴峻生活的頹廢文學，有其特殊心理療效及地位，它為生活在虛無和道德真空時代的弱勢者們，提供臨時而安全的空間，而有此緩衝躲避的中介，就可短暫忘記隨著為生存而來的各種壓力。為了更深入這個問題，我曾詢問過日本女性朋友N，她現年五十二歲，自小就有閱讀習慣，一定讀過三島由紀夫和太宰治的小說。在某個偶然下，其為生活家計奔波的父親，看到她在翻閱三島由紀夫的小說，沉默了片刻勸告她：這些充滿「危險思想」的東西，妳還是少看為妙。她的父親是個平凡的公司職員，可能與深奧的文學評論無緣，但他對於女兒的愛護之情，應該不容懷疑的。我好奇的是，崇拜文學大師作品的N又是這麼想？在我耐心的追問下，她仍無法清楚表達自己的想法，只能說那個時代流行什麼，她們就跟隨大潮，閱讀三島由紀夫和太宰治的小說，也是在這種氛圍下完成的，僅此而已。就此看來，或許真實的聲音與具有躲避功能的范特西並非那麼誓不兩立，它們在平凡的生活中，各自發揮著微妙作用，恰如乍起的旋風來去匆匆，卻為各自的表象世界裡增加溫度和熱鬧。

廣告施魅　文字威力

關注和研究二戰後日本大眾文化發展的人，似乎都繞不開一九五〇至一九七〇年代，因為那個年代較多反映出這個舊日本帝國於一九四五年戰敗以後，從精神與物質處於廢墟狀態到重新復甦進而展現旺盛生機的變遷——從堅決反抗「鬼畜美英」到擁抱戰敗，從褪下軍裝換上西裝與日常衣服、從嚴肅的黑白色轉化成自由色彩的歷程。在美國看來，二戰後經由其託管與操控政局，日本絕無可能再重返軍國主義的老路，只能走上為其鋪就的資本主義的道路。撇開這些政治因素，我們考察這期間大眾文化的興衰起落，還可以透視其社會內部的軌跡。

有個必然的定律——隨著民眾生活與工作收入取得穩定，大眾傳媒的各式廣告便應運而生。

基本上，原先在戰爭期間的商品廣告和美式新商品，只能低調地刊登在報紙或雜誌上，除了電影院箱燈的看板廣告以外，幾乎沒有什麼新型態的廣告。可是，在一九四八至一九四九年之間，大眾文化卻已趁勢萌發了起來，而且多半與特種行業相關。例如，脫衣舞表演、舞廳，以及抒發流鶯妓女心情的流行歌，不過，這些流行的現象與民眾的生活較無關聯。進入一九五〇年代，日本國內的破敗景象已不復見，邁向了特別需求的景氣走勢。這時候開始湧現大量的小鋼珠店，機型愈來愈多樣化，強烈吸引著日本民眾的流連駐足，直到一九七〇年代，這種博奕彩色濃厚的遊樂方式仍高居在大眾娛樂的寶座上。

一九五二年，民間廣播節目開始盛行，民眾於飯後總要湊在收音機前，享受片刻的悠閒時光，而在那時候，收音機的廣告歌曲便魔力般地輸入兒童們的記憶裡，這股收聽廣播的全民運動，亦掀起了另一波大眾文化的浪潮。當時，有幾個節目格外風行，比如「老爸真好！」、雙口相聲演員花菱阿茶古的「好得東倒西歪啊！」這些詼諧的措辭．一時蔚為流行語言。尤其由劇作家菊田一夫原作小說改編的廣播連續劇《請問芳名》造成的效應，更超乎前所未見的轟動。據說每到播放時段，整個公共澡堂的女性浴間空無一人，因為婦女們全趕回家裡，關注女主角真知子坎坷多折的命運。這個節目奇跡般的成功，劇中的主題曲成了流行歌曲，被改拍成電影，女主角真知子的卷髮，又成為女性們群起倣效的髮型。順便一提，據臺灣影視的前輩指出，《請問芳名》的風潮也吹進入了臺灣國內，在臺灣本土劇裡重新登台，只是更換人物姓名和場景，情節內容幾乎照搬原劇。不止如此，紙質出版品順勢推出（臺灣的哲志出版社於一九七八年九月出版了《請問芳名》（菊田一夫）的中譯本上／下冊）以饗引頸企盼的讀者，由此可見，大眾文化如何越境跨海發揮的影響力。

而這時期的大眾文化的潮流，又得自時代力量的支撐——日本高度經濟增長的助力，使得這風潮更深入民眾的日常生活。首先，那時正是電影業的黃金時期，觀看電影的人口達到二戰後三十年來的高峰。與此同時，攝影拍照跟著流行起來，單眼相機普及到家庭裡，連對此外行的家庭主婦都能樂在其中。照相機的市場走俏，各種攝影雜誌便紛紛創刊。此外，在那個年代有兩個休閒娛樂的神奇召喚——飲酒與旅行支配著日本民眾的消費型態。那時，三得利推出的「托利斯威士忌」頗獲受薪階層的喜愛，其行銷廣告堪稱絕妙。其中，這廣告詞即出自年輕作家的文筆——即其後以《輝煌中的黑暗》、《夏天裡的黑暗》聞名的獲頒芥川獎與直木獎的開高健。他的廣告詞這樣寫道：「我真想好好活著／因為我是人／喝了托利斯／真想好好活著／因為我是人哪！」他還親自演出了這則廣告，其效應超過同時期NHK電視台大河連續劇的收視率。後來，「多喝托利斯，幸運抽大獎，送你暢遊夏威夷」的廣告文宣，真切地為普通家庭注入了新的希望，而且讓大眾生活綻放笑容，真正發揮到「有夢最美、希望相隨」的加乘效果。

確切地說，這商業廣告的成功，在很大程度上，要歸功於開高健新穎有力的文案。在他施展文采之前，即有成名的作家為廣告商代言。例如，作家井上廈（《突然冒出的海島》、《吉里吉里人》等）、五木寬之（《青春之門》系列小說、隨筆集《滄海一粟》等）、野坂昭如《螢火蟲之墓》、《美國羊栖菜》等），他們早已為大眾的世界所熟知，有超過百萬名讀者的堅實基礎。類似這些短小精悍的文案，沒有政府的任何奧援，於民間的商業時段播出，但是卻不容忽視，它同樣具有「俳句」般的文學功能，為那時一億一千萬人口提供民生與精神電波。

在日本，隨著獨占資本主義的發展，文學出現了兩極化的現象，純文學作品仍高居在文化精英的視野中，但大眾讀物終究比商業廣告更貼近民眾的生活，一九六〇年代中期以後，推理小說受到廣泛閱讀，這種向外國偵探小說借鏡的，也取材自日本的社會事件，以虛實交融的手法，呈現烘托的推理情節，在那個時代最具標誌性了。年長者欣賞松本清張揭露政治彌天黑霧的敘述風格，年輕世代則喜愛森村誠一挖掘人性深層的回音。據出版社估計，將近百萬名讀者都在捧讀他們的作品，松本清張的小說整體銷售量高達兩千萬冊，森村誠一的小說也超過一千萬冊。這些數字很有說服力。需要指出的是，其實松本清張獲得這般壓倒性的熱讀，創造出如此驚奇的銷售佳績，正反映出日本於戰後的政治體制的晦暗與貪腐。

比如，一九四八年一月二十六日，發生了一起重大的社會事件，有十二名銀行職員遭到了殺害，警方指稱，該案的行兇者為畫家平澤貞通。然而，經由松本清張的調查，這些死者出身自戰爭時期擔任日本軍的細菌武器研發的軍人，他們後來全數被滅口處理掉了，而且犯嫌另有其人，並得到駐守日本的美國占領軍的妥善保護。這是何等的諷刺與扭曲！而這個事例，可以看出當時的新聞報導受到嚴峻箝制，沒能發揮監督的功能。例如，首相田中角榮因向洛克希德公司收賄而被迫下台的醜聞，也是先經由美國媒體披露得知的。另外，還有更具顛覆性的反諷，即以一九七二年沖繩群島回歸日本的歷史性事件了。一九七一年六月十七日，美日簽訂《歸還沖繩協定》，表面上看，東亞國家之間的對峙狀態似乎即將終結，然而事實並非如此，因為佐藤榮作政權並未向自己的國民坦誠以告，反而隱瞞日本政府與美國簽訂的秘密協定——日本必須向美國支付屈辱性的巨額費用。換句話說，美國將沖繩歸還日本，並非出於大國的慷慨氣度，而是徹底展現唯利主義的做法，以該協定第七條「特別支出費」，合法合理地收取三億兩千萬美元。不過，在揭發這起醜聞的《每日新聞》記者西山太吉看來，日本政府支付給美國的實際金額可能超過五億美元。

但極為荒謬諷刺的是，這名新聞記者旋即被以洩漏國家機密的罪名遭到了逮捕。在慣性守護「以和為貴」的日本社會，日本政府抓準這好時機，認為西山太吉是透過非法管道取得新聞來源的，還大肆渲染他與提供此密件的外交部女職員有不正當的男女關係，使得原先積極支持西山太吉的新聞同業漸漸失去熱情，當然，並非所有的新聞媒體都如此消極無為，只能說良知對抗不公義的歷程，永遠超乎想像的艱難。然而，奇妙的是，這種不屈不撓的精神似乎都有堅定的繼承者，只是以不同的方式呈現出來。同樣出身於《每日新聞》藝文記者的山崎豐子，之前寫過許多精采而深刻的社會寫實小說，她敢於把人性與靈魂裡面的骯髒東西拿出來剖析，為勇敢的精神肖像找到尊嚴的位置。西山太吉事件落幕之後，山崎豐子仍秉持記者的求真精神，參考了大量文獻資料和調查訪談，耗費了四年時間，終於完成了長篇小說《人的命運》——一個為追求歷史真相而被迫流離失所的記者，從徬徨之巔到重生之路的精神寫照。這部兼具新聞報導色彩的社會小說，很快地得到大眾的共鳴，目前依然高居在長銷書的榜單上。近年來，《人的命運》又改拍成電視連續劇，由知名的男女演員擔綱演出，持續發揮著雋永的影響力。

回顧迄今為止的歷史，第二次世界大戰以後，日本從敗破的國度裡恢復元氣，之後全民奮起有效而穩定地發展經濟，商業廣告在這股風潮中粉墨登場，為民眾的家庭生活添枝加葉，而文字讀物的穿透力絲毫不減，它像溫暖的亮光，在每個時代裡，負責照拂著每顆渴望閱讀的心靈。

文學漫談

日本文學中的南方憧憬——臺灣

熟悉文學發展史的讀者知道，我們若稍為改變一下視角，依照自己的閱讀趣味展開閱讀的話，有時會給自己帶來新奇和發現。當然，我們必須坦承，在這過程中，我們在很大程度上似乎仍然受到個人的世界觀，及其傳統、權威、慣例方面的制約。然而，為了獲得較為具體的思想地圖，把它們在文學作品中表露的情感或憧憬想像，這些包含理性和感性價值的、由先天地理條件所決定的局限性，對我們而言同樣成為必要理解的過程。

我們從日本古典文學的作品中可以看到，傳統文人對於遙遠國度之外的南方，無不充滿著熱情的想像，其中，不外乎那種異國情調的浪漫吸引。認真細究這種想法，是如何形成的，自然與長期以來他們和外國異邦的往來有著密切關係。在中國的唐宋年間，日本國內的政治體制和財政相對穩固下來，正因為這樣的經濟基礎，他們方能選派出貴族精英子弟和精進的僧侶，前往中國境內汲取各種文化的精髓。其後，歷史也證明，這些日本留學生向中國取經的努力成果，的確得到深刻的傳承，為日本文化的發展奠定下重要的根基。進入中世紀末期，陸續有西方的船舶穿越西南海域來到日本。這些外國的登陸者並非為攻打日本而來，而是以外交、海上貿易和輸入本國文化為主要目的。例如，他們隨行有很多學者、詩人、宗教家和技師，並帶來許多珍貴的器物或書籍，新穎的文學思潮、哲學、宗教、科學和風俗等，就是在那時期傳入的。對島國的日本人而言，經歷這樣的異文化衝擊，精神世界豈能不感到驚奇？由此可以推想，平安時期的日本人，他們是如何熱切地想像著鴻臚館（招待外國郡使的常駐之所）和南蠻（外國奇異）船往來的情景。這異國情調便逐漸發揮了效應，順其自然融入日本文學的傳統裡，帶有對南方的渴望和憧憬，藉由文學作品和豐沛的文字情感顯現出來。

然而，想像的美好終究只能以自得其樂為終點，過度的思慕發展到極致，就要陷入幻想的泥沼。對彼時的日本人而言，無論是誕生偉大的孔孟學說的中國、或者信奉基督教的國度等，它們都來自西方，要麼來自南國大海的彼方。因此，這裡提及的「南方」，很容易使他們與「海洋」聯想在一起，並因於這天然的阻隔，歷代的日本高僧在赴程途中船隻可能翻覆被惡浪吞噬，都要奔赴他們心中的理想國、只能用想像方能觸及的樂土。我們把目光回到古代日本，回到《日本書記》的頁面，不時流露出對「常世國」（位於大海彼方的美好國度）的憧憬。以田道間守這個傳奇性的人物為例——他到遠方國度帶回橘樹苗栽種而造福鄉里的始祖，儘管其事蹟有被誇大的嫌疑，但未必全是虛構之作。據說，田道間守是外國移民歸化者的子孫，由於他熟諳「常世國」的地理環境，垂仁天皇便命令他擔負重任，前往「常世國」尋求「非時香菓」（四時皆能散發香氣的橘子）。日本的文史學者果然很愛護鄉土，他們認為搭船到「常世國」的交通雖然充滿險阻，但應該存在那樣的理想國度。確切地說，那種味道芳香的柑橘，並非來自北方的果實，而是南方特有的果實。

至於「常世國」在什麼地方，我們不妨換個角度推測，順道加入歷史偵探的行列。據說，田道間守往返於「常世國」，費了十年的光陰。就此推估的話，那個南方國度很可能為「臺灣」，也可能是中國的南方。按字面理解，所謂的「常世國」，即四季如春，草木繁盛，四季都有果實產出的地方。所以，南國臺灣自然被視為探訪的神祕的蓬萊仙島。不過，在此，我反而不急於證明田間道守是否真的踏上了古代臺灣的土地，看見果實垂枝時的興奮情景。我更關注的是，日本文人雅士所憧憬的南方，有多大程度是出於文化傳統中的慣性力量？那種由文字記載的力量果真深不見底？或者由於地理環境使然——酷寒難耐的北方人，嚮往溫暖的南方國度。在其文學作品中，他們要呈現的是，肉身的逃避，精神的安養，過客般的閒適，抑或用來撫慰自己漂泊的心靈？

作為此文的收尾，或許，我不得不把這個觸角連接到甲午之戰的歷史了。由於中國的戰敗將臺灣割讓給了日本帝國，在那以後，臺灣正式成為日本的領地或殖民地。當時，在日本作家文人看來，臺灣即為日本母國的殖民地——他們歷時性憧憬的南方。正因為這樣的歷史機遇，他們方有機會抵達作為現實地理的臺灣，展開殖民地之旅，抑或對於臺灣風土人情的眷念。進一步言之，無論是因躲避債務乘船從日本逃到臺灣、僅短暫停留數月的宮武外骨夫婦；在臺南《臺灣日日新報》擔任編輯的後來的歷史學家內藤湖南；評論家內田魯庵在《社會百面相》裡，揭發日本人醜態的〈新學士〉、〈臺灣土產〉文章；小說家佐藤春夫用記者的眼光揉和浪漫與推理的筆觸寫成的《女誡扇奇譚》，已經名符其實進入了臺灣這被看見的視域，展開他們對於憧憬與現實的比對。由如此情感寫出來的文字，必然帶有臺灣在這個時期作為日本殖民地時期的光影，要說聞嗅得到早期的臺灣味也不無可能。可話說回來，要實現這個逆時光的夢想，一點也不容易，似乎只有此領域的專家得以勝任。對於每日必須勤於寫作的作家而言，大概很難再騰出精力，浸淫或往來於文獻的航程中，進行所謂的探古的歷史旅行。然而，我們不需為此感到沮喪，享用前輩專家的研究成果，等同於戴上同步視訊的眼鏡，雖然有時會出現雜訊般的干擾，但這都算是日文中的「腐っても鯛」（瑕不掩瑜），其實不必太介意。如果真的吞不下這口氣，你就發憤圖強吧，精進日語的領域，提煉出自己的不凡觀點，這都算是典型的自我拯救方案。

夏目漱石及其時代——江藤淳

兩個星期前，我的文友三國大介突然打來網路電話，詢問江藤淳其《漱石及其時代》五卷本評傳，我是否已經買齊？若是尚未入手，他立即到「日本の古本屋」的網站搜尋，應該很快就能有確切的結果。以往，我們都是透過手機這種方便的現代發明，用來通訊或者傳遞文字訊息，更多的是，我向他請益日本近現代文學的領域。有時候，包括我需要的日文書籍，都委請由他代購寄到臺北給我。坦白說，當下接到這訊息，我一時轉不過來，因為這套書我已於去年十月底，在新宿「古本浪漫州」書展上購得的，品相很不錯，價格不貴，只售三千日圓。對此，我很幸運甚為滿意。於是，我猛然回想起來，終於弄清楚事情的經過了。那一次，我將這則訊息發給了他，但他一直沒有已讀回覆，我心想，他可能很忙碌，要不就是雜事纏身。事實上，依我與舊書的默契，我相信屆時到東京的舊書店，它就會出現在我的面前。

或許，在文學交誼上和性情上，我和三國大介有那麼一點心靈相通。就在我抵達東京第三天下午，我背著提著沉重的愛書，正走在回程的路上，他恰巧打來了電話。我們問候彼此的近況，我這時方知他生病住院了，難怪他沒讀到這則訊息呢。之前，我已聽說他的膝蓋關節出了問題，未料情況竟然如此嚴重。這樣推想，他每次返回老家探親，專程上臺北來與我碰面，總會贈我些日文的奇書，我這個受惠者實在很過意不去。對貪讀無厭的我而言，我收到贈書自是很高興的，可對他來說，這是難以承受之輕，又是沉重的負擔。因此，在那以後，我若有日本之行，便委託我敬重的末岡實教授代購，請他匯款吩咐書店寄書時間，將書寄到我下榻期間的飯店。這樣做似乎較為省事，首先，省下交通往來的時間，二來又能掌握我購買的冊數和重量，並以此計算自行帶回，或者索性郵運寄回臺灣。確切地說，三國大介現在的身體狀況，已不許增加任何負荷了，哪怕是一本小書，都可視為壓迫他的危險因素，更何況那些厚磚似的文學和思想系列叢書呢？

在我們以往的敘談中，三國大介認為，比起森鷗外的小說，夏目漱石的作品很有意思，更有人情味。深有耐性的讀者，通讀夏目漱石的小說或文學評論以後，應該就能理解他與現代性之間的糾葛。我關注日本近現文學史的發展，但是夏目漱石的作品，我讀得不夠廣泛深入。他這樣的見解發揮著奇妙的作用，在某種程度上，也促成了我對夏目漱石評傳的閱讀。儘管兩年前，我在水道橋車站旁的舊書店，已買到兩大巨冊的《夏目漱石傳》（國書刊行會），算是心願已成了。不過，我總覺得應該讀得更多才行。在此以前，著名評論家江藤淳的《漱石及其時代》，就占住我的腦海中了。現在，既然有專家推薦，我不購買此書，更待何時呢？就我的經驗所及，閱讀作家的評傳有諸多好處。學習作家的寫傳方法，如何具體而生動地再現傳主的生平，如何表述其作品的精神特質；此外，我能從其參考文獻中，以書找書構成更整全的閱讀書目。當然，有了這些書目，未必可為自己成就一部學術論文，但是這眾多耀眼的書目，卻能滿足我閱讀上的飢渴，我不在乎它帶來實質的名利。順便一提，這套書的作者江藤淳，以歷史學家的筆觸，細緻呈現夏目漱石的作品，深刻勾勒夏目漱石的形象，照理說，應該更能看透生死的關卡。然而，他在經歷其妻罹患癌症死亡後，從此跌入憂傷的深淵，再也提不起氣力，最終在家自殺身亡了。這是個巨大的悲劇，難以言說的悲劇。而作為讀者的我，顯然已來不及致上安慰的話語，但可以為他祝禱冥福，繼續閱讀他的著作，了解他的文學思想，不論最終是否同意他的觀點。在光怪陸離的社會裡，從來不缺乏對峙與衝突，在此時刻，或許理解他者將成為必要的善行。

為了文學思想的批評

廣義而言，日本自古以來就具有文學批評的傳統，最早的文本可以回溯到十世紀的《古今集》，在該序言之中即展現出對於詩歌的釋義。而成書於十一世紀的《源氏物語》，作者紫式部更是藉由其中人物之口來評述各種史話。進一步地說，和歌經過幾個世紀的發展，已累積出許多頗有份量的注釋本，包括之後的連歌、能劇、俳句等文學體裁，隨著其作品的出版和傳播同樣激發注釋者與評論家的探索，這些歷時的文本所形成的影響力，如夜露般地滲透到日本的生活意識裡，並產生不同的回響與力度。以荻生徂徠（1666-1728）為例，他堪稱是日本十八世紀最有影響力的思想家，他批判德川時期武士墮落和商人惡德無義，德川幕府不但不引為鑑戒，甚至以此方式維護政權。然而，荻生徂徠對此弊害提出的觀點，後來被德川的政教們吸引，並將這精細周到的見解打造成批判的武器，就此意義層面來說，其實荻生徂徠的政治批評並未中斷消失，反而由那些與他懷其同樣見解卻無力撰文的改革者熱忱的延續下去。與思想激揚深刻的荻生徂徠比較，本居宣長（1730-1801）幾乎把其熱情和精力傾注在古典文學的注釋和研究上，努力排除來自中國的儒教思想，獻身似地鞏固日本的國學思想基礎。儘管如此，他在文學方面，有著卓越不凡的鑑賞力，他對於日本文學的考察，至今仍不失精要的光彩。

隨著時代的推移，來自西方的各種文藝新思潮快速進入日本明治時期的作家的視野中。所有渴望新時代來臨的作家，無不愉悅地迎接著這些新奇有力的精神資源——文學批評原理。例如，原本以仰慕本居宣長的作家——坪內逍遙（1895-1935），為了吸納和傳播這些西方的批評思潮，所撰寫理論性的《小說神髓》，無疑即受到歐洲文藝思潮影響的產物，從那以後他更熱衷於歐洲文學的提倡。事實上，概括來看明治維新（一八六八年）以後，約莫百年期間各種類型的文藝批評，可謂百花齊放似的出現在讀者面前，有的發表在學術刊物上，有的是專門的研究，作家之間針鋒相對的觀點後來都有結集出版。這些爭論的對象範圍很大，從詩歌、散文、民間故事、兒童文學和大眾小說等等。為了精要並掌握那些批評現象的奧義，我們或許可採用時代劃分的方法，也就是以明治、大正、昭和的年代，進入我們要考察和辨證的領域。而這樣的做法顯然對我們有益，因為透過這種回顧歷史的審視，我們得以知道讀者的審美或價值判斷，在很大程度上，顯然是受到這些觀點的影響，進而被型塑和確定下來。若能做到這種程度，我們作為外國的閱讀者，就不再是隔岸觀火，不再被冷漠拉開距離，而是獲得某種身歷其境般的真實存在。

在精神氣質上，或許日本作家與德國人有些相似。日本近現代的文學批評中有個顯著的特徵。同為爭論者的雙方，可以針對或圍繞一個問題，連續花費幾個月在文藝雜誌上展開啓槍舌劍的攻防。他們為捍衛自己的觀點而奮戰的精神，委實令人佩服和尊重。還有更奇特的意外。上述這些精神火花也促成了出版業界的發達。在反應敏銳的編輯看來，這可是絕佳的商機，何不將這些爭論與批評結集出版？於是聰明的編輯，將此文章按其主題輯成數卷本的評論集出版。另外，還有個值得觀察的指標，或許這是日本特有的現象。換言之，這些爭論的文章多半是文學方面問題，像「純文學」與「大眾文學」的功過，但更多的是意識型態之爭。諸如政治與文學的關係，它們之間的嚴肅性，以及若為文學作品，就應該發展正向的意義，以此克服時代的危機。而若關涉到共同或社會全體利益，作家應該捨棄個人之見，成就整全的大我。

然而，在這以批評為武器的文章修辭中，似乎先天性地存在著不可迴避的弱點，要說罩門或不足也無妨。因為所有參與爭論批評的作家，其使用和援引的語言概念，幾乎全來自西方經由翻譯而得，有些概念找不到相應的日語的語境對應，或者更貼切的意思。遇到這種轉譯上的困境，必然就得另造新詞加以因應，而每個譯者的譯法未必相同，造成語意的歧異更是屢見不鮮。這似乎是每個時代所有的局限。因此，包括以日語為母語的日本人在內，我們在閱讀一九三五年左右諸多評論性的文章，尤以帶有西方評論術語的文章，其旨意是不容易讀得通透。那個時代所湧現的超現實主義作品、達達主義的創作，確實引起了時髦的旋風，但對許多日本讀者而言，可說不知所云。這是因於外語翻譯引進日本本土所造成的，它除了阻礙意思的通達，還造成了用語的模糊性，使得使用者和讀者幾乎無從抗拒地掉入了這模糊的空間。另外，還有個因素使得那個時期的日語，不得不陷入曖昧的語境之中。在一九三五年信奉馬克思主義文學理論的作家們，為了躲避政府當局審查的整肅，不給自己帶來牢獄之災，他們在用語上極為謹慎，甚至刻意使用模糊的修辭來表現，為原本應該清晰的語言戴上安全帽。或許出於歷史的反諷，那些為閃避政府的書報審查刻意的含混，後來卻博得當時的大學生以及知識人的青睞，他們交談之際借用這些批評家的抽象性修辭，從中分享因模糊語意帶來的自由，同時亦趕上新時代的潮流。

最終，還必須補充說明，上述文學批評因於回應時代的要求，同時帶給讀者新時代的氣息，自然贏得多數讀者的認同，即使有些讀者不解真正的含意。其後，座談會的形式，又擴展出書面形式的文學批評的傳播。首先，一般讀者樂於接受這種討論形式，透過這種方式可以知曉更多文學底蘊。其次，參與座談的批評家們，順從座談會較為輕鬆的氣氛，克制使用艱澀難解的術語，以淺顯易懂的語言表述自己的文學觀點。座談會結束以後，文稿付印之前，談話內容都經過與會作家刪改增添和潤色，直到文稿達到完善為止，呈現在讀者的面前。有此愉快的閱讀經驗累積，讀者將更易親近批評家的言論。或許，這可說批評家為了文學思想所應運而生的成果。原先從書面論戰的形式出發，進而推演出文學座談會的強化，讓深奧的與生活較遠距離的文學活動獲得復興和傳播。由此看來，文學批評要得到蓬勃發展，有時還真的不得不藉助現代性的力量，雖然與現代性接軌必然喪失很多特色，但它也帶來顯著的影響力。直到現在，我們似乎還不能有效地化解這個矛盾，或者說正因為我們享受著現代性的潤澤，所以已經變得越來越不可自拔，根本無所謂其負面的甜美後果了，而且自始至終我們就生活在甜美與苦澀的現代性之中。

與三十年前相比，在臺灣，研究日本思想史的史料，相對來得豐富齊備，只要研究者有志於此，又具備足夠的預算，即可將這些大師的歷史遺產搬回研究，然後，願意傾注畢生精力進入史料的崇山峻嶺，姑且不說獲致什麼成就，至少這種深刻的閱讀能夠擴展自己的視域，並解決因追問歷史未果而留下的困惑。

大師與學徒

回顧日本的出版史，自一九〇五年日俄戰爭以來，至大正時期（1912-26），已出版過諸多「日本思想（史）」、「日本（的）思想」相關著述。一九一三年，《日本思想》雜誌正式刊行，在文中論及的「日本思想」，多半是論述日本的「國民思想」。思想家津田左右吉（1873-1961）於一九一六年出版《文學中的我國民思想研究》一書，反映出那個時代的思想史觀。一九二六年關東大地震以後，到昭和前期，陸續出版了《日本思想手冊》（一九二六年）、《日本思想鬥諍史料》十冊（一九三〇年至一九三一年）、《日本思想叢書》文部省社會教育（一九三一年）、《大日本思想全集》（一九三一年至一九三四年）。簡要地說，昭和前期的「日本思想（史）」，偏重於國家的發展動向。一九三八年，平泉澄（1895-1948），在東京帝國大學開設「日本思想史講座」，津田左右吉可能以此為契機，於一九三四年《史苑》

（同年八月）雜誌上撰文批評：「……現下，日本思想或日本精神的用詞蔚為流行，或者說遭到濫用之嫌……，但這到底是在強調日本民族的特殊性，抑或流於震天價響的口號？」然而，清醒繼承這思想遺產的思想家們，並沒有迎合這種流行的見解，而是更深入思想（史）的內核，於是，津田左右吉於〈日本精神〉（《思想》一四四期特輯一九三四年五月）一文中又提及：「我們若要正確理解日本精神，就必須透徹理解歷史發展的過程。」之後，在以思想和美學著稱的和辻哲郎（1889-1960），也在《東洋思潮》（岩波講座）撰文，對津田左右吉的日本精神做出回應。一九三〇年以後，村岡典嗣（1884-1946）陸續出版了《日本思想史研究》及其續卷，但他的觀點與以日本天皇為主的文化史家和辻哲郎稍顯不同，著重在「日本思想史」能否真正呈現「日本思想」的層面。

第二次世界大戰以後，以日本主義為支配地位的日本思想、日本精神或者日本文化史研究，出現了不同的研究形態，尤其在一九六〇年代後半至一九七〇年代，研究中心傾向於如何聚焦「日本思想」的本質。確切地說，這種觀點已經跨越學術研究的框架，並超出國家主義的界限，他們在彙整史料編纂和研究著述方面，做出了劃時代的貢獻。例如，《日本的思想》全二十卷（筑摩書房、一九六八年至一九七二年）、《日本思想大系》全六十七卷（岩波書店、一九七〇年至一九八二年）、《現代日本思想大系》全三十五卷（筑摩書房、一九六三年至一九六八年）、《近代日本思想大系》全三十六卷（筑摩書房、一九七五年至一九九〇年）、《日本近代思想大系》（岩波書店、一九八八年至一九九二年）。這些包含國家政治社會等議題的思想全集，發揮著至關重要的作用，它為研究者提供探索日本思想及其歷史流變的途徑。而通史性質的資料集，如《日本思想的系譜》五卷本（國民文化研究會、一九六七年至一九六九年）、《新編 日本思想的系譜》上下兩冊（時事通信社、一九七一年），在推進認識日本思想的「系譜」上有所助益。另外，與古代哲學相關的日本思想論著《日本哲學思想全書》（平凡社、一九五六年至一九五七年）或者譯成現代日語的思想家選集《日本的名著》全五十冊（中央公論社、一九六八年至一九八二年），為更多讀者鋪就了前進的道路。然而，到了一九九〇年代，近代日本思想相關的著述出版浪潮逐漸跌宕下來，這意味著二十世紀末至二十一世紀初期，日本讀者對於日本思想的陌生與空白，不再做嚴肅的思考。而這種現象同樣衝擊著日本歷史學的研究進程。歷史學家永原慶二的史學通史《20世紀日本歷史學》（吉川弘文館、二〇〇三年）一書出版後，十年來沒有出現超越此研究高度的著作，即是最嚴峻的事實。

話說回來，這是日本歷史學界在出版和彙編史料上的自我反省，亦即不滿足於所有的研究成果，沒有最好只有更好的期許。但對我而言，能夠閱讀這些研究成果的出版品，就足以掃除我長年來對於日本思想（史）的困惑了。通俗地說，我生活在幸運的時代，沒有做出任何功德，即享受著歷史學家們的精神遺產。所以在這意義上，我應該給予回報的，不可如鸚鵡般學舌，必須提出自己的見解，哪怕這個看法永遠無法抵達史學家開創出來的高度。

或許，幸好是我的性格使然，我在寫作和閱讀上，克制與自虐為樂的愉悅，向來壓倒噴湧欲出的激情。我這樣解釋自己的精神傾向，認為這是一種自我入魅，而且我並不打算借用啟蒙主義的法寶，就此祛魅和鬆綁那個自我。正因為如此，在我尚未深入文本之前，不貿然做出刻板或倉促的概括，因為這樣只會讓自己更無地自容，即使那樣的發表可帶來讚譽，但於我而言，沒有比這更最尖銳的自我嘲諷了。因此，我很推崇法國史學家莫諾的治學精神：「歷史學家應該學習手工藝者的謙虛，並且具備謹慎、耐心、細緻、博學的品質。」這是大師的洞見，應該銘記在心的。如果容許我自稱為歷史學門外學徒的話，更需要謙卑再謙卑，因為遊歷諸多精神風景之後，我更加知道自己的淺陋，甚至讓我知道我什麼都不知道的醒悟。而且我始終覺得，生活在浮躁與喧囂的年代裡，這個警醒有著非凡的作用，因為它幫助過我順利拒絕名利與范特西的誘惑，而有了這樣的底氣，我似乎獲致了更多的自信。雖然我知道它的價值換不到幾枚硬幣，不過，我倒是很珍惜這點形而上的愉悅，屬於最自我的逍遙。

孤獨和自我拯救

依我有限的閱讀經驗而言，我覺得二十餘年來日本「芥川文學獎」的作品，無論其思想性和藝術性或者創新性，似乎都不如二戰後數年內得獎作品的旺盛生命力，讀來那麼令人印象深刻了。雖然主流的文學媒體做出諸多努力，持續製造新聞話題來維持文學獎的高度，但仍沒能挽住日漸式微的現實。這並非在非難當代的芥川獎作家的無能，說他們在寫作技藝上不夠精進，反而是這個嚴峻的現象頗富深意，它要我們放下名利場的眼鏡，真切地辨識由資本主義市場為導向的作品，與歷史環境和個人境遇共同造就的作品之間的差異所在。換句話說，我們換個角度，從文藝思潮的變遷切入，把這些得獎作家的精神氣質，作為一種考察時代的方法和視域，往往有新奇和意外的發現。

以獲頒芥川獎的安岡章太郎為例，在他之後的得獎作家，幾乎在日本的文壇上占有重要的地位。這也許是他們用作品切實回應時代所得到的回報。

一九五四年上半年度《驟雨》（吉行淳之介）

同年下半年度《美童學堂》（小島信夫）、《池邊小景》（庄野潤三）

一九五五年上半年度《白人》（遠藤周作）
同年下半年度《太陽的季節》（石原慎太郎）
一九五六年上半年度《漁夫之舟》（近藤啟太郎），下半年度（從缺）
一九五七年上半年度《硫磺島》（菊池到）
同年下半年度《裸體國王》（開高健）
一九五八年上半年度《飼養》（大江健三郎）

當年，這些得獎的新銳作家後來都成為日本現代文學史中的要角。以隱晦難懂的寫作風格見長的大江健三郎，更獲頒一九九四年度諾貝爾文學獎。然而，我們關注的重點不應局限在此，而應該聚焦於這些先鋒型作家在創造自己舞台的同時，如何超越那些於大正時代晚期崛起的「第三批新人」前輩作家，這個過程是很精采的。這些戰後派作家充滿著勃然的生機，尤其石原慎太郎的嶄露頭角，致使「第三批新人」相形失色。確切地說，具有政治才能的石原慎太郎，原本就深諳功成名就的策略手法，擅於順勢利用新聞媒體的影響力，合理合情地把自己托高。這種正當得名的傾向隨著日本社會的高度經濟增長獲得更大的穩固。相比之下，部分繼承私小說手法的寫作風格的「第三批新人」作家來得樸素些，他們不以標新立異藉此轟動社會。在某種意義上，他們自覺地繼承著戰前文人的精神氣質，而恰恰是這種質樸的堅持，讓他們在成名的競爭中敗下陣來。

一九五五年，日本雖然已逐漸從戰敗的廢墟中復甦起來，但是作家的經濟狀況，普遍並不富裕。曾任文學雜誌《群像》總編輯大久保房男，在其著作《作家和文壇》中提及，一九五六年十月，出席《群像》發刊十周年紀念宴會的文藝界人士中，搭乘計程車前來參加的只有兩名作家，他們的手頭似乎較為寬裕些。大久保詳細地寫道：「……一輛高級轎車開了進來。我們的接待員嘀咕道：『這不是我們的客人。』我問道：『你也沒看清楚是誰坐在車內，怎麼知道呢？』他們回答說：『我們的客人多半從公共汽車站走過來。偶爾有人搭乘小汽車來，也一定是計程車，而且是那種每公里以七十日圓計費的車子。』後來，他們報告說，乘坐計程車來的總共只有兩個人。」我心想，看來作家的生活真是艱苦呀。

在經濟發展尚在起步的時代，以寫作維生的作家，面對這種情況，自然無從迴避，畢竟這是一種形而上的、並無快速致富的生產力。根據當時的薪資結構，大學畢業甫就職的公務員，每月薪資一萬至一萬五千日圓。況且，那個年代的文藝雜誌的紙質較差較薄，但每本定價維持在一百至一百三十日圓。與讀者的收入水準相比，文藝雜誌的定價比二十年後高得多。主要原因在於純文學的讀者極其有限，那些作家在這樣的條件下，似乎只能保住日本文人氣質的高貴。

在「第三批新人」當中，似乎以吉行淳之介最富有文人氣質了。他的創作理念很有特色，與那些二戰前偏向頹唐灰暗色彩的私小說作家不同，始終冷眼看待時代社會的變遷，要維護個人的主體性。他透過《在火焰中》這部小說，具體勾勒戰爭時期的生活面貌。如小說中的主角遇到空襲多數房屋被焚毀之際，他並非飛快地衝出屋外逃命，反而是急忙地從家裡搬出其珍藏的法國作曲家德布西的唱片。他這樣寫道：「我將唱片搬出來的時候，在我心裡霎時升起某種追求時髦的衝動，儘管這種心理其實早已經不存在了。可是，我還是固執地不肯丟掉這些東西。我心想，這些東西即使不在這次空襲中喪命，我們的生命之路也不會太長，而且它已經退無可退了。我就是緊抓住這種想法，死抱著唱片不放。」

用普遍人性的角度而言，在空襲的烈火中，只顧搬出自家的唱片這種反常的行為態度，的確令人難以理解。然而，在吉行淳之介看來，儘管外界把它視為不合理的愚蠢作為而發出嘲笑，他卻對這行為本身賦予特別的寓意：小說主角搶救德布西的唱片，象徵著他渴望用藝術擺脫孤獨的侵擾並滋潤苦悶的日常生活。換句話說，這種「追求時髦」不是沒有意義，它負有作者的重託，這是對生活在被過分要求「誠實表態」的時代裡，希望每個日本平民都能做出的微弱的叛逆。借用抽象的說法，這是他以「遊戲人間」的精神，使之對抗因過度誠實表態導致人性受到扭曲的變形還擊。與此同時，這亦可說是他對於時代的精神立場，他要揭示日本二戰後模糊混亂的思想狀態。

吉行淳之介在《我的文學流浪記》（一九六五年）中，這樣回述道：「二戰結束的時候，我並不認為自己上當受騙，或以為戰爭給自己帶來什麼創傷，反而得意洋洋認為經由這場戰爭讓我看透了人性。儘管如此，我不同意社會上對所謂戰中派所下的定義。當時，我在同時代的作家中是少數派，同樣的，在戰後我還是被迫站在少數派的立場上。」他繼而說道：「二戰結束後不久，共產主義的思潮極為流行。我的身邊不乏虛有其表的馬克思主義者，或者比他們稍為踏實些的馬克思主義者。不過，在我看來，本質上這種思想與戰爭時期的軍國主義沒什麼兩樣，僅止是形式差異而已。」按他委婉的立場來看，那些舉著紅旗吶喊自視甚高的正義作家，其實跟買春嫖妓的行為沒什麼不同。換句話說，所有形式堂皇的偽善者並不比召妓的嫖客來得高尚，因為真正意義上的誠實，方能顯現出人性真實的溫度。此外，他亦發揮出卓越小說家的才能，先後用《原色大街》和《驟雨》，以及《娼妓的房間》這幾部小說把這種思想情感推向了證明人性的高度上。

也許基於諸多忌諱，避免不必要的麻煩，其小說很少寫明地名。例如，在《驟雨》首次發表時，開頭這樣寫道：「星期日，在熱鬧喧囂的S街上。」然而，這句話後來還是遭到刪除。《沙上的植物叢》開篇的情況亦是如此，熟悉其創作生活環境的人都知道，那個場景就是橫濱的山下公園，雖然他沒有具體寫明。之前，出於他對前輩作家永井荷風的仰慕，曾經具體描寫過隅田川東面的人情景致，他似乎嚮往和貫徹這種精神上的重要聯結。我們從其悼念永井荷風的去世，在題為〈扼殺抒情詩人〉的悼詞中看得出這些告別色彩的追念。

這種方式是極為特別的。因為在那以後，他逐漸離開永井荷風《墨東趣話》中尚殘存老江戶妓院餘緒的情色世界（肉體文學），而開始追求由抽象性所升華的面向。

此外，我們閱讀戰後日本作家的作品，還必須考察那個時代社會的制約所產生的影響。確切地說，在他發表《驟雨》（芥川獎作品）至創作《娼妓的房間》之後，日本政府於一九五八年三月正式廢除了公娼制度，禁止從事賣淫行為等。簡言之，這項禁令正適合百廢待舉又已走向復興的日本社會氛圍，而這個時機恰巧促成了微妙的力量，使他的作品朝抽象性的方向發展，發揮強大的想像力，挖掘孤獨的深淵，凝視內心世界的荒涼，這對於小說家而言，既是新奇艱難的挑戰，亦在證明作家是否真的具有手眼通天的本領，或者自始至終只是自我幻想的包圍。

等待一場體面的葬禮——日本戰後文學

評述《近代文學》與《新日本文學》這兩份文學雜誌從同屬陣營到針鋒相對的經過以前，我們有必要回溯戰後派文學的背景和形成，因為獲得這種基於歷史經驗的視野，將使我們較能深層面地看待因論戰延伸的問題，至少這較具意義的回顧可助我們避開斷章取義的危險。

眾所周知，日本以一九四五年八月十五日的戰敗為契機，其整體社會的構造都產生了很大的變革。首先，戰爭時期的領導階層陸續遭到了政治清算，包括那些積極協助戰爭的支持者。而與上述情形相反，戰爭期間消極抵抗或者沒有發言機會的年輕世代，都在戰後的言論空間中獲得直抒胸臆的勇氣，幸運地為自己造就出百家爭鳴的局面。在這個時期，日本的戰爭體制和威權絕對的思想已被美國為首的聯合國軍摧毀和掌控，隨著美國大力推動民主主義思想以及社會改革的演進，許多政治思想犯被釋放，日本共產黨合法化和重建，無不震撼著知識人和平民大眾的心靈。作為思想與智識代表的作家們，他們的文學創作自然在這股民主思潮中誕生出來，並開始用重獲自由的筆觸表述自己的觀點。

另一方面，新聞業在這種自由環境中迅速崛起，許多發表文學作品的雜誌紛紛創刊和復刊，其中主要為《新生》（一九四五年十月）、《新潮》、《文藝首都》（一九四五年十一月）、《早稻田文學》（一九四五年十二月）、《中央公論》、《改造》、《世界》、《人》、《展望》、《近代文學》、《三田文學》（一九四六年一月）、《新日本文學》（一九四六年三月）、《群像》（一九四六年十月）等，可謂充滿活力新生的年代。

《近代文學》雜誌於一九四六年一月創刊，到一九六四年八月停刊。創辦開初共有七名成員：山室靜、本多秋五、平野謙、埴谷雄高、佐佐木基一、荒正人，以及小田切秀雄。儘管，後來平野謙發表了〈政治與文學〉文章，小田切秀雄不認同其觀點退出了同仁。但是一九五二年七月—一九五三年六月，《近代文學》同仁增至了三十一人之多：野間宏、中村真一郎、福永武彥、加藤周一、花田清輝、大西巨人、椎名麟三、梅崎春生、武田泰淳、安部公房、島尾敏雄、三島由紀夫等作家；有這些名作家的加持，很快吸引著同世代優秀作家的投稿，成為日本戰後文學最大的陣地。正如每個時的代風潮那樣，都有其時代的精神印記，這些共同創刊《近代文學》的年輕評論家，信仰馬克思主義的文學思潮，在戰爭時期就堅持自己的觀察方式。他們很早就戰爭責任、轉向問題、政治與文學、主體性、世代論、近代精神等展開熱烈的討論，甚至對於舊馬克思文學和樸素的日本現實主義同樣予予嚴厲地批判。他們對於文學被歪曲感到憤怒，讚揚具有戰後主體意識的文學作品。荒正人在《近代文學》創刊號〈同仁雜記〉中，即提出了慷慨激昂的論點：

如果說「聖戰」文學，輕易地即能把以前的報導文學及其評論改頭換面，那麼我則深信它所留下的荒地，最終化為寸草不生並被冰天雪地覆蓋。我們需要的是，徹底自由尊重藝術的政策，需要以藝術為尊的重生，那時必能誕生出不遜於原子彈般威力的卓越文學作品。從本質而言，那個時代能否產生出優秀的文學作品，它與當時的政治環境息息相關。我們讓文學藝術的園地百花盛開吧！

進一步地說，戰後派文學的特徵在於，拒絕舊文學的繼續浸染，並堅決與之訣別，試圖為其文學自身找到新的生機。在這一點上，他們標舉的文學精神與那些重返文壇的老文學家們迥然不同，他們不認同老作家們的作品——帶著無產階級文學的色彩，而且未完全擺脫教條主義的纏繞，與那些思想刻板的作品幾乎處於相同的層次上。出於這樣的歷史背景，荒正人以熱情迸射的筆觸，陸續於《近代文學》刊物上，展現他堅持的文學主張——〈誰是民眾？〉（第3期）、〈終末之日〉（第4期）、〈敗犬〉（第7期）、〈三個世界〉（第8期）、〈文學性的肖像〉（第9期）。在〈第二青春〉（第二次復興）（一九四六年二月 第2期）文章中，既是對於平野謙的〈政治與文學〉一文的呼應，並在這個論點基礎上，對於壓抑和蔑視人性的無產階級文學的批判。

在此，我們若要知道正人的筆鋒所指，不妨將壺井繁治發表於日共機關刊物——《新日本文學》創刊前所發行的《創刊籌備號》上，他在該封面刊登的詩歌〈致大海〉，以及宮本百合子的〈歌聲啊，響起來吧！——新日本文學會的由來〉頗有歷史性的宣言一起併讀，就能更明瞭他們之間文學主義的迥異了，以及後來這場文學對決或戰火燃起的背景。在荒正人看來，壺井繁治在詩作中高揚的「迎著狂風駭浪／這樣的出航、需要準確無誤的羅盤針……」，的確，壺井繁治作為無產階級文學運動鼎盛時期，也就是第一青春（首次復興）時期的詩人，於二戰後毫不猶豫地手持「準確無誤的羅盤針」出航，應該算得上勇敢的志向。然而，多數的普羅作家終究沒能擺脫貶抑人性，以無產階級意識形態為尊的僵固思想。稍具理論性地說，他們放棄個體意義上的自由、公民自由和主權自由，交給排他性的極權主義決定，即便最終得到發表文章的自由，但那卻是卑微而無能的自由。一旦服從這個做法，他們就成了小林多喜二的小說〈為黨生活的人〉中，那種只屈從於另種形式的專制權威，但卻引以自豪刻意忽略這實質可怖的精神困境了。就此角度而言，信仰民主主義文學的荒正人等作家們，當然要群起批駁，因為高度理性和自覺的作家都要反對它。

這兩份文學性的雜誌，儘管初期階段彼此保持警醒的距離，克制地不向對方發動思想戰火，但其本質和主張不同，原屬於日共陣營的作家中野重治就開始反擊對手的論點了。中野重治在《新日本文學》（一九四六年八月第4期）發表〈評論中的人性〉一文，批判荒正人和平野謙的見解謬誤，說他們「竟然用人性的角度來看待政治，這樣評論家只會使自己落入毫無根基的空想。而且，在這不利的條件下，他們能做的就是力圖挽回日薄西山的民主主義的文學運動罷了。」由此撰文的措辭看得出，中野重治反攻的力道。之後，他又陸續發表〈評論中的人性〉(二—四)文章，追擊駁斥荒正人等的論點。面對論敵來勢洶洶的攻擊，銳意正發的荒正人仍然不見退讓。不過，這文學團體間的筆仗，卻意外地引來了同時代作家的不滿，而加入愈見尖銳的戰局，作為《近代文學》同仁的加藤周一，這次卻執戈倒向了同陣營的平野謙。加藤周一在該雜誌發表了〈利己主義者〉一文，批評平野謙的〈政治與文學〉，反對其「……要顧全自己的生存權，就應該徹底掙脫小資產階級的習氣，堅持自己的主張！然後直起急追近代性的腳步……」，支持中野重治的相反論點的正當性。在那以後，這種立場截然相反的針鋒相對並未消退，甚至加劇了文學團體內部的分裂。

一九五〇年十一月，《人民文學》創刊，主要成員有藤森成吉、江馬修、德永直、岩上順一、野間宏、安部公房等。這份刊物主要以工勞文學為核心，頗有超越日共所高揚的無產階級文學。果不其然，擁戴《新日本文學》的作家，抨擊《人民文學》走的是庸俗的群眾路線，《人民文學》則批判《新日本文學》倒向小資產階級的立場，沒有廣大群眾的支持。事實上，在此之前，針對分別發表在《新日本文學》上的兩篇文章——島尾敏雄的〈小小的冒險〉和井上光晴的〈未寫就的一章〉所展開的論爭，已預告著這兩個文學派別終將分道揚鑣的徵兆了。經由這樣的纏鬥，彼此的戰力不增反減，例如《新日本文學》只有西野辰吉、金達壽、山代巴等新作家，而《人民文學》也欲振乏力。直到一九五二年三月新日本文學會召開第六次大會之時，這兩派的對立才握手言和。

這不應視為對傳統的摒棄，而是在宣告歷史與現代性（專制時代）已經終結，並在等待體面的葬禮的到來。

國家圖書館出版品預行編目（CIP）資料

日影之舞：日本現代文學散論 / 邱振瑞著 . -- 初版 . -- 臺北市：蔚藍文化 , 2018.06
面；　公分
ISBN 978-986-95814-2-4（平裝）

1. 日本文學　2. 文學評論

861.2　　107007532

日影之舞：日本現代文學散論

作　　者／邱振瑞
社　　長／林宜澐
總 編 輯／廖志墭
執行編輯／林韋聿
編輯協力／宋元馨
封面設計／小山絵
內文排版／藍天圖物宣字社

出　　版／蔚藍文化出版股份有限公司
地址：10667臺北市大安區復興南路二段237號13樓
電話：02-7710-7864　傳真：02-7710-7868
臉書：https://www.facebook.com/AZUREPUBLISH/
讀者服務信箱：azurebks@gmail.com
總 經 銷／大和書報圖書股份有限公司
地址：24890新北市新莊市五工五路2號
電話：02-8990-2588
法律顧問／眾律國際法律事務所　著作權律師／范國華律師
電話：02-2759-5585
網站：www.zoomlaw.net

印　　刷／世和印製企業有限公司
初版一刷／2018年6月
定　　價／台幣380元
I S B N／978-986-95814-2-4